ALFAGUARA

# Sam Byers

# Idiopatia



Tradução
Cássio de Arantes Leite

ALFAGUARA


Editora Objetiva Ltda.
Rua Cosme Velho, 103
Rio de Janeiro — RJ — Cep: 22241-090
Tel.: (21) 2199-7824 — Fax: (21) 2199-7825
www.objetiva.com.br

Título original
*Idiopathy*

Capa e imagem de capa
Júlia Bueno

Preparação
Tamara Sender

Revisão
Talita Papoula
Fatima Fadel
Eduardo Carneiro

Editoração eletrônica
Abreu's System Ltda.



PRISA EDIÇÕES

CIP-BRASIL. CATALOGAÇÃO NA PUBLICAÇÃO
SINDICATO NACIONAL DOS EDITORES DE LIVROS, RJ

B997i

Byers, Sam
Idiopatia / Sam Byers; tradução Cássio de Arantes Leite. – 1. ed. – Rio de Janeiro: Objetiva, 2014.

287p. ISBN 978-85-7962-309-7
Tradução de: *Idiopathy*

1. Ficção inglesa. I. Leite, Cássio de Arantes. II. Título.

14-11154 CDD: 823
CDU: 821.111-3

**idiopatia** | [idʒjopatʃ'iɐ]

*substantivo*

Doença ou indisposição que surge espontaneamente ou cuja causa é desconhecida.

ORIGEM fim do século XVII: do latim moderno ***idiopathia***, do grego ***idiopatheia***, de ***idios*** *"próprio, privado"* + *-patheia "sofrimento"*.

*Ubi pus, ibi evacua.*

Até certo ponto recentemente, durante uma reunião familiar sobre a qual a mãe de Katherine usara a expressão *comparecimento obrigatório*, mas que a irmã de Katherine não obstante de algum modo evitara, a mãe de Katherine exibira a uma mesa de parentes presentes as fotografias que guardava em sua bolsa. Os parentes eram na maior parte pessoas de idade, e seu infalível deleite em ver fotos era um fenômeno que para Katherine havia muito escapava à sua compreensão. No que lhe dizia respeito, noventa por cento das fotos (e dos parentes) pareciam iguais. Uma criança sorridente era praticamente igual à seguinte; um casamento era indistinguível de outro; e, considerando que a maior parte de sua família tendia a passar férias em lugares deprimentemente previsíveis, os instantâneos resultantes de suas viagens ao exterior também eram bem monótonos. Assim, enquanto os demais parentes — tia Joan e tio Dick e sua esquisita filha Isabel, que parecia uma alma penada, além de dois ou três velhos corocas genéricos que Katherine recordava vagamente, mas com quem tinha pouco interesse em voltar a ter contato — arrulhavam e ronronavam para as fotos da maneira como alguém talvez faria para uma sobremesa particularmente apetitosa e bonita, Katherine permanecia calada e movia os olhos, como tantas vezes fazia em ocasiões como essa, do rosto de sua mãe para a face de seu relógio, nenhum dos quais oferecendo qualquer indício de que o evento estivesse em vias de terminar.

O porta-níqueis da mãe de Katherine, ao contrário das mãos que o seguravam, era liso e novo; recém-adquirido, como Katherine veio a saber, na Liberty, onde a mãe de Katherine regularmente gastava mais do que podia.

"Que bolsinha linda", disse alguma prima remota, claramente ciente de que qualquer acessório exibido em público pela mãe de Katherine tinha de suscitar ao menos um elogio, caso contrário ele seria relegado a um daqueles sacos de compras abandonadas que ela depositava com alarmante regularidade no brechó de caridade local. Ocorreu a Katherine que, se os parentes ao menos demonstrassem um senso de dever similar quando a questão eram os homens na vida de sua mãe, sua mãe talvez estivesse vivendo em circunstâncias bem diferentes.

"Não é *uma graça*?", disse a mãe de Katherine, muito a seu feitio. "Liberty. Uma pechincha. Não pude resistir."

As fotos estavam notavelmente bem preservadas, considerando que a mãe de Katherine tratava a maioria dos objetos como se fossem indestrutíveis e então, mais tarde, observando com tristeza seus restos mortais, deplorava a natureza essencialmente inferior dos produtos modernos.

"Olha só isso", disse a mãe de Katherine, referindo-se às fotografias exatamente no mesmo tom de voz que usara quando falou sobre o porta-níqueis. "Não são lindas?"

Passou pela roda a primeira foto — um retrato em preto e branco, tamanho passaporte, da irmã de Katherine, Hazel, agarrando um flácido urso de pelúcia. Com seus olhos revirados e ausência de tônus muscular, a pequena criatura parecia ter sido drogada, emprestando a Hazel (aos olhos de Katherine, pelo menos) a aparência de um sinistro abdutor de pré-pubescentes.

"O ursinho se chamava Bloot", disse a mãe de Katherine enquanto a foto era passada de mão em mão, "mas só Deus sabe por quê. Ficou todo molengo desse jeito depois que ela vomitou em cima dele e a gente precisou lavar na máquina. Não tinha uma coisa que essa menina tivesse que em alguma hora não a fazia passar mal. Falando sério, a constituição de um passarinho delicado".

"Uma pena que não deu para ela estar aqui hoje", disse alguém.

"Ah, eu sei", disse a mãe de Katherine. "Mas ultimamente ela não tem mais nem um minuto pra ela mesma. É só trabalho e trabalho. E com todo esse negócio horrível das vacas..."

Cabeças balançaram concordando, e embora Katherine não pudesse ter certeza, e mais tarde ficaria convencida de que imaginara, achou por um momento que mais de um par de olhos pestanejou em sua direção, em um reflexo de julgamento típico de qualquer reunião familiar: o comparecimento estava estreitamente ligado à condição empregatícia. As pessoas ficavam agradecidas se você aparecia, mas também presumiam que seu trabalho não era importante nem exigia muito de você, uma vez que todos os parentes com trabalhos importantes e exigentes estavam ocupados demais para aparecer mais do que uma vez por ano, ocasião em que eram recebidos como cavaleiros voltando das cruzadas e ativamente encorajados a ficar só um pouquinho, a fim de que nada indevido interferisse em seu trabalho. A irmã de Katherine havia se regozijado nesse papel por vários anos, e o que irritava Katherine profundamente era que, quanto menos Hazel aparecia, mais santimonial e sobrecarregada ela se tornava na cabeça de todos, ao passo que, quanto mais Katherine se fazia presente e quanto mais se esforçava para se mostrar atenciosa com a família, mais a encaravam como alguém que desperdiçara a vida. Isso, convém admitir, era ligeiramente diferente na presente ocasião, uma vez que metade das estradas estavam agora fechadas por causa das vacas. Todos que haviam conseguido chegar pareciam austeramente orgulhosos, como se tivessem atravessado uma zona de guerra. Katherine não poderia se lixar menos para o gado, mas estava aproveitando o respeito momentâneo que sua presença parecia ter inspirado.

A segunda foto só foi mostrada depois que a primeira completara o circuito. Era do pai de Katherine, vestido em um casaco impermeável e posando um pouco desajeitado com uma espingarda.

"Olha o Nick", disse a mãe de Katherine. "Ele não atirava em nada, claro, mas gostava de bancar o caçador. Tinha a tralha toda, não precisa nem dizer, mas o Nick era assim mesmo. Bom para planejar, ruim para executar. Fui eu que bati essa foto."

Ela fez uma pausa intencional antes de passá-la adiante, encorajando alguns acenos solidários das tias e dos tios. A mãe de Katherine, até onde Katherine conseguia se lembrar, sempre jogava essa carta da solidariedade ao falar sobre o homem que fora pai de suas filhas, ficara na área por dois anos e depois se mandara de mala e cuia para a Grécia, com uma mulher que conhecera no consultório médico enquanto esperava que seus níveis de colesterol fossem checados. Katherine recebia duas cartas por ano de seu pai, no Natal e no seu aniversário, com uma terceira carta de bônus se conquistasse alguma coisa digna de nota. Ele ligara para ela só uma vez, bêbado e sentimental, e claramente presa de uma debilitante crise da meia-idade, aconselhando-a a tomar cuidado para nunca ser como nenhum dos pais dela.

A fotografia circulou pela mesa e foi seguida, com *timing* preciso, por um instantâneo colorido de Homero, o cão da família, que, não o mais inteligente dos animais, saltara para a morte quando perseguia uma bola de tênis entre uma série de árvores caídas, ficara empalado em um galho partido e obrigara Katherine, que jogara a bola, a explicar para sua mãe por que seu precioso vira-lata não só estava morto como também precisava ser arrancado do galho, enquanto sua filha permanecia inexplicavelmente ilesa e imperdoavelmente insensível.

A próxima e, como se veria, última fotografia era de Daniel, um pouco alegrinho, o chapéu natalino enviesado na cabeça, erguendo um copo de sua régia posição atrás de um grande peru assado.

"Ahh", disse a mãe de Katherine. "Aqui está o Daniel, olhem só. Que amor. Vocês chegaram a conhecer o Daniel? Ah, é claro, ele veio para esse negócio alguns anos atrás. Um encanto. Eu simplesmente o adorava. Coitada da Katherine. Esse escapou, não foi, querida?"

"Na verdade, não", disse Katherine. "Não foi."

"O assunto ainda é difícil", disse a mãe de Katherine, sorrindo para Katherine de um jeito maternal — algo que só fazia na frente de outras pessoas. "O Daniel tem se saído muito bem ultimamente, claro, ao contrário de alguém, que não vou dizer quem é." Seu olhar, transformando-se como os números líquidos de um relógio digital, ficou mais duro. "É tão fácil ficar *encalhada*, não é?"

Ela enfiou a última foto de volta entre as pregas de seu porta-níqueis, apertou o fecho e o devolveu à sua bolsa de mão, permitindo que todo mundo olhasse brevemente para Katherine, e então baixou os olhos desconfortavelmente para a mesa, permanecendo em silêncio até a providencial chegada do café, momento em que Katherine educadamente pediu licença para ir ao banheiro e dar cabo da metade de um rolo de papel higiênico.

* * *

Katherine não gostava de pensar em si mesma como triste. A palavra soava a derrotismo. Carecia do vigor, digamos assim, de uma raiva ou mania. Mas ela tinha de admitir que ultimamente vinha acordando triste com muito mais frequência do que acordava feliz. O que não admitia, nem nunca admitiria, era que isso tivesse alguma coisa a ver com Daniel.

Não era toda manhã, a tristeza, embora fossem, era forçoso dizer, mais manhãs do que seria o ideal. Os fins de semana eram piores; os dias úteis variavam. O clima era em grande parte irrelevante.

Passar um tempo diante do espelho não ajudava. Ela se arrumava voando, depois ia incrementando a aparência pouco a pouco. Não andava comendo bem. Vinham acontecendo algumas coisas com sua pele de que não estava gostando. Suas gengivas sangravam quando ela escovava os dentes. Ocorreu-lhe que estava se tornando feia num momento totalmente inoportuno. O café da manhã era frequentemente negligenciado em favor de alguma coisa pouco saudável na metade da manhã, no trabalho. Não conseguia sair de casa sem mandar um mínimo de três xícaras de café para dentro. Recentemente, voltara a fumar. Ajudava a quebrar a melancolia. De modo geral, sentia o fôlego curto, mas tossia apenas num dia particularmente ruim. A certa altura, no transcorrer de sua manhã, qualquer manhã, teria de programar uma hora para o enjoo.

Nos últimos dois anos, Katherine, após se mudar de Londres para Norwich por um equívoco, trabalhava como gerente de instalações em uma empresa de telecomunicações local. Seu trabalho não tinha nada a ver com telecomunicações, mas estava centrado nos ajustes mais sensíveis do gerenciamento do local de trabalho. Ela era paga, como gostava de dizer, para ser uma obsessiva compulsiva. Monitorava as cadeiras a fim de atestar o grau de aceitabilidade ergonômica e de altura adequada em relação a mesas e bancadas de trabalho, que ela por sua vez verificava para assegurar que estivessem de acordo tanto com as diretrizes da empresa quanto com os padrões nacionais de segurança e saúde no ambiente de trabalho. Realizava checagens semanais dos alarmes de incêndio e registrava os resultados. Toda manhã, inspecionava o prédio para conferir os padrões gerais de higiene, aparência e segurança. Despedia pelo menos um faxineiro por mês. Era amplamente hostilizada e quase constantemente criticada. As pessoas ligavam ou mandavam mensagens quase de hora em hora. Suas cadeiras, suas mesas, o ar-condicionado, a cafeteira, o filtro de água, as luzes fluorescentes — nada nunca estava a contento. As inúmeras mudanças que Katherine era obrigada a implementar a fim de se manter em dia com a corrente legislação de saúde e segurança faziam dela a procuradora-geral de mudanças amplamente vilipendiadas. Fumantes tinham de se afastar ainda mais do prédio. Intervalos tinham de ser renegociados. Sua função não lhe permitia nenhuma flexibilidade, o que significava que frequentemente era vista como mal-humorada e rígida. Quanto melhor se saía em seu trabalho, mais as pessoas a odiavam. Segundo o consenso geral, Katherine era muito boa no que fazia.

À parte a maioria básica dos colegas que não conseguiam suportá-la, existia também um grupo dissidente compreendendo os homens que queriam trepar com ela. Katherine pensava neles em termos de disputa territorial. Alguns queriam trepar porque gostavam dela e outros queriam trepar porque a odiavam. Isso se prestava razoavelmente bem a Katherine. Às vezes, ela trepava com homens porque se sentia bem consigo mesma e às vezes trepava porque se odiava. O truque era encontrar o homem certo para o momento certo, porque trepar com um homem que odiava você durante um raro momento de considerável autoestima era contraproducente, e trepar com um homem que estava meio que apaixonado por você no auge de seu autodesprezo era nauseante.

Até o momento, Katherine trepara com três homens no escritório, e com um deles, Keith, continuava trepando com certa regularidade. Os outros dois, Brian e Mike, haviam desaparecido ingloriosamente na média distância, perdidos em meio a ternos Mark & Spencer e à proverbial calvície masculina. Brian fora o primeiro. Ela quebrara sua regra de ninguém do escritório com Brian e, vendo em retrospecto, não era alguém sequer próximo de valer a pena. Ela quebrara a regra do homem casado, também, e a regra sobre homens com filhos. Ressentia-se do fato porque isso, em seu entendimento e, assim ela imaginava, no entendimento de outros, parecia permitir a Brian um sentido de história que ele de modo algum fazia por merecer. A realidade era que, na época em que Katherine tomara uma decisão consciente e não inteiramente irracional de abandonar tantas dessas regras pelas quais se pautara até aquele ponto de sua vida, acontecera de Brian estar na imediata vizinhança, e acontecera, além do mais, de ser um exemplo vivo de várias dessas regras. Por isso o sexo, que ocorreu bastante repentinamente numa tarde de terça-feira, depois que ele lhe deu carona para casa, continuou no decorrer do mês seguinte e então terminou quando Katherine começou a se perguntar se algumas de suas regras haviam de fato sido inteiramente sensatas. Brian tinha cinquenta e alguma coisa (outra regra, agora que ela pensava a respeito), era gordo e estava no meio de uma crise épica. Tinha um Jaguar amarelo e um filho chamado Chicane. Nunca terminaram um com o outro nem fizeram nada tão aborrecido nessa linha. Katherine simplesmente parou de notar sua existência e o recado foi recebido com tranquilidade, talvez até gratidão.

Mike, ao menos externamente, era diferente. Tinha a idade de Katherine (trinta, embora houvesse margem para ajustes, dependendo de seu estado de espírito), era solteiro e surpreendentemente bom de cama. O que era mais surpreendente, Katherine descobriu, era sua capacidade de manter inúmeras conversas quase completas quando estava com disposição para isso. O *affair* (não era na verdade um *affair*, mas Katherine gostava de definir como tal porque agregava valor à experiência e porque não fazia muito tempo desde que trepara com Brian e alimentava a esperança, em segredo, e de um modo nunca admitido, de que talvez estivesse atravessando uma *fase* de *affairs*, o que sem dúvida legitimaria completamente sua transa com Mike) durou quase dois meses. Terminou quando Mike descobriu que Katherine dormira com Brian. Para grande irritação de Katherine, Mike se mostrou dono do que ele orgulhosamente chamava de *uma bússola moral*. Katherine não ficou impressionada. No que lhe dizia respeito, essa coisa de moral era aquilo a que as pessoas obtusas se agarravam na falta de uma personalidade. Disse isso a Mike, depois que ele tentou bancar o superior em toda a questão do adultério. Ele a ignorou. Era incapaz de ter respeito por ela, disse. Katherine sempre se lembraria dele se afastando do filtro de água, abanando a cabeça e murmurando suavemente: *Coitado do Chicane… coitadinho do Chicane.* Ela se sentia tristemente justificada. Mike não tinha essa coisa de moral. Tinha apenas um ego masculino machucado e a incapacidade de se expressar.

Tudo isso, é claro, acontecera havia algum tempo, e houvera outro homem, sem relação com o trabalho, pairando em volta, por essa mesma época. Nada dera certo. Katherine passara a acordar se sentindo triste com muito mais frequência. O negócio com sua pele começara. Ela ganhara peso, depois perdera, depois perdera um pouco mais. O sono estava ficando cada vez mais difícil. Certa vez, durante um período de licença anual que havia tirado com o exclusivo propósito de gastar sua cota e que passara usando um penhoar encrostado de cereal e assistindo catatonicamente a nazistas no History Channel, engolira um punhado de pílulas e se enrodilhara na cama, esperando morrer, apenas para acordar cinco horas mais tarde numa poça de vômito, muitas pílulas ainda inteiras em meio à gosma. Discutia consigo mesma. Vestiu-se no dia seguinte, aplicou a maquiagem, foi para a cidade e topou com Keith, que sugeriu um café, depois comida, depois sexo violento, dolorido, em sua garagem, a barriga dela pressionada contra o metal quente, pegando na pele, do capô do carro.

"Lembro de uma vez...", disse Keith, recostado contra o carro depois, Katherine a seu lado, ambos fumando e esperando a dor diminuir. "O que eu estava... Caralho, esqueci."

Havia dias em que tudo parecia sórdido e condenado; dias em que, estranhamente, Katherine romantizava mais do que nos dias esperançosos. No geral, havia qualquer coisa de condenado acerca de Keith, ela pensava, e gostava disso. Ele estava com quarenta e um (porque, pensou ela, uma vez que você quebrava uma regra, não era mais realmente uma regra, e assim não dava para dizer que tinha sido quebrada pela segunda vez); estreito em cima e avantajado no meio. No trabalho, usava linho amassado e gravata *skinny*. No fim do dia, dava preferência por um brim preto desbotado e um tênis All-Star surrado. Gostava de canções sobre sangue e escuridão: o thrash metal que o fazia contorcer o rosto e cerrar os dentes como um homem lutando contra uma constipação intestinal. Sua pele era pálida, ligeiramente cerosa, e tinha olhos cinzentos com uma auréola branca em torno da íris.

Katherine havia lido certa vez em algum lugar que isso tinha implicações médicas, mas não conseguia se lembrar de quais seriam e desse modo preferiu não mencionar. Ela gostava da ideia de que Keith fosse imperfeito; de que pudesse estar morrendo. Gostava do fato de que era franco sobre o que chamava de seus *anos de heroína*. Gostava até do modo como a machucava ao transarem: o ombro deslocado, a marca profunda em sua coxa esquerda. Keith era diferente no que Katherine via como maneiras complementares. Nunca fazia amor com ela, provavelmente jamais amaria alguém ou alguma coisa, e Katherine admirava isso nele. Parecia acima das preocupações que ameaçavam diariamente (isso mesmo, diariamente, a essa altura) engoli-la por inteiro. Por definição, é claro, isso também o deixava fora de seu alcance, mas ela gostava disso também.

Ela não morava em Londres. Havia manhãs em que precisava se forçar a olhar no espelho e repetir isso para si mesma como um mantra. Num dia bom, quase conseguia dizer de fato o nome do lugar onde morava, mas era difícil. Ela e Daniel haviam se mudado juntos para lá, supostamente por causa do trabalho dele. Havia implicações tácitas com respeito ao som de pequenos pés. Mas o anúncio não veio e então eles se separaram, e então Londres pareceu que seria um lugar solitário, e agora ela estava encalhada.

Sua mãe ligava com assiduidade infalível. Sempre uma mulher prática, a mãe de Katherine achava que o melhor modo de dar voz a suas preocupações quanto ao bem-estar da filha era ser direta o tempo todo. Isso parecia incluir repetidas perguntas a Katherine sobre se ela estava se sentindo bem, o que, é claro, fazia Katherine se sentir muito longe de bem.

"Você tem comido bem?", dizia abruptamente sua mãe. "Tem comido coisas saudáveis?"

"Tenho", diria Katherine, na metade de um donut. "Hoje de manhã tomei um mingau de aveia e na hora do almoço comi uma batata assada com atum. No jantar vou comer peito de frango grelhado."

"Você está bancando a engraçadinha? Porque isso é muito feio, sabe. E não muito maduro."

"Estou sendo honesta. Isso é maduro?"

"Depende muito", disse sua mãe, "de ser honesta sobre o quê".

Só se encontrava com Keith em dias selecionados. Eles trepavam e bebiam e raramente falavam, o que para Katherine estava tudo bem. Ele comprou para ela um vibrador: embrulhado para presente, com um cartão em forma de coração que dizia "Pensa em mim". Ela o doou, com cartão e tudo, para o brechó de caridade local, quando estava a caminho do trabalho, escondido no fundo de uma sacola de compras cheia de livros embolorados e um punhado de camisas de Daniel que encontrara em meio a suas próprias roupas arquivadas. Nunca viu o objeto sendo posto à venda e muitas vezes se perguntava o que teria sido feito dele. Gostava de pensar que uma das senhoras voluntárias o levara para casa e se submetera a uma experiência tão reveladora que pudesse beirar o místico.

"Keith", disse ela certa noite, deliberadamente alto, num restaurante lotado que escolhera precisamente porque sabia que estaria lotado quando fizesse a pergunta. "Com quantas pessoas você anda trepando atualmente?"

"Incluindo você?"

"Sem contar comigo."

"Três", disse ele calmamente. "E você?"

"Quatro", ela mentiu.

"É o Daniel?", perguntou sua mãe durante uma de suas intermináveis ligações. "Porque eu entendo, sabe, entendo mesmo."

"Não é o Daniel, mãe."

"Ele me mandou um cartão de aniversário na semana passada. Ele sempre me manda cartão de Natal e de aniversário. Não é um amor?"

"Não, não é um amor", disse Katherine. "É retenção anal. Ele manda os cartões para você porque você está na lista dele. É basicamente uma resposta automática. Nunca ocorre a ele mudar coisa nenhuma."

"Ele manda cartões para você?"

"Não."

* * *

Ela odiava a ideia de que pudesse ser o tipo de pessoa que tinha uma relação mal resolvida com a mãe. Era, ou gostava de pensar que era, uma pessoa alternativa e livre demais para se ver reprimida por uma incapacidade pouco criativa de se livrar de todas aquelas mágoas de infância. Isso posto, ainda não superara inteiramente a ocasional fantasia pueril de morrer e no entanto de algum modo ser capaz de assistir ao próprio enterro, onde sua mãe iria, assim ela esperava, se prostrar, chorando como uma esposa da Máfia, sobre o caixão. Na infância, Katherine quase sempre imaginara sua morte como resultado de suicídio. Agora, mais velha e muito mais consciente da completa falta de romantismo em se matar, imaginava em vez disso que algum trágico evento externo seria responsável por sua passagem desta para melhor; algo súbito e quase fora do domínio das possibilidades, como ser atingida por um raio ou esmagada por uma peça de mobília.

A pessoa podia, Katherine estava ciente disso, chegar a todo tipo de conclusão vaga e rasteira sobre a própria mãe, o pai etc. etc. Desnecessário dizer, Katherine não tirava nenhuma dessas conclusões por si mesma e era tão resistente acerca da aplicação delas que pouca gente tentava tirá-las para ela. Daniel, é claro, por ser Daniel, fora um desses poucos, e provocara uma discussão tão violenta, passando de um confronto verbal a um confronto físico, com pratos e panelas arremessados, que nunca mais se atreveu a tocar no assunto de novo, a menos, como às vezes era o caso, quando queria deliberadamente começar uma discussão. Certa vez, numa exibição tão petulante e patética que Katherine simplesmente ficara de lado e dera risada, ele andou raivoso pela sala, no que acreditava ser uma imitação excelente de Katherine — fazendo beicinhos e desmunhecando —, falando num arremedo de voz infantil, que depois disso limitaria séria e permanentemente seu apelo sexual aos olhos de Katherine, *Minha mamãe não me ama*. Isso foi, é claro, perto do fim de seu relacionamento e, embora não fosse exatamente um fator a contribuir para a separação, certamente não operou em favor dele.

A verdade, se é que tal coisa existia, era que Katherine antes admirava sua mãe. Daniel, muito orgulhoso de si mesmo por pensar na metáfora, comparara o fato à Síndrome de Estocolmo. Havia, e Katherine seria a primeira a admitir, um elemento infinitesimal de veracidade nisso, mas constituía também, ou assim ela afirmava, uma incompreensão um tanto grosseira sobre o tipo de relacionamento de que ela e a mãe tinham desfrutado (isso mesmo, desfrutado) ao longo de três décadas de difamação, depreciação, menosprezo e rebaixamento geral. A mãe de Katherine, em suma, era tão completamente disfuncional que era de se admirar até que conseguisse lavar as axilas e encontrar alguma coisa para comer pela manhã. Mas, longe de esconder, ou de sentir qualquer vergonha em relação a isso, ela o propalava, como se fosse exatamente isso que a tornava diferente de todos os demais. O que, é claro, era mesmo. Katherine vira sua mãe em quase todas as situações degradantes em que era possível para uma mãe se achar na presença da filha: bêbada de Pernod em horas obscenas do dia; esparramada, nua, na cama de Katherine, tendo inexplicavelmente arrastado sua mais recente conquista para lá, e não para o quarto de casal; levando um pé na bunda em público de Julio, sua transa trigueira de origem mediterrânica indefinida. Era tão previsível a ponto de ser banal. Mas, estranhamente, Katherine se sentia bastante orgulhosa de provir de uma linhagem como essa, e o cenário geral a tranquilizava com a ideia de que ter filhos não precisava significar o fim da imprevisibilidade. Afinal, ela e sua irmã haviam ambas se saído razoavelmente bem, e a mãe delas mantivera uma verve e um senso de ousadia em geral reservados a mulheres zeradas em termos de progênie. Parecia, Katherine achava, um acordo razoável. De fato, ela *tinha* de pensar isso; não havia outra escolha. Por mais cheia de opiniões que Katherine fosse, e por mais apressada que pudesse ter sido em relegar ao reino dos quase completos juízo e repúdio outros que fracassaram em ir ao encontro de seu senso um tanto assumidamente distorcido do mundo, ela não era hipócrita e não se permitiria, independentemente de quais pudessem ser seus sentimentos íntimos de previsível sofrimento, castigar sua mãe por usufruir de um estilo de vida e atitude aos quais a própria Katherine aspirava. Fosse qual fosse o efeito que os caprichos de sua mãe tivessem exercido sobre Katherine, ela ainda tinha de julgá-la não como sua mãe, mas como mulher, e isso era conveniente na medida em que simultaneamente reforçava as crenças de Katherine com relação a todo tipo de assunto (ser mãe, ser mulher, os homens, os relacionamentos e assim por diante), mas também lhe permitia ignorar completamente tantas outras questões que iriam, se ela de fato pensasse a respeito, causar não apenas inconveniência, como também provavelmente considerável sofrimento.

O problema, porém, era Daniel, e todas as coisas que mudaram com sua chegada. Katherine conseguira, por meio de teimosia, evasivas e distração, protelar a apresentação a sua mãe durante quase um ano, e, quando ela o fez, seus piores temores se concretizaram. A mãe de Katherine, a despeito de todos os seus comentários desdenhosos sobre homens e da lista sempre crescente de coisas para as quais eles não tinham nenhuma utilidade, na verdade aprovou Daniel de uma maneira que nem sequer insinuara quando Katherine a apresentara a namorados anteriores. Após um jantar devidamente maçante, ao longo do qual todos os envolvidos fizeram o melhor que podiam para não se desviar do meio da estrada da conversa, Katherine acompanhara Daniel até seu carro e voltara para dar com sua mãe sorrindo alegremente, a taça de vinho surpreendentemente intocada a seu lado, o cigarro nem mesmo aceso, não tendo senão elogios para o homem que Katherine antes estivera tão convencida de que sua mãe iria odiar. Não que houvesse, na superfície, muito o que odiar em Daniel. Ele era bem-apessoado e educado, e encantador de uma maneira discreta, ligeiramente pouco confiante. Era apenas que Katherine presumira, dado o peso de sua evidência precedente, que sua mãe iria, por sua natureza, desaprovar qualquer um tão sensato, tão confiável, tão (ou assim ela havia pensado na época) *normal*. E, a partir do instante em que a mãe de Katherine decretou Daniel como a melhor coisa que um dia acontecera a Katherine, tudo o que parecera tão certo desmanchou-se nas mãos de Katherine, e ali já se insinuou, desde cedo, uma sensação arrepiante de que ela e Daniel estavam condenados e, como consequência, também ela e sua mãe. Porque, escutando sua mãe conversar naquela noite — sóbria, calma, equilibrada de uma forma que Katherine tinha certeza de que ela nunca fora antes —, Katherine se deu conta de que as coisas que admirava em sua mãe não eram, como esta era tão hábil em convencer os outros que a cercavam, coisas que sua mãe admirava em si mesma. O individualismo, o isolamento rústico, o modo como maltratava os homens em sua vida eram usados apenas, aparentemente, como insígnias de honra porque era melhor do que usá-los como as coisas que realmente eram: falhas, feridas, fracassos. O comentário denunciador foi quando disse a Katherine que isso era o que sempre quisera para ela — um bom homem, um relacionamento estável, uma vida doméstica feliz. Nesse instante, Katherine pôde sentir que tudo evaporava, subindo rumo ao teto junto com a fumaça do cigarro de sua mãe, que ela havia esperado para acender por toda a duração da conversa.

Durante as noites em que não estava com Keith, que eram muitas, uma vez que Keith tinha três outras trepadas para espremer em sua semana, Katherine lia e assistia aos noticiários. Raramente via qualquer outro programa na televisão. Como tanta coisa na vida de Katherine, o que ela lia e o que ela assistia eram governados por sua percepção de tipos de pessoa: tipos que ela queria ser versus tipos que não conseguia suportar. Ela não queria ser esse tipo de mulher que assistia a filmes enjoativos e chorosos. Queria ser o tipo de mulher que assistia a noticiários e lia os livros do Man Booker Prize. Ela se imaginava em festas, a despeito do fato de que nunca ia a festas, em que perguntavam sua opinião sobre assuntos mundiais e literatura moderna.

Confrontada com essas discussões atuais, porém, ela se via desorientada e exposta. Não que não soubesse o que estava acontecendo, ou que, de uma forma um pouco distante e amplamente hipotética, não se importasse: era simplesmente que se sentia incapaz de reunir os níveis apropriados de aflição. Uma vez que esse fato se tornou claro, pareceu estender seus tentáculos pelo resto de sua vida de maneira a levá-la a questionar, não pela primeira vez, exatamente quão humana podia alegar ser. Assistir ao noticiário era, essencialmente, assistir à vida, e o modo como assistia era algo que a deprimia. Ela pensava a respeito com certa falta de ligação, uma expressão que, coincidentemente, muitas vezes usara em referência a homens com quem se relacionara. Outros viam isso como frieza, termo que os homens com quem Katherine não se relacionara muitas vezes empregavam para descrevê-la. *Impassível* era uma palavra que vinha à tona com frequência, tanto na cabeça de Katherine como nas descrições que outras pessoas faziam dela. *Emocionalmente difícil de impressionar* era o modo como preferia pensar a respeito. Assim como declarações de amor não eram o suficiente para levá-la a fazer o mesmo, a cena de, digamos, haitianos famintos igualmente não bastava, em si, para provocar o tipo de aflição lacrimosa que parecia tão automática nos outros. Barrigas inchadas, desnutridas; crianças com moscas nos olhos; mães cozinhando biscoitos feitos de terra. Era levemente revoltante. Às vezes, quando em um estado de espírito particularmente belicoso, Katherine perguntava às pessoas qual exatamente era a relevância daquilo. Por algum motivo, as pessoas tendiam a achar essa pergunta ofensiva. Citavam vagos critérios humanitários. A palavra *crianças* surgia um bocado, como se simplesmente dizê-la fosse uma explicação para tudo.

*Kath*, escreveu Keith em um e-mail de um local não revelado onde passava o feriado com uma companhia de nome não enunciado e sexo não enunciado com quem quase certamente não tinha parentesco. *Sinto terrivelmente sua falta. Acho que não sou capaz de viver sem você. Você me ama?*

*Keith*, escreveu Katherine de volta. *Nunca vou viver com alguém que não possa viver sem mim. Cresça. PS: com quem você está passando a merda do feriado?*

Alguma coisa tinha de ser feita. Ela estava estagnando. Até onde sabia, podia já estar morta. Precisava de uma ação decisiva, disse a si mesma, algo que a galvanizasse. Decidiu largar o emprego. O medo de não ter um emprego a forçaria a encontrar um emprego.

Emboscou seu gerente quando ele se ocupava de desembrulhar um sanduíche.

"Como é que a minha esposa fazia para a maionese não encharcar o pão?", ele disse. "Você sabe? É um segredo feminino? Ela não retorna mais minhas ligações."

"Estou me demitindo", disse Katherine.

"Outra vez?", disse o gerente.

"Agora é sério."

"Muito bem", ele disse, jogando o arremedo de sanduíche de volta à embalagem. "O que você quer?"

"Nada. Quero ir embora."

"Não posso te dar outro aumento. O pessoal vai começar a pensar que você está dormindo comigo."

"Não quero um aumento", disse Katherine, que achava difícil acreditar que alguém pudesse pensar que ele estivesse dormindo com quem quer que fosse. "Estou pedindo a conta."

"Dois dias a mais de férias."

"Não. Aviso prévio de um mês."

"Tudo bem." Ele ergueu as mãos, derrotado. "Um mês. Ei, sabe, isso quer dizer que agora não seria mais um conflito de interesse se a gente..."

Ela fechou a porta ao sair.

"Trepa comigo como se você fosse uma criança", disse Keith, de volta do feriado e trepando com ela de uma maneira que lhe lembrou um animal num colar veterinário — como se ela fosse alguma coisa para ser sacudida até sair, uma coerção da qual tentasse se livrar, tirando-a pelo avesso. "Trepa comigo como se tivesse medo de mim."

Provou-se um salto de imaginação grande demais. Ela trepou com ele como se tivesse pena dele e lhe disse depois que ele era patético.

"Isso mesmo", afirmou Keith. "Tem toda a razão. Da próxima vez, trepa comigo como se eu fosse patético."

"Talvez você devesse entrar em algum tipo de grupo", disse sua mãe. "É assim que se conhecem pessoas. Você precisa sair por aí."

"Com pessoas você quer dizer homens?"

"Bom, quem quer conhecer mulheres?"

Ela disse a si mesma que o que não podia sentir na vida podia ao menos sentir vendo as notícias. Emoção é como exercício, pensava. Você não sente vontade de fazer, mas é bom para você. A pessoa precisa se forçar a fazer.

Ela disse a si mesma que ficaria comovida com a próxima matéria que aparecesse. Iria tentar de verdade, pensou. Observaria com o maior cuidado as moscas nos olhos da criança pequena. Iria imaginá-las em seu próprio rosto. Iria evocar o calor, a poeira, o fedor de cabra podre. Imaginaria como seria o gosto daquela água cheia de urina, contaminada por cólera, quando descesse pela pequena garganta seca e se alojasse malignamente em sua barriga horrivelmente distendida. Que coisa pavorosa ter uma barriga como aquela! Como devia ser horrível a sensação. Era uma existência miserável, terrível, pensou, e ela sabia, agora que considerara tão atentamente, que, no segundo em que visse uma dessas pobres criancinhas, explodiria em doces lágrimas, como qualquer outro ser humano normal faria. Ela choraria tanto que mais do que compensaria todas as outras vezes que não chorou, quando apenas ficou de olhos arregalados assistindo, o rosto impassível, à muralha de sofrimento... Deus, como iria chorar... se as pessoas pudessem vê-la...

Então o noticiário passou a falar do vírus, com uma narração de voz sombria sobre montagens de homens em macacões e máscaras despejando gado com empilhadeiras dentro de piras fumegantes, e Katherine soluçou como um bebê e depois correu para o banheiro para se purgar, o vômito alcançando seus dedos antes que pudesse tirá-los da boca; café velho e grumos de matéria pastosa espirrando na pia e transformando suas lágrimas em nada além de uma ânsia reflexa.

"Aonde você foi no feriado?", perguntou ela no meio da trepada, tendo subitamente (mas com cuidadosa premeditação) o expulsado de si no momento em que ele estava mais vulnerável, fazendo com que caísse estatelado no chão, a única coisa a protegê-lo de sua queda seu pau duro.

"Meu Deus... porra, eu acho que... o quê?"

"Seu feriado", ela disse, deitando na cama e olhando friamente para ele. "Aonde você foi?"

"Tenerife", ele disse, inspecionando seu pau, que se encolhia rapidamente, para ver se não ocorrera nenhum dano permanente. "A gente precisa falar disso agora?"

"Não, a gente não precisa falar disso agora", ela respondeu calmamente. "Se quiser, posso simplesmente me vestir e ir embora e a gente não precisa falar sobre isso nunca."

"Não entendo por que isso de repente virou um assunto tão urgente pra você ter que..."

"Com quem você foi?"

"Ah, entendi."

"Entendeu?"

"É, entendi. Já entendi por que tudo isso. Você está com ciúme."

"Não estou com ciúme. Só quero saber. Com quem você foi?"

"Dá pra fraturar o pau? Eu já ouvi falar que dá. Ouvi falar que pode quebrar."

"Era alguém do trabalho?"

"Vou ter que pôr uma tipoia no meu pau pra conseguir trabalhar, sua filha da..."

"Nunca iam encontrar uma tipoia tão pequena. Ela era loira ou morena?"

"Loira", disse ele com ar de sofrimento. "O nome dela é Janice. Você vai me obrigar a parar de sair com ela?"

Katherine fez cara de nojo.

"Como assim, *obrigar você*?", retrucou. "Como eu poderia *obrigar você*?"

"Sei lá, eu só..."

"Por que ela viajou com você no feriado? É só isso que eu quero saber. Como ela viaja com você no feriado enquanto eu tenho que me virar com essas porcarias de trepadas nesse seu apartamentinho de merda?"

"A gente pode viajar num feriado", disse Keith. "Se é isso que você quer."

"Se é isso que eu quero?"

"Bom... quer dizer, é, claro, mas..."

"Porque eu já não tenho mais tanta certeza. Não tenho certeza se eu ia querer viajar com você. Não tenho certeza se eu ia aguentar."

Isso de fato era verdade. Quanto mais Katherine pensava a respeito, mais uma viagem com Keith no feriado soava como uma ideia pavorosa. Todas aquelas conversas inúteis em algum lugar ensolarado e insípido. As mãos amorosas dele reluzentes de suor; seu saco encolhido e enrugado numa sunga Speedo.

"Por que não?", disse Keith. "Qual é o problema comigo?"

"Quer uma lista?", ela disse.

Ele ligou para ela dois dias depois e implorou, sugerindo fazer uma reserva de última hora. Ninguém no trabalho ia se importar com isso, disse. Podiam escalonar um pouco os dias deles. Katherine concordou, vitoriosa e aliviada.

"Aonde a gente está indo?", ela perguntou.

"Malta", ele disse. "Meu Deus, estou torrando minha grana que nem o caralho."

Em Malta, tudo ficou mais claro e mais confuso ao mesmo tempo. Eles caíram numa rotina fácil de preguiça, bebida e comida, depois trepada e sono, o que após a bebida tornou-se de algum modo indistinguível. Para Katherine, tudo parecia passar não tanto num borrão, mas em bocados. Ali estava ela sentada sozinha na varanda, olhando para a baía no esplendor aconchegante e lapidado de Valetta, sentindo-se ao mesmo tempo calma e deliciosamente solitária. Ali estava ela à beira da piscina, fosse com os pensamentos vagando, fosse com um olho semicerrado observando a exposição de carne à sua volta. Carne marrom, carne avermelhada; carne de alemães, ingleses e italianos, todo mundo espremido e fritando sob o sol. Era erótico e vil ao mesmo tempo — o único tipo de erotismo que ela parecia experimentar ultimamente. Ali estava ela ao jantar com Keith, trocando pesados blocos de uma conversa tão enfadonha que ela ficava tentada, às vezes, a causar danos físicos, nele ou em si mesma, só para ter algo diferente a discutir. Ele dizia coisas como *Que calor*, e depois dava sequência a essa declaração segundos mais tarde com um esclarecimento (*Está calor pra caralho*) e depois, após alguma reflexão, fornecia uma explanação adicional (*Está tão quente que parece que estou derretendo na cadeira*), até que finalmente seus processos mentais atingiam a conclusão natural e terminavam com uma espécie de coda ruminativa (*Tão quente*...).

Ele pegara uma cor esquisita, observou Katherine: um profundo bronzeado coriáceo com um fino verniz cereja. Isso se devia em parte à dedicação que Keith aplicava aos seus banhos de sol. Ele ficava sob o calor com a concentração obstinada de um homem realizando um trajeto de longa distância em seu carro. Fazia pausas programadas. Na praia, junto à piscina, era uma visão ridícula. Não havia, especulava Katherine, nenhum modo possível de ocultar sua anglicidade, ou a anglicidade de qualquer inglês, aliás. Você podia vê-los imediatamente — o branco pastoso; os pneus salientes; a pele um Rorschach de tatuagens quase célticas.

Não que Katherine fosse imune, é claro. Ela também exibia, embora odiasse admitir, um preocupante físico de mulher inglesa. O que acontecia quando a pessoa viajava para o exterior, ela se perguntava, que punha em relevo gritante todas as suas imperfeições? Por que todas as demais raças pareciam tão à vontade, enquanto os ingleses permaneciam determinados a se sentir desconfortáveis? As diferenças, ela pensou, eram físicas. Os ingleses estavam sempre vivenciando algum tipo de vergonha do corpo. Os homens se cobriam bravamente, mas para as mulheres era mais difícil. À tarde, junto à piscina, era um desfile de biquínis, de barrigas tanquinho e decotes abismais. Keith tinha um jeito de desviar os óculos escuros em um determinado ângulo, mas virando os olhos em sua direção, achando que Katherine não conseguia enxergar os brancos por trás de seu Ray-Ban Wayfarer. Ele ficava sob o sol por horas, cozinhando e olhando para os peitos de outras mulheres, e depois, de volta ao hotel, grudando de suor e protetor solar, trepava com ela ainda de biquíni, as imagens daquelas outras mulheres passando pelos olhos dele tão claramente que ela quase podia vê-las, como imagens em um zootrópio. Não que visse muito seus olhos quando trepavam. Keith tinha duas posições sexuais prediletas: pegando por trás ou sendo chupado. Se pudesse encontrar um meio de meter o pau em sua nuca ele estaria no sétimo céu. Era deprimente para ela que a fantasia fosse tão óbvia: o sol, o quarto de hotel, o modo como ele puxava seu biquíni apenas o suficiente para penetrar, sem de fato tirá-lo. Keith estava reenquadrando a experiência como uma aventura de feriado: a indulgência de todas as suas ideações sexo-sob-o-sol.

"Por que a gente não transa de manhã?", ela perguntou. "Por que a gente não transa à noite? Por que a gente sempre tem que trepar logo depois de sair da piscina?"

"O sol faz meu motor pegar", foi como Keith explicou, mas Katherine não caía nessa; ela sabia que ele precisava de pelo menos quatro horas de puro pornô à beira da piscina antes de conseguir alavancar o desejo necessário para uma foda. Também precisava de umas cervejas — cada vez mais, ao que parecia. Katherine tinha uma teoria para essa tendência, desenvolvida enquanto observava os olhos reptilianos de Keith dardejarem de um biquíni para o próximo. A libido de Keith, ela concluiu, estava condicionada ao fato de a pessoa ser uma estranha. Isso é verdade para a maioria dos homens, é claro, mas para Keith era particularmente verdadeiro. Ele tinha uma ânsia inerente por trepar com pessoas que não conhecia — anônimas, estrangeiras, misteriosas, com quem não precisaria trocar mais que umas poucas desajeitadas amenidades. No começo, ele se mostrara ávido a ponto da agressão. Agora era perfunctório, distraído, frequentemente estava bêbado e em geral muito claramente pensando em outra pessoa. No início, Katherine ficara preocupada com a possibilidade de Keith estar pensando em alguma outra pessoa específica — talvez houvesse alguma beldade bronzeada particular que tivesse atraído seu olhar por mais tempo do que as outras. Depois de algum tempo ela se deu conta de que ele não estava de modo algum pensando em outra pessoa, ou de forma específica, que não estava imaginando que trepava com alguém que não Katherine, estava simplesmente imaginando que Katherine não era Katherine. Isso era o que fazia diferença, era isso que fazia seu motor pegar. O afastamento de Keith de qualquer coisa que pudesse ter sido chamada de uma realidade compartilhada entre eles era precisamente porque essa realidade, ou qualquer realidade, aliás, era profundamente antierótica para ele. Keith não queria trepar com Katherine, queria trepar com uma estranha que parecesse Katherine.

Sob o falso pretexto de checar seu e-mail, ela usava o criminosamente caro acesso à internet do hotel para pesquisar Daniel no Google — hábito no qual rapidamente incorrera depois que ele a excluíra da lista de amigos no Facebook, desse modo forçando-a a usar mais criatividade em sua espreita virtual. Uns poucos cliques bem-treinados e lá estava ele: radiante, bem-vestido e exatamente do lado certo da presunção, sorrindo para ela na foto de equipe do site de uma empresa de pesquisa biológica em algum lugar de Norfolk, onde, aparentemente, era a face pública de uma pesquisa que seu perfil descrevia como inovadora. Havia até um ou dois vídeos dele no YouTube dando coletivas de imprensa, falando sobre desenvolvimento sustentável e fontes de alimento seguras. Ela não fazia ideia de como isso tinha acontecido: ele de algum modo conseguira abandonar a vida enfadonha de escritório e passar a uma posição ao mesmo tempo digna de admiração e levemente glamourosa. Era de se prever, na verdade, e ela podia imaginá-lo sendo bom no que fazia, mas isso ainda assim foi algo como um golpe. Ela o imaginava no trabalho — Daniel e seu complexo messiânico — cercado por superfícies cromadas e vidros e placas de Petri. Era seu ambiente natural, ela pensou — gelado e microscópico. Às vezes, quando estavam juntos, ela o chamava de vulcano. Usava isso como um termo carinhoso, mas a ferida chegara um pouco perto demais do osso. Agora ali estava ele: após uma renovada no visual, no facial e no interpessoal; da cabeça aos pés o beatífico cientista de laboratório.

Ela se perguntava se ele pensava a seu respeito e, caso pensasse, o que exatamente. Talvez até tivesse passado por ele na rua sem ter percebido. Talvez ele a tivesse visto e evitado. Perguntava-se se ele falava sobre ela, se sua nova namorada, fosse quem fosse, sabia a seu respeito e tinha uma opinião. Talvez os dois rissem dela, tarde da noite, após uma taça de vinho. Ou talvez Daniel ficasse quieto. Talvez ele a tivesse apagado completamente. Ele era capaz disso. Na verdade, ela o vira fazer isso. Apenas alguns meses depois que o amigo dos dois, Nathan, desaparecera, Daniel parara de falar sobre ele quase por completo.

Por puro hábito, ela também dava buscas por Nathan no computador. Havia, como sempre, um longo rastro frio nas salas de bate-papo. Lugares cifrados para festas. Discussões da noite anterior. Inventários de substâncias. Listas de baixas. Difícil, ela pensava, conciliar tudo isso com o Nathan que ela conhecia: o Nathan que lhe fazia companhia tarde da noite, depois que Daniel invariavelmente excedia seus limites e apagava na cama.

Ela procurava qualquer coisa com uma data recente, mas sem encontrar nada. Aonde quer que tivesse ido, pensava, estava fazendo um bom trabalho em não ser encontrado.

* * *

Incapaz de suportar mais uma tarde ininterrupta do silencioso banho de sol de Keith, e ansiosa por pelo menos manter uma aparência de que viajavam como um casal, Katherine o convenceu a entrar com ela na piscina. Ela desceu desajeitadamente a escada e ficou ali oscilando na parte rasa. Keith caiu na água com um mergulho desajeitado e então abriu caminho até ela com braçadas espalhafatosas em meio à caldeirada superlotada, pesada de cloro, de carne rosada se refrescando. Quando chegou a seu lado e parou, desalentadoramente sem fôlego após um nado de apenas dois metros, um longo cadarço de catarro pendia de sua narina esquerda. Fazendo uma careta, Katherine esticou a mão e rapidamente o limpou, tirando o muco de sua mão na água azul e vendo aquilo ser sugado pelo filtro como se fosse algum tipo de vida marinha primordial — alongado, esverdeado, parecendo dotado de mente própria. Quando tornou a erguer o rosto, Keith olhava para ela com indisfarçada repulsa. Ele não disse nada, não fez comentário de espécie alguma, mas a cara dele naquele instante não saiu mais da cabeça de Katherine. De certa forma, a expressão continuou com ele também, como se todas as suas interações a partir desse ponto estivessem maculadas pela marca de seu catarro na mão dela. Mesmo ali naquele momento, oscilando levemente sob o olhar veemente de Keith, Katherine soube que alguma coisa morrera entre os dois, e que, independentemente do que fosse essa alguma coisa, e fosse qual fosse a forma exata de sua morte, era fundamentalmente sexual em sua natureza. Não foi a sujeira em si que o constrangeu, ela achava, ou o nojo superficial que ele vivenciou ao pensar nela extraindo a matéria das profundezas de seus seios nasais, foi a humanidade do ato — o horrível vislumbre de Katherine como um ser abjeto em contato com o ser abjeto que havia dentro dele.

Às vezes, quando Keith cochilava no fim da tarde, e o sol estava baixo e as ruas tranquilas, Katherine saía para caminhar sozinha. Ao longo da baía, em meio à paisagem de velas e mastros, Valetta parecia montar guarda sobre suas vizinhas — eterna, compactamente esculpida, minuciosamente entalhada; mais para um ninho criado por insetos gigantes comedores de rocha do que uma cidade de verdade.

Em ocasiões muito raras ela tomava um sorvete. Estava comendo menos ultimamente, e quando o fazia sua culpa era patológica. Ficava com a sensação de que estava se arruinando, ou só piorando as coisas ao comer. Queria se sentir leve e solta — livre não só na vida, como também, se possível, em um nível quase molecular. A comida começara a parecer-se com bagagem: um empilhamento de matéria que depois tinha de ser processada e deslocada usando uma energia que seu corpo não possuía. Ela pensava em Daniel e sua eficiência: sua abordagem franca e desimpedida de tudo que aparecia em seu caminho; como ela invejava essa sua característica; como ainda a invejava. Daniel parecia sempre descartar uma pele, ela achava, parecia sempre ficar cada vez mais leve. Que ironia que agora passasse seu tempo manipulando a cadeia alimentícia, ao passo que ela simplesmente consumia e se expandia. Precisava se tornar mais aerodinâmica. Em seu corpo; em seu próprio ser. Ela se imaginava passando pelo mundo como uma flecha, em linha reta, letal, afiada.

Ela se sentia, assim percebeu, infinitamente mais leve sem Keith. Ele era um fardo. Era algo a ser carregado quando o que ela queria era ser carregada. Que libertador caminhar sozinha, pensar sozinha, ter uma série de decisões para tomar, considerar apenas suas próprias necessidades e pulsões internas. Mas compare isso, pensava ela, com o fardo pavoroso da vida solitária de solteirona. Que tarefa árdua, que luta diária era estar sozinha, passar cada dia se perguntando se esse era o dia, se esse era *o* homem, se sua solidão era culpa do mundo ou culpa de sua maquiagem.

Fechou os olhos e escutou os rangidos dos iates oscilando nas águas do porto; o palavrório suave de vozes estrangeiras ao longo do calçadão. Ela e Daniel nunca viajaram juntos. No início, porque estavam ocupados demais; depois, porque enganavam a si mesmos dizendo que estavam poupando dinheiro — a desculpa mais antiga do mundo para deixar de viver —, quando na realidade estavam apenas aterrorizados de ficar a sós consigo mesmos.

Agora havia um fardo, ela pensou: amar alguém; ser amada. Sonhar com casas. Toda essa merda sobre ser para sempre. A conversa sobre crianças que nunca acontece de fato. E que peso *ser* amada, também; saber que outra pessoa investira a futura felicidade de ambos em seu fraco eu. Pisando em ovos; o esforço diário de não magoar e, quando você o fazia, como, é claro, sempre faria, todo esse esforço era apagado, a lembrança de tudo que você havia feito para poupar o outro de sofrimento era simplesmente suprimida pelo próprio sofrimento. Meu Deus, a ideia de passar por tudo isso novamente, toda essa coisa do amor...

Um homem entrou no banheiro quando ela vestia a parte de baixo do biquíni, em seguida ficou roxo de vergonha e sumiu. Quando Katherine contou isso para Keith, ela viu uma pequena chama se acender em seus olhos. Disse-lhe para voltar ao banheiro e deixar a porta aberta. Ele a seguiu e a comeu apoiada na pia, sem tirar seu biquíni, ambos fitando os olhos um do outro no espelho embaçado, Katherine plenamente ciente do que atiçara a libido de Keith: a fantasia dela como uma estranha sem nome, assediada no banheiro, comida sem preâmbulos. Podia ser qualquer uma, pensou, observando o rosto vermelho de Keith no espelho. Qualquer uma, que ele não iria se importar.

*Vai se foder*, fez ela para o espelho. Ele não viu. Havia fechado os olhos quando gozava, imaginando, sem dúvida, algum tempo e lugar inteiramente diferentes, alguma outra trepada, alguma outra Katherine.

Ao voltar de viagem, após o voo em silêncio e a despedida aliviada no aeroporto, Katherine descobriu que estava grávida. Sua menstruação estava uma semana atrasada. Atribuíra o fato ao estresse do passeio, mas depois urinou em um palito plástico para se tranquilizar. O palito prometia total segurança. Nada em sua vida jamais lhe dera menos que isso. À visão da pequena barra azul no visor do palito, vomitou. Depois saiu e comprou mais cinco testes de marcas diferentes, todos os quais prometendo alívio, tranquilização e o fim das dúvidas. Ela não ficou aliviada. A tranquilização não veio. A dúvida a consumia. Ligou para Keith e disse que precisava de espaço. Ele deu, é claro, e, a não ser por um texto superficial agradecendo a ela pelos ótimos momentos, não fez esforço algum de contatá-la. Ela ficou feliz e decepcionada. Tinha três dias sobrando de sua licença e os passou andando de um lado para outro do apartamento e fumando. Voltou a procurar Daniel no Google e ficou olhando para a foto dele. Ligou para sua mãe e lhe disse que estava tudo bem. Empurrou fatias de pizza para dentro com goles de vinho barato e assistiu a programas de auditório na tevê. Pensou outra vez sobre as pílulas e decidiu que era simplesmente patético demais, previsível demais, e permitiria a sua mãe arrancar solidariedade demais dos eventos familiares. No terceiro dia, seu telefone tocou. Ela deixou cair na secretária, para o caso de ser Keith. Não era.

"Sou eu." Pausa. "Quer dizer, o Nathan. Eu, hum, fiquei supermal quando soube, ãhn, de você e o Daniel. Eu... vocês dois eram um casal demais, sabe? Bom, eu, ah, eu estive fora, e agora voltei, e queria muito ver vocês. Vocês dois. Você tem o telefone do Daniel? Enfim, me liga quando der. Ia ser ótimo a gente, ah..." Outra pausa. "Achei que conseguia fazer isso, mas não tenho certeza se consigo."

Ela ficou junto ao telefone por quase meia hora — pegando o aparelho e pondo de volta no gancho. Pensou em apagar a mensagem e fingir que nunca a escutara. Suas mãos tremiam. Pegou a caderneta e ligou. Para seu alívio, caiu na secretária eletrônica. Ela foi breve.

"Daniel. É a Katherine. Nathan me ligou. Ele voltou. A gente precisa conversar sobre o que vai fazer. Me liga."

Ela o imaginou na outra ponta: ouvindo a gravação mais de uma vez para ter certeza; fechando os olhos para pensar. Ele ligaria, ela tinha certeza disso, mas não até saber o que pretendia dizer.

Daniel estava na cama quando recebeu o recado de Katherine. Fazia três dias que não se levantava, sofrendo de um surto paralisante do que Angelica diagnosticara, um tanto antipaticamente, como Dani-Gripe.

Daniel sempre fora estoicamente saudável. Nos últimos tempos, porém, havia desenvolvido uma esquisita relação com doenças. Ele passava períodos prolongados acreditando que havia algo errado.

"Acho que peguei alguma coisa", dizia, fazendo gestos vagos na direção da garganta ou do nariz, seu aspecto em larga medida assintomático. "Estou com uma dor estranha... sabe... tipo um..."

"Tipo uma hipocondria?", diria Angelica inevitavelmente. "Tipo uma sensação autoilusória?"

"Não. Tipo um *incômodo*, uma espécie de *incômodo* na garganta. Acho que tem alguma coisa começando."

Prestes a sucumbir ao mal de que tão regularmente alegava sofrer, era surpreendente a pouca frequência com que Daniel fazia a balança pender pela enfermidade observável. Sua relação com a doença era um flerte; somente uma enfermidade particularmente atraente era capaz de levá-lo para a cama. Quando isso acontecia, ele reagia com todo o senso de ocasião que seria de se esperar de um homem que estava constantemente ansiando e procrastinando as coisas.

"Não, não", dizia, assoando outro punhado de catarro em um lenço e jogando o chumaço grudento na pilha de outros que mantinha como um registro quantitativo de sua enfermidade, "definitivamente não é gripe. Porque minha barriga está esquisita e isso sugere para mim que é mais..."

Ele se perguntava o que acontecera. Em todo o tempo que ficara junto com Katherine, estivera doente uma única vez, no máximo duas, e ainda assim com grande relutância. Ele se orgulhava de sua resistência. Em seu local de trabalho anterior, mantinha a famosa plaquinha com a frase do marechal de campo Montgomery: *Estou 99% preparado, e você?* Esquisito, realmente, dado como havia sido de um modo geral doentio todo o seu relacionamento com Katherine. Talvez, pensou, a pessoa nunca barrasse efetivamente a entrada da doença; apenas a desviasse para novas áreas de sua vida.

Nessa ocasião, Daniel sucumbira a algo que não era bem uma gripe, já que vinha acompanhado de um nível de fadiga e dor na região lombar que não era, segundo a concepção de gripe de Daniel, parte normal da experiência. Reagindo com sua habitual rapidez assim que ficava claro que esse seria um surto genuíno de saúde precária, ele ia para a cama e permanecia nela por quase setenta e duas horas, levantando apenas esporadicamente para necessidades como uma torrada, suco de laranja e idas ao banheiro. No terceiro dia atingia um grau satisfatório de miserabilidade. A cama cheirava mal; ele estava grudando e com a barba por fazer; seu roupão se tornara uma segunda pele repulsiva.

De forma decepcionante, a despeito desses indicadores externos alardeados com veemência, Daniel parecia também mostrar todos os sinais de recuperação, e começava a lhe ocorrer o pensamento de que o negócio talvez já houvesse passado e que provavelmente ele devia começar a pensar em se levantar e ficar a meio caminho de se tornar humano outra vez antes que Angelica ficasse genuinamente impaciente e frustrada, e não apenas para importuná-lo. Como ele e Angelica haviam convidado amigos para jantar (ou, mais precisamente, Angelica convidara os amigos *dela* para jantar), ele estava sob certo grau de pressão para se recuperar, e, por mais que se ressentisse disso, parecia-lhe melhor do que passar a noite escutando as risadas que ecoariam do andar de baixo.

Daniel gostava de ficar doente. Ele via isso como um luxo, quase um sinal de decadência. Passava parte tão grande de sua vida sendo organizado e bem apresentado que começara a encarar a doença como uma das poucas ocasiões em que tinha permissão de se soltar. Só bebia às vezes e, embora tivesse experimentado drogas no passado, em grande medida sob a supervisão de Nathan, cuja capacidade para a ingestão de substâncias ilegais era ilimitada, perturbadora e, para Daniel, levemente sedutora, nunca fora realmente o tipo que desenvolvia algum hábito regular de relaxamento químico. Na verdade, a única vez que se sentiu particularmente tentado foi quando Angelica, como fazia com frequência, anunciou que não precisava de drogas para se divertir, levando Daniel a considerar que ele talvez precisasse de drogas para se divertir perto de pessoas que não precisavam de drogas para se divertir.

Sua convalescença não transcorrera, no entanto, segundo o planejado, e era esse senso preciso de oportunidade perdida que agora o levava a se ressentir de seu regresso forçado à terra dos sãos. Uma das melhores coisas sobre estar doente, ou assim ele achava, era que constituía uma das poucas vezes que ele tinha uma justificativa para fugir da interação. Gostava de ficar na cama, desligar o telefone e permanecer de bruços pelo tempo que levasse para se sentir humano. Dessa vez, porém, Angelica ficara em casa nos dois primeiros dias e, por mais que respeitasse suas ofertas de abraços, comida e "companhia", nada disso era realmente o que ele queria. Nessa manhã, ela havia saído e ele ansiava por passar pelo menos uma pequena parte de seu tempo solitário se masturbando com a coleção de pornografia barata que mantinha numa pasta protegida por senha e marcada "trabalho" em seu laptop. Seu objetivo era na maior parte medicinal. Daniel extraía pouco prazer da masturbação ultimamente, mas estava ficando preocupado com a qualidade de seu esperma, como se sua existência cada vez mais acomodada pudesse estar afetando diretamente a eficiência e a produtividade de seus testículos. Ele imaginava as pequenas criaturas em sua poça viscosa, movendo-se como pinguços incapacitados, nadando capengas em círculos impotentes. Era possível ter espermas deprimidos? Nesse caso, como daria para saber? Quando terminava, ele tomava o cuidado de examinar seu esperma no lenço, no lençol, na camiseta velha, à procura de sinais de consistência ou coloração duvidosa. O líquido sempre parecia igual, mas, recentemente, ele teria jurado que perdera parte do brilho.

Como que ciente de suas intenções, porém, Angelica pusera o gato na cama antes de sair (o gato dela: Giggles, um enorme e relapso saco de areia de um felino, com pelo fosco e um olho cego). Tomando seu punho dançante sob a coberta por alguma forma de presa, Giggles começara a pular sobre os genitais de Daniel a cada três ou quatro movimentos, deixando-o, após cerca de dez fúteis minutos, incapaz de qualquer coisa próxima do prazer, tão aterrorizado ficou de que, caso de fato chegasse ao orgasmo, isso pudesse estar para sempre associado em sua mente à imagem de um gato obeso tentando brincar de pula-pula com seu pênis, despertando desse modo alguma espécie de fetiche latente e terrivelmente embaraçoso.

Um dia frustrante, então, tornado ainda mais preocupante pela visão, cerca de vinte minutos depois que Angelica voltou para casa, de seu celular vibrando e o nome de Katherine passando suavemente pelo visor.

Se é possível sentir falta de alguém e ao mesmo tempo ter esperança de nunca mais precisar ver essa pessoa outra vez, então é assim que Daniel se sentia em relação a Katherine. Ele amolecera com o tempo, é claro, e no fim a saudade estivera prestes a levar a melhor sobre a repulsa, mas foi por pouco. Uma espécie de náusea terna, era assim que ele pensava a respeito; um horror nostálgico.

Ele escutou a mensagem duas vezes, sentado na beira da cama, o roupão tirado apenas parcialmente. Sentia-se sujo e desconjuntado. Carecia subitamente da energia e da disposição para se levantar e se trocar.

Angelica chamou do andar de baixo, sua voz como um farol alto em meio à neblina. "Daniel? Você vem? Está pronto, querido. Mas você precisa ser *honesto*, ok?"

Ele ouviu a mensagem outra vez, tentando interpretar a voz de Katherine, monótona, eficiente — sua voz de *resolver as coisas*. Seria o falsete de uma palpitação que ele estava detectando? Uma tensão? Ela se abatia um pouco no final? O recado parecia apressado, como se ela quisesse simplesmente terminá-lo logo? Como sempre era o caso com Katherine, ele esperava mais do que recebia, e o fato de que ainda, depois de todo esse tempo aprendendo a não se deixar levar, esperasse o que quer que fosse era em si uma fonte tanto de irritação como de tristeza.

"Estou indo", ele disse, sua voz rouca, os seios nasais inchando sob a pressão da fala. Soou como se dissesse: "Iztou ino."

Ele se perguntou se devia ligar para ela imediatamente. Talvez, pensou, devesse esperar alguns dias, ou ligar no fim de semana, quando era mais provável pegá-la em casa, e quando era mais provável que pudesse manter uma conversa sensata.

Ficou brincando com as borlas da colcha — um desses designs cósmicos feitos no aerógrafo que espremem a expansão infinita do reino planetário nos confinamentos domésticos de uma cama de casal produzida industrialmente. Era risível, na verdade. Tanta coisa era risível. No canto do quarto havia uma grande tela onde Angelica se expressara por meio da Arte Infantil — A maiúsculo, I maiúsculo. Um de seus terapeutas lhe dissera para pintar com a inocência de uma criança. Angelica usara o dedo para fazer um sol e um céu azul, exceto que seu polegar esbarrara na tinta acrílica e os raios do sol ficaram verdes na ponta. Era terno e pavoroso. Ele escutou a mensagem uma última vez e se considerou ainda menos capaz de interpretá-la do que antes.

"Amor? Eu disse que está pronto. Você já vai descer? Eles vão chegar daqui a pouco e eu realmente ia gostar se você pudesse..."

"Eu disse que estou indo."

Ele se lembrou de Nathan da última vez que o vira, de pé sob as estrelas de verão numa clareira de floresta, nu da cintura para cima, perfeitamente imóvel enquanto uma turba palpitante de dançarinos ululava em torno dele. Parecia de algum modo além daquilo tudo, além do tempo. Onde se metera no último ano e meio?

Daniel encontrou um jeans junto à cama e enfiou desanimado os pés pelas pernas da calça. Queria voltar a deitar e dormir. Perguntou-se se deveria contar a Angelica sobre a mensagem e então percebeu, com um pequeno movimento involuntário em alguma parte de seu intestino delgado, que não estava na realidade se perguntando coisa alguma, meramente fingindo para si mesmo que estava. Isso era algo que ele era capaz de fazer. Podia deliberadamente simular decência a fim de mitigar a inevitável indecência final. Fosse qual fosse sua fibra moral, como Katherine sempre fizera questão de explicar, a conveniência sempre levava a melhor sobre a determinação ética. Se não fosse assim, por que Deus teria inventado o remorso?

"O que você está fazendo aí em cima?"

"Nada, amor, só estou..." Ele passou o polegar sobre a tela do celular, limpando uma marca úmida. "Só me trocando, só isso."

Quando desceu, encontrou Angelica com as mãos embrulhadas em luvas de forno, segurando no ar uma travessa de vidro cheia do que parecia ser cimento de lentilha.

"Quem era no telefone?", ela disse, ficando na porta entre a cozinha e a sala de jantar, iluminada por trás pelas lâmpadas de halogênio que banhavam as superfícies de trabalho, seu rosto na sombra, o cabelo estranhamente inflamado no contorno. Estava segurando a comida como se fosse uma oferenda, como se eles tivessem de se ajoelhar para comê-la. Parecia feliz e perigosamente instável. Disse a si mesmo que ela podia deixar a travessa cair, para ser honesto.

"Ninguém", ele falou. "Engano."

Angelica estava segurando uma coisa delicada, ele pensou — teria sido uma temeridade dizer a ela. Mas, também, Daniel considerava qualquer franqueza uma temeridade, e, desde que a conhecia, nunca houvera um momento em que Angelica, metaforicamente falando, não estivesse segurando algo delicado, algo que estendia para ele como se fosse um sacrifício frágil, e, mesmo quando não o fazia, nunca houve um momento em que Daniel tivesse se esforçado para imaginar que ela estava. E, de qualquer modo, sempre havia algum clima rolando, e Daniel estava sempre ficando de cama por algum motivo ou sempre sentindo que na semana seguinte estaria menos cansado, menos ressentido, mais forte, mais feliz. Mas nunca estava. Nunca havia, de inúmeras formas, um bom momento.

Quando Daniel tinha seis anos de idade, seu pai o levou para o escritório certa manhã. Como lhe explicou, não havia escolha. Daniel ficara acordado a noite toda com dor de ouvido e não podia ir para a escola. A mãe de Daniel estava fora, visitando a irmã. Por acaso ele preferia ficar sozinho em casa?

Era uma pergunta manipuladora. Daniel, por volta dos quatro anos, desenvolvera um medo mórbido de ficar só. Ele acordava à noite gritando, convencido de que fora abandonado ou que seus pais haviam morrido enquanto dormiam. Mais tarde, alguns anos após a ida ao escritório paterno, quando sua mãe anunciou, com o que pareceu na época nenhum aviso prévio, que estava indo embora para viver com um homem que conhecera havia exatamente quatro meses e duas semanas (isso podia ser calculado porque o homem em questão era um amigo de um amigo e Daniel estivera com sua mãe quando ela fora apresentada a ele, e anos mais tarde podia olhar para trás e diagnosticar o falsete de uma palpitação em sua voz e o tom subitamente esquisito não só em sua fala, como também aparentemente em toda a sua atitude e modo de ser), Daniel acordaria à noite com maior frequência ainda, o coração se debatendo contra as barras ósseas de sua jaula, convencido de que estava sozinho. Por toda a sua vida esse sonho iria se transmudar em diferentes cenas e cenários, mas sempre seria caracterizado por uma sensação de perda que, com o tempo, contaminaria sua existência diária e moldaria suas reações a eventos aparentemente mundanos.

Os dias já vinham sendo um pouco esquisitos. Daniel estava desacostumado a passar períodos prolongados a sós com seu pai, que em geral ficava trabalhando até tarde ou trabalhava em casa. Ele era mais velho do que outros pais que Daniel conhecia e desse modo parecia mais adulto até do que um adulto médio. Havia aquele tanto a menos de juventude nele e assim o entendimento que Daniel tinha a seu respeito era em igual fração mais superficial. Os primeiros fios grisalhos já se faziam notar, mas ele era um homem em forma e ativo que exaltava as virtudes do esporte e da boa alimentação, levando o jovem Daniel a prever que os quatro dias que deviam passar juntos (Daniel não tinha irmãos. Como sua mãe dissera certa vez, últimas oportunidades tendem a não vir aos pares) seriam, na melhor das hipóteses, um tédio e, na pior, possivelmente, quase militares. Como se veria, ele estava errado. Sem ninguém para importuná-lo, o pai de Daniel se mostrou uma companhia surpreendentemente relaxada e amigável. Durante o período em que a mãe de Daniel ficou longe, ele não trabalhou em casa, mas em vez disso passou o tempo com Daniel, assistindo à televisão e ensinando-o a jogar xadrez. Ele cozinhou: legumes ao curry, torta de batata com carne e, na última noite, peixe com fritas. Ao longo dos anos, Daniel se lembraria regularmente desses poucos dias que passara na companhia do pai. Antes que sua mãe os deixasse, ele os encarava apenas como uma espécie de feriado, uma ilha particular na extensão ampla e vazia do relacionamento com o pai. Após a partida dela, porém, eles assumiram um matiz mais escuro, e na cabeça de Daniel se formou a ideia de que esses dias tinham sido tão agradáveis não porque seu pai estava fazendo um esforço, mas porque ele estava feliz, e fora capaz de relaxar em um grau que, fosse qual fosse o motivo, tornara-se impossível na companhia da mãe de Daniel, proporcionando a Daniel, inconscientemente na época, mais conscientemente depois, uma percepção do sofrimento com a ideia da masculinidade restringida; da domesticidade como um vácuo de individualidade. Ficaram só os dois novamente depois que ela se foi, é claro, mas então era diferente. Daniel estava mais velho e entrando nessa fase da vida em que buscava distância, não conforto, de seus pais. Nos anos que se seguiram, ele teve motivo não só para lamentar o modo como transcorrera o período após a partida de sua mãe, como também para ficar mais firme em sua opinião de que a juventude era superestimada, caracterizada, como acontecia de ser, pelo egoísmo, por modos desajeitados e fascínio por trivialidades. Claro, isso por sua vez significava que, assim como aqueles velhos dias com seu pai ficaram tingidos, em retrospecto, pelo remorso, igualmente os breves dias na idade de seis anos, quando seu pai pareceu ser todas as coisas ao mesmo tempo — pai, amigo e colega de trabalho —, tornaram-se muito mais importantes do que haviam parecido na época, imbuídos de uma perfeição e de um significado mais amplo dos quais eles jamais estariam à altura e aos quais nada se igualaria nem ultrapassaria, e em seu âmago brilhante residiam aquele dia no escritório, a entrada de Daniel no mundo do trabalho e o vislumbre de seu pai como um homem por seu próprio direito.

Isso foi em 1985 — os anos do *boom*. Já um pouco velho demais na época para estar na vanguarda dos aproveitadores financeiros (o pai de Daniel era um trabalhador firme e leal, mas carecia do instinto assassino e da flexibilidade moral exigidos para passar adiante o que seus colegas chamavam de "principais unidades" na cidade), o pai de Daniel ocupava satisfeito uma posição de gerenciamento mediana em uma pequena firma de vendas especializada em negócios imobiliários. Era o início daquilo a que Daniel mais tarde viria a se referir como empregos Mac-

Guffin, ou empregos em que o suposto ímpeto da empresa ou o setor em que comerciavam exercia pouco impacto no trabalho de equipes inteiras de funcionários que trabalhavam em níveis mais profundos, mais hipotéticos. Era o distanciamento entre o trabalho e o produto, entre a produção e a atividade física, e o pai de Daniel era o perfeito exemplo na medida em que, quando questionado, descrevia-se como trabalhando com propriedades, e de fato tinha um emprego cujo cargo incluía a palavra propriedade, mas na verdade não dispunha absolutamente dos recursos para chegar sequer perto de uma propriedade, tampouco de quaisquer negócios relativos a propriedades. O pai de Daniel trabalhava em um departamento de análises encarregado da tarefa de mastigar fossem quais fossem os números considerados importantes pelos escalões superiores. Ele estudava tendências, em resumo, e projetava gráficos que ajudavam outras pessoas a compreender essas tendências. Como o pai de Daniel costumava se queixar, a maioria das pessoas não entendia nada de números; assim, se você conseguisse pôr os números em um esquema, saía por cima. A mãe de Daniel descrevia o emprego como "chato", e a insinuação era de que um emprego chato era perfeito para um homem chato, e, embora o pai de Daniel claramente encarasse aquilo de outra forma, nunca o dizia, preferindo em vez disso dar de ombros, numa espécie de afirmação de que quem tem boca fala o que quer, e sugerir, como mais tarde expressaria para Daniel quando haviam ficado mais de uma hora esperando para ver um consultor, que a chatice está na mente de quem vê.

Após alguns dias passando a manhã de trabalho com seu pai, Daniel esquecera completamente o assunto da reunião dessa manhã. O que ficou na sua mente foram os detalhes — os objetos que haviam tornado a experiência real e o modo como o lugar todo parecera muito mais descontraído do que ele fora levado a crer. Até então, só o que ele vira da vida profissional de seu pai era o sujeito esmerado, de colarinho abotoado, que saía pontualmente todas as manhãs carregando uma pequena e elegante pasta preta. Acontecia, porém, de o pai de Daniel se vestir para o trajeto, não para o destino, e no momento em que pisava no escritório amplo, de pé-direito elevado, no terceiro andar, com suas janelas altas e robustas e seu silêncio de vidros reforçados e carpete, que servia apenas para contrabalançar um pouco mais os bipes e trinados das máquinas, ele tirava o paletó, afrouxava a gravata, enrolava as mangas e preparava uma xícara de chá. A pasta ia parar embaixo da mesa, que estava infinitamente mais desarrumada do que Daniel havia esperado, e não voltava a ser vista outra vez senão quando o pai de Daniel tivesse se arrumado novamente para ir para casa. Havia canecas personalizadas e placas com nomes sobre as mesas, e enormes computadores em forma de caixa com textos verdes sobre telas pretas que pareciam, na época, constituir um novo mundo de avanço tecnológico, cuspindo um encadeamento de números em resmas de papel perfurado que seguiam por metros. Havia o material de escritório — não só canetas e lápis, mas os frascos de corretivo, a fita adesiva em seu suporte próprio, apontadores de lápis elétricos, clipes pretos e grossos prendendo punhados de folhas verde-claras saídas das impressoras. As pessoas tinham fotografias em pequenos porta-retratos sobre suas mesas. Cada mesa era uma ilha, ao contrário da escola, onde você simplesmente sentava em qualquer lugar porque todos os lugares eram iguais. Era um local para se tratar pelo primeiro nome. Todo mundo conversava ociosamente não apenas sobre trabalho, mas sobre qualquer assunto, sobre futebol, o trânsito, impostos. O pai de Daniel era um homem diferente. Era relaxado e respeitado. As pessoas o procuravam com pilhas de papéis e ele rabiscava nelas com uma grossa caneta azul, dizendo coisas como "está ótimo" ou "bom trabalho". Na reunião, havia um cavalete para apresentação e mais canetas e uma série de gráficos que todos concordaram serem "bons, mas não ótimos" e que o pai de Daniel mais tarde lhe confidenciou, quando voltavam para casa, que eram "pavorosos", mas aparentemente todo mundo se mostrava ávido por ver o lado bom de tudo. A dor de ouvido de Daniel sumiu. Deram-lhe coisas para fazer — papéis para carregar. Seu pai o chamou de seu assistente pessoal e o apresentou às pessoas como seu novo empregado. O escritório cheirava a creme antisséptico Savlon, suor e café. Todo mundo tinha um lugar e uma função. Você não podia ficar de fora porque tinha um trabalho a fazer, um papel, e tudo funcionava porque todos trabalhavam para fazer funcionar, e a caminho de casa, quando Daniel disse a seu pai que queria trabalhar em um escritório, o sorriso do pai de Daniel foi esse tipo de vislumbre de si mesmas que as pessoas dão para você talvez uma ou duas vezes na vida, e ocorreu a Daniel, não na hora, mas posteriormente, que durante toda a manhã seu pai ficara sorrindo para ele, e todo o escritório depois dessa manhã, por mais enfadonho, turbulento ou deprimente que fosse, era parte desse sorriso, e uma parte de Daniel, mesmo então, parecia saber que isso ia ser uma coisa difícil de explicar e assim manteve silêncio até certa manhã muito chuvosa, cerca de vinte e quatro anos mais tarde, quando chegou à casa de seu pai e encontrou o velho à mesa de jantar, cercado por todos os antigos objetos, separando recortes de revistas em maços com prendedores de papel e rabiscando em seus rostos com uma caneta marcadora antes de ordenar os maços em pilhas e manter algum tipo de lista nas costas de um envelope que se revelaria ser uma carta da mãe de Daniel escrita antes que se casassem. Seu pai ergueu o rosto com aquele mesmo sorriso jovial e disse que lamentava terrivelmente, mas que estava assoberbado no momento com aquela auditoria, e perguntou se poderiam remarcar para o dia seguinte, e ele se deu conta, Daniel, da importância incalculável do trabalho em nossas cadeias de existência; a necessidade que temos dele, como o desejamos quando não o temos mais, e o modo como todos esses ritmos e padrões de produção se prendem tão mais fundo dentro de nós do que tantas outras facetas que, uma vez confrontadas com a escolha entre recordar e esquecer, pareceriam ser tão mais importantes. Seu pai ia esquecer quem seu filho era. Ele ia esquecer aquele dia no escritório e as horas que Daniel passara como seu assistente, e ia deixar de perceber até o momento que estavam passando juntos agora, e os modos pelos quais Daniel estava mais uma vez brincando de ser seu ajudante. Todo o seu amor e esperanças e realizações e os medos idiotas e preconceitos que faziam dele quem ele era iam morrer, mas os detalhes do escritório — as resmas de papel para impressão e o fluxo esquerda-direita de entrar na bandeja e sair da bandeja e os malditos clipes de papel — seriam todos lembrados, armazenados em pedaços de músculos e de nervos até o dia em que ele morresse, e depois disso Daniel achou o escritório um lugar difícil de se estar, não só porque havia qualquer coisa acerca disso que agora parecia tóxica, mas também porque ele já não tinha certeza de que seria capaz de preencher o que se tornara um cavernoso espaço conceitual. Com seu pai ainda presente, Daniel fora o menino de seu pai no escritório, vivendo à altura de algo, tornando-se algo. Com seu pai agora ausente (não era demência, dissera o especialista, mas um AVC, uma colisão veicular em alguma parte das curvas espiraladas, semilíquidas de seu cérebro), Daniel era mais uma vez o menininho aprisionado na meninice, andando pela casa nos sapatos grandes demais de seu pai e no paletó tamanho gigante, pegando o telefone e entabulando uma conversa extremamente importante com o tom de discar. Ele acordava à noite e se sentia esquecido. Ficava ao lado de Angelica e sentia apenas os confinamentos da intimidade do casal. Ela não conseguia dormir sem tocá-lo, aparentemente, e ele não conseguia dormir quando era tocado. Ele esperava até ela começar a roncar e então liberava sua mão suavemente ou rolava para fora de seu abraço. Ela o perseguia na cama — rolando ora desse jeito, ora de outro; encontrando seu braço e passando-o por seus ombros com um profundo *Mmmmm* que transmitia tanto contentamento como suave repreensão. Mas ele precisava sonhar sozinho, e o mero fato de seu contato parecia interromper um circuito em algum lugar de sua mente e servia, se não para acordá-lo, então ao menos para dar um fim triste e prematuro a seus sonhos, de modo que ele acordava, sempre, com uma sensação de incompletude — a decepção dos sonhos começados.

Ele ajustou seu relógio biológico para otimizar seu repouso. Em várias noites cuidadosamente espaçadas, fora para a cama antes de Angelica e então fingira dormir quando ela o seguia. Gostava de variar a performance. Uma noite, estava simplesmente dormindo, outra, dava a impressão de que pegara no sono com um livro sobre o peito. Ele imaginara, quando se posicionava cuidadosamente deitado com o livro em cima do peito, Angelica sorrindo para si mesma ao esticar o braço e retirar o livro, para depois apagar a luz antes de deitar na cama ao seu lado. Na realidade, porém, ela simplesmente o ignorara, e Daniel se pegara aprisionado sob o livro, em dúvida se fingia acordar e procurava uma posição mais confortável ou se simplesmente sustentava a mentira e continuava do jeito que estava. Escolhera esta última, passando metade da noite estático e tenso e incapaz de dormir ou rolar para o lado.

Havia, por algum tempo, experimentado levantar cedo e ficar sonhando acordado, olhando o alvorecer suburbano com seus pequenos azulejos de luz doméstica, observando o mosaico em formação de cortinas abertas e cômodos iluminados à medida que a rua o seguia dia adentro. Mas Angelica, alerta a seus movimentos mesmo com tampões de ouvido e máscara de dormir, havia se sintonizado aos seus ciclos de sono e começado a descer atrás dele após apenas alguns minutos de jubilosa solidão, sentando a seu lado enquanto ele bebia seu café e se esforçava para conversar. Ela se esforçava com ele, é claro, ou até mesmo por ele, às vezes. *Me diga uma coisa*, começaria, encolhendo as pernas sob o corpo no sofá e prendendo o roupão por cima dos pés. *O que você está pensando?* Ele não sabia, não tinha como dizer. Ela costumava erguer o braço e dar um tapinha suave em sua têmpora — *O que está acontecendo aí dentro?* Quanto mais o perseguia, mais ele fugia. Manhã cinzenta após manhã cinzenta, ficavam sentados lado a lado em silêncio resignado, ambos franzindo o rosto levemente, formando palavras que nunca proferiam, até que no fim ela acabava sorrindo e suspirando, dizendo: *Não é ótimo que a gente possa só ficar aqui sentados juntos, tranquilos desse jeito?*

Assim ele saía cedo para o trabalho, chegando ao Centro muito antes que fosse necessário estar ali. Ele gostava de andar pelos laboratórios antes do influxo das nove horas, caminhando pelas bancadas de trabalho de vidro opaco e equipamentos de alumínio; escutando como os instrumentos zumbiam e estalavam no isolamento. Quando não havia mais ninguém, podia-se sentir o laboratório respirando. Ele nunca encostava em nada. Como em grande parte da vida de Daniel, você podia jogar pó de impressões digitais que dificilmente encontraria uma mancha espiralada. Ele simplesmente gostava de sentir o lugar, a energia. Quatro salas amplas de pesquisa silenciosa e os diagnósticos passando suavemente pelas telas, iluminados com o mais tênue matiz de verde. No fundo ficava um biodomo abrigando pés de milho perfeitamente projetados. Ele gostava de caminhar em meio à quietude clínica e então parar na beira da plantação, entrecerrando os olhos até que as paredes claras e os tetos escurecessem em seu campo de visão periférico e nada mais restasse a não ser a extensão dourada do milharal. No inverno, era particularmente reconfortante, e ele apreciava a estranheza de tirar seu guarda-pó e ficar parado por um momento no meio de um dia de verão perfeitamente falso, o cheiro da plantação chegando a suas narinas como a própria essência de verões passados, protegida da chuva quando descia em enxurradas pelo teto arredondado de vidro e transformava o céu numa piscina caótica de bolas de gude.

Daniel estava ligado a Angelica do modo como duas velas derretendo podem formar uma única massa informe de cera. Ela acreditava em um grau de proximidade e intimidade que era quase místico. Queria os dois justapostos, fundidos. A dificuldade era que Daniel fizera um trabalho bom demais em se pintar nas cores dela. Ele sempre levara jeito para o ventriloquismo. Em um dia bom, podia até fazer caras para acompanhar. Achava que o disfarce mais fácil era a neutralidade — o disfarce de não ter rosto nenhum. Angelica não conhecia, ou podia sentir apenas brevemente e depois otimistamente ignorar, os discretos territórios de si mesmo que ele mantinha reservados. Dizia que a amava. E de fato a amava. Ela o amava. Era horrível. O amor, com todo o seu amortecimento amorfo e com sua proteção dilatada, havia inflado entre eles como um airbag numa batida de carro. Ela olhava em seus olhos quando faziam amor e ele se imaginava em um túnel estreito com o peso de um rio passando acima dele. Nunca iria deixá-la. Vivia com medo de que ela o deixasse.

Angelica era um ano mais nova do que Daniel e vários anos atrasada em termos de desenvolvimento profissional, em grande parte porque investira uma imensa parte de sua vida no que acreditava ser seu desenvolvimento pessoal. Ela tinha viajado. Tinha explorado. Tinha *passado um tempo* em inúmeros lugares e, contudo, parecia, quando você considerava a questão, que não *estivera de fato* em lugar nenhum. Gente que viajava sempre falava desse jeito, notou Daniel. Era algo destinado a passar a impressão de fluidez nômade, de liberdade — um conceito que Angelica e seus amigos pareciam acalentar com carinho. Para Daniel, era uma estranha forma de liberdade, na medida em que a própria busca de uma existência sem limites e responsabilidades de algum modo os restringia e era um fardo para eles. Em seu caso, a liberdade sempre parecera mais estática, mais solidamente desbastada. Era a liberdade do medo; o alívio de não mais precisar procurar — um trabalho, uma parceira, uma casa.

Não eram para ele as areias de Goa, as raves sob a lua cheia, os chavões dos Hare Krishna. Melhor o bônus anual, a sensação de completude que acompanhava a realização quantificável genuína. Ou assim ele sempre pensara, e tentava continuar pensando, agora que se sentia aprisionado e aterrorizado de ser livre.

Daniel conhecera Angelica, um pouco previsivelmente, mas ao mesmo tempo com um quê de surpreendente, em um bar, numa festiva quinta-feira de chuva e neve, numa época em que elaborara em sua mente uma lista tão longa e restritiva de coisas que não queria numa mulher que só podia se sentir atraído pela ausência delas. Naturalmente, Angelica tinha suas boas qualidades, mas eram as coisas de que ela carecia que o levaram a se sentir atraído. Ela era a anti-Katherine. Não era grossa nem crítica. Não gritava, não era difícil de se ter por perto e, ponto fundamental, Daniel não era capaz de imaginá-la defecando. Depois de Katherine, que mantinha uma espécie de noticiário vinte e quatro horas sobre os funcionamentos de seu corpo; que detalhava os movimentos de seu intestino no café da manhã; que o seguia no banheiro quando ele estava escovando os dentes e examinava seu absorvente como se fosse as manchetes matinais, Daniel repudiara a fisicalidade vulgar das mulheres com quem dormia, e assim aferia cada mulher que conhecia segundo a facilidade com que podia imaginá-la cagando ou menstruando. Em sua primeira conversa com Angelica, desse modo, os dois desconfortavelmente próximos no aperto úmido do bar lotado de gente dançando, e gritando no ouvido um do outro para conversar acima do barulho, Daniel tentara e alegremente falhara em demolir a beleza dela em sua mente. Sua atração por ela foi complexa; reversa-reativa. Não era que ela o atraía, era que ele não conseguia se imaginar não se sentindo atraído por ela.

A conversa fluíra com suas cartelas de consumo cada vez mais rabiscadas: gracejos entre canecas de cerveja; intimidades entre coquetéis, e mais uma vez Angelica se revelara tudo que Katherine não era, no sentido de que não só tinha uma percepção do mundo mais ampla, como também às vezes expressava opiniões sobre como ele poderia ser melhorado. Uma das queixas mais frequentes de Katherine em relação a Daniel era que ele não passava de um liberal idealista de classe média, com um senso convenientemente vago da realidade. Parte do que deixava Daniel tão furioso com esse comentário era o fato de ser verdade e, como qualquer liberal, ele queria menos mudar o mundo do que simplesmente estar perto de pessoas que queriam que o mundo fosse diferente de todas as mesmas maneiras. Que emocionante, assim, escutar Angelica dando voz a suas opiniões sobre responsabilidade global, elevação do nível do mar ou fosse lá o que estivesse acontecendo com o gado. Não que se tratasse de amor, era simplesmente que se aproximava mais da ideia que Daniel fazia do amor do que qualquer coisa acontecida antes.

Passaram o período de namoro praticando o bem. Aquela já era uma época ruim para a carne. Por todo o país, o gado estava entrando em transe. Os criadores encontravam membros solitários da manada na beira dos pastos, com o olhar vazio, sem piscar, fitando o horizonte, morrendo de fome e desidratação. Os especialistas estavam perdidos. A expressão arrebatamento idiopático bovino, longe de um diagnóstico, foi cunhada como uma confissão de ignorância. Daniel e Angelica haviam atacado o McDonald's. Em duas ocasiões levaram sua luta para as ruas, distribuindo folhetos de fundo de quintal explicando todo o mal por trás de redes como aquela. Sentiram que chutavam os Arcos Dourados quando estavam caídos no chão. A certa altura, o meio ambiente se tornara o novo Terceiro Mundo. Comer coisas prontas estava por fora. Você tinha de trabalhar por sua comida. Tudo que era fast-food era suspeito. O conforto era tão corrompido quanto corruptor.

Era terrível, então, que eles, como casal, fossem um artigo tão fácil de consumo. As pessoas compravam McDonald's porque sabiam o que estavam recebendo em troca. Daniel ficava com Angelica exatamente pelo mesmo motivo. Ela era o que fora anunciado. Fazia o que dizia em sua embalagem.

Para Angelica, sua vida diária e seu senso de preocupação global estavam inextricavelmente ligados. Sempre havia espaço para o aperfeiçoamento, para crescer. Ela via a si própria (e, infelizmente, Daniel e o relacionamento deles) como algo a ser trabalhado, um projeto sem objetivo ou conclusão definíveis. *Isso é algo em que tenho trabalhado muito,* dizia. *Sei que preciso trabalhar nisso.* Lia muito e com voracidade sobre o tema de suas próprias fraquezas. Não falava, *se expressava*. Não pensava, *explorava*. Na verdade, parecia ter chegado à conclusão de que o ato de pensar, em si, era algo arriscado e possivelmente sintoma de alguma síndrome arraigada ou falha ou desajuste que precisava ser explorado.

"Eu penso demais?", ela perguntava, no meio de alguma tarefa menor. "Tipo, eu sinto como se eu estivesse pensando o tempo todo e às vezes é muito bom. Mas outras vezes é muito ruim. Tipo, é realmente paralisante simplesmente ficar *pensando* sobre as coisas o tempo todo."

Daniel não tinha certeza se era possível pensar demais. Ele muitas vezes achava seus pensamentos privados consideravelmente mais interessantes do que os eventos cotidianos, a um ponto em que às vezes se ressentia dos eventos cotidianos por interferirem em seus pensamentos, um problema que Angelica mencionara em mais de uma ocasião e no qual ele a contragosto concordara que talvez precisasse trabalhar.

"Preciso ser mais espontânea", ela dizia. "Nós dois precisamos. Vamos ser realmente espontâneos neste fim de semana. Vamos combinar que a gente vai fazer alguma coisa maluca, sem planejar nada."

Ela dissera isso duas vezes. Da primeira, haviam passado grande parte do sábado discutindo atividades que pudessem consistir em maluquices adequadas e depois concluindo que eram todas bastante previsíveis, momento em que saíam para fazer compras. Na segunda vez haviam concordado em não discutir nada e cada um terminou fazendo planos completamente separados e não combinados, sobre os quais discutiram pelo resto do fim de semana.

A vida sexual deles era, naturalmente, a área mais sintomática de todas. Estava constantemente em reparos. Como uma espécie de projeto arquitetônico ostensivamente superambicioso, parecia sempre sustentada por andaimes e teimando em se desviar dos planos. Intimidade era um problema. Intimidade e espontaneidade e o equilíbrio dos dois. Às vezes, por exemplo, Angelica enfiava na cabeça que queria se fundir tantricamente por horas a fio, procurando algum estado quase místico de união a respeito do qual lera em um livro emprestado. Em outras ocasiões, ela sentia que todo o *planejamento* de diminuir-as-luzes-e--aromatizar-o-quarto-com-incenso tornava a situação moribunda e previsível, e nesse ponto queria apenas trepar de uma vez e acabar logo com aquilo. A dificuldade era que Daniel nunca sabia, por assim dizer, se estava indo ou vindo, o que significava que tendia a errar o *timing* e se ver acusado de ter problemas com a intimidade ou com a espontaneidade e a paixão. Quanto a suas preferências pessoais, basta dizer que seu ânimo esmorecia rapidamente toda vez que via Angelica mexendo no pacote de incenso.

Por mais que suas intenções fossem nobres, a frugalidade parecia sempre lhes escapar. As coisas que possuíam pareciam procriar. A domesticidade, tal como se deu, resumia-se a uma coleção de produtos e um desejo de continuamente aumentar esses produtos até tudo ficar perfeito, o que, é claro, nunca poderia estar, porque o que, nesse caso, sobraria para ser trabalhado? Objetos quebravam, gastavam, precisavam de limpeza (o que exigia o uso de outros produtos mais especializados). Por não terem filhos, Daniel e Angelica precisavam de alguma coisa para cuidar ou de outro modo arriscavam-se a cair nesse tipo de insossa complacência que ambos professavam temer, mas que os dois secretamente almejavam. O visual imperfeito, carregado e levemente maltrapilho aprimorado por vários de seus amigos não era uma opção. Eles precisavam das mesmas coisas que as pessoas normais. Sprays desinfetantes que efervesciam ao contato; cremes hidratantes que tonificavam, eliminavam rugas, bronzeavam levemente; xampus que engrossavam e acrescentavam brilho. Daniel e Angelica sonhavam com um mundo melhor, mas ainda se recusavam a admitir o cheiro da merda um do outro, necessitando de uma variedade de infusões baseadas em lavanda e, quando apenas mascarar o odor não bastava, uma artilharia reserva de química pesada que prometia nada mais, nada menos que um Armagedom bacteriológico. Eles tinham produto para tudo. Havia uma sensação de ciência cuidadosamente aplicada. Sua centrífuga era potente o bastante para extrair néctar de um bloco de concreto; a roupa de cama deles emitia fragrâncias destinadas a estimular o sono. O regime de vitaminas dos dois era rigoroso e complexo. Daniel não fumava havia meses. Toda manhã, antes do trabalho, após uma revigorante ducha com infusão de ilangue-ilangue um café de cereais cuidadosamente selecionados e nutritivamente balanceados, ele enfiava cenouras e maçãs e frutas multiétnicas de formatos esquisitos cujo nome desconhecia na bocarra feroz de sua centrífuga e mandava para dentro 250 ml de puro bem-estar cem por cento natural. Como tanta coisa em sua vida, era saudavelmente intragável, mas o amargor era adoçado com a virtude: você podia se gabar a respeito; tornava-o uma pessoa melhor.

Todos os seus amigos eram casais. Angelica estivera em um relacionamento de longo prazo (palavras suas) e seu ex a tratara tão mal que ela ficara com todos os amigos, quando se separaram. Daniel tinha poucos amigos. Os amigos dela agora eram amigos deles. Nos fins de semana, revezavam-se para bancar os anfitriões. Um casal cozinhava, o outro trazia vinho. Um senso de competição espreitava em meio à camaradagem. Os plurais eram venenosos. *E a gente acabou de passar uns dias ótimos em Nova York, e vocês, viajaram para algum lugar este ano?* Ou mesmo a suposta simplicidade de *Como estão vocês dois?*. Será que um poderia estar para cima e o outro para baixo?

As companhias mais comuns eram Sebastian e Plum, que eram as visitas dessa noite em particular. Plum, ou "ameixa", era de fato seu primeiro nome. Ela tinha esse tipo de pais. Sua irmã se chamava Nasturtium. Sebastian, por uma grande ironia, não era o primeiro nome de Sebastian, mas simplesmente um que por acaso preferia ao nome com o qual fora efetivamente batizado: Walter. Sebastian, para seu grande pesar, tinha esse tipo de pais. Ele fora batizado e, por algum tempo, recebeu ensino domiciliar, mas se rebelara contra tudo com a idade de dezoito anos, fugindo para Goa, onde passara por uma transformação hiponga e voltara como Sebastian Freud. Seus pais ficaram ultrajados, mas Sebastian *não estava mais nessa* de pais. Ele não estava mais nessa de um monte de coisas. Como Angelica, ele *trabalhara* uma porção de grilos. Era narcisista e altruísta. Ele se gabava de seu desprendimento. Seus solilóquios eram duas partes arrogância e uma parte condescendência sugestiva. Achava Daniel reprimido. Daniel o achava um babaca. Haviam tolerado um ao outro nos tempos de fazer o bem, nos quais Daniel pensava agora com um pouco mais de clareza do que nos tempos de impressionar Angelica, mas nos seis meses seguintes a Daniel ter aceitado uma posição no Jenssen-Meyer Centre, por acaso futuro alvo dos protestos de Sebastian, a capacidade deles de fingir se darem bem tinha, para dizer o mínimo, sumido.

Daniel era, falando de modo geral, honesto acerca de seu trabalho no departamento de relações públicas do Centro, e honesto acerca do trabalho em que o Centro estava engajado. No que ele não era inteiramente honesto era em como obtivera o emprego e na flexibilidade moral que era encorajado a usufruir agora que o tinha.

Operando no setor de pesquisa de cultivo bioquímico, o Jenssen-Meyer Centre era administrado por dois dos mais notáveis biólogos humanistas radicais dos anos 80: Lens Jenssen e Colin Meyer. Suas credenciais em relação às trincheiras do incipiente movimento ambientalista eram, como Daniel se especializara em observar, absolutamente impecáveis. Dado o passado deles, e o fato de que o objetivo de seu trabalho era a criação de uma fonte de alimentos sustentável, Jenssen e Meyer ficavam compreensivelmente aborrecidos de se verem como o alvo do mesmo tipo de protesto em que eles provavelmente teriam tomado parte vinte anos antes, e assim, quando precisaram escolher alguém para cuidar de suas declarações públicas, ficaram ansiosos por selecionar uma pessoa que tivesse o que até certo ponto eufemisticamente chamavam de uma *compreensão* dos bichos-grilos cabeludos que no momento atemorizavam os investidores com a exibição de faixas no estacionamento. Daniel, que a essa altura, para ser bem honesto, sentia ter feito o suficiente não apenas para impressionar Angelica, como também para se livrar da anti-ideologia de derrubadas e queimadas que a visão de mundo de Katherine implicava, e que estava começando, por mais que apreciasse o que mais tarde recordaria como seus meses de vácuo, a se cansar do idealismo de Angelica e a sentir falta da sensação de avanço profissional que constituíra a base de sua vida até então, viu uma oportunidade de contrabalançar uma metade de sua vida em relação à outra, e assim ficou empolgado em se ver selecionado, o que explica até certo ponto o zelo por ele dedicado na entrevista.

Jenssen e Meyer eram vistos como elitistas, ele lhes disse. A imagem deles se tornara dissimulada; presunçosa. O histórico de ambos na bioquímica radical; seu antigo estilo de vida alternativo que sempre ostentaram como um símbolo de orgulho não era de fato motivo para admiração alguma. Os hippies, longe de ver Jenssen e Meyer como espíritos afins que alcançaram o sucesso, viam-nos como vendidos. Para eles, todo engajamento com os poderes constituídos era suspeito. Hippies não queriam conquistar nada, disse Daniel. Queriam se reunir em espaços alugados recapitulando antigos argumentos, ao mesmo tempo em que se consolavam com a ideia de que sua incapacidade para mudar o que quer que fosse era simplesmente porque a sociedade se mostrava tendenciosa contra eles. Isso significava que Jenssen e Meyer haviam, aos olhos dos manifestantes diante do prédio, cometido uma espécie de duplo crime. Não só tinham se vendido, como também acidentalmente demonstrado que se vender funcionava, e por isso, disse Daniel, os hippies nunca os perdoariam. Ele compreendia que talvez tenha sido uma questão de orgulho pessoal conquistar o apoio de pessoas que eles julgavam que deviam ter sido seus amigos, para começo de conversa, mas a verdade era que chegara a hora de fazer novos amigos. Mais do que vender a integridade ideológica de sua pesquisa para a turma alternativa, sugeriu ele, eles precisavam vender a respeitabilidade de sua pesquisa para a turma respeitável, pois no momento se achavam entre dois polos ideologicamente opostos e estavam fazendo um grande trabalho se não queriam agradar nem um, nem outro. Assim como os manifestantes usaram o passado de Jenssen e Meyer como prova de que não tinham nenhuma lealdade a ideais firmes, do mesmo modo as mais conservadoras entre as comunidades de pesquisa usavam isso como evidência da potencial volubilidade deles. No fim, ninguém dava a mínima para os hippies e para o que eles pensavam. Se Jenssen e Meyer queriam ser bem-sucedidos, disse Daniel, conduzindo seu discurso ao clímax, chegara a hora de romper com o passado. Fodam-se os hippies.

A partir daí, naturalmente, ele observou seu histórico bem-documentado na esfera corporativa, assim como seu histórico menos documentado na esfera hippie, e sugeriu que, se encontrassem alguém com um equilíbrio mais perfeito dos elementos particulares que esse papel exigiria para administrar, que o informassem. Ofereceram o emprego para ele na mesma hora. Ele vendeu seu peixe para Angelica como sendo uma forma de genuinamente fazer a diferença, e para seu crédito ela lhe concedera o benefício da dúvida. Sebastian, por outro lado, não só não parou com as manifestações como também, provavelmente de puro despeito, renovou seus esforços, o que significa dizer que a fachada de amizade que mantinham em nome de Angelica estava agora mais frágil do que nunca. Não obstante, todo fim de semana Daniel tinha de pôr um sorriso no rosto e enfrentar o jantar, a frase *fodam-se os hippies* entalada um tanto desconfortavelmente em sua garganta.

Essas noites eram quase sempre a mesma coisa, e Daniel só as achava toleráveis na medida em que o poupavam de passar mais uma noite aprofundando a relação com Angelica. Ela sempre cozinhava — qualquer coisa cheia de grumos, substanciosa e completamente abominável —, e Sebastian e Plum sempre traziam vinho — algo seco e incomum, com credenciais políticas irretocáveis.

Essa noite, naturalmente, não era diferente. Eles chegaram tarde o suficiente para demonstrar seu desprezo casual pela pontualidade burguesa, porém não tão tarde a ponto de abrir mão do direito de se irritarem com qualquer um que chegasse abertamente atrasado a alguma de suas reuniões. Plum estava usando um vestido que ela própria fizera de uma coleção de capas de almofadas antigas encontradas, conforme explicou, em um brechó de caridade fantástico que descobrira quando passava um feriado em Brighton. Sebastian usava botas marrons com salto pseudocubanas, jeans *stonewashed* e jaqueta Nehru com gola mandarim. Seu cabelo comprido estava preso atrás, de um jeito que fazia parecer que seu sorriso era causado pela tensão em seu couro cabeludo e seu rosto.

"Ange", disse Sebastian, beijando Angelica na boca (beijos na bochecha eram reprimidos, todos pareciam concordar, e reservados apenas para situações desconfortáveis ou falsas). "Que bom ver você. Meu Deus, você está fabulosa. Ela não está fabulosa, Daniel?"

"Claro", disse Daniel quando Plum o beijava na bochecha. "Você também, Plum."

"Irrigação de bário", ela disse, esticando os braços para abraçar Angelica enquanto Sebastian acenava constrangido para Daniel, com as mulheres abraçadas entre os dois. "Eu me sinto a supermulher."

"É incrível quanta porcaria você pode reter no seu cólon", disse Angelica.

Eles se acomodaram à mesa de jantar, onde Angelica acendera velas. O aparelho de som tocava qualquer coisa brasileira. Angelica saiu para pegar a comida.

"Quer que eu faça alguma coisa, amor?", exclamou Daniel.

"Não!", exclamou ela de volta, para grande desapontamento dele. "Pode ficar aí conversando, querido."

Sebastian sorriu. "Você não se incomoda de eu dizer para a Ange como ela está fabulosa, não é?"

"Claro que não", disse Daniel. "Mas e vocês, como vão?"

"Ótimos", disse Plum.

"Tanta coisa acontecendo", disse Sebastian.

"Isso é ótimo", disse Daniel.

"E você?", disse Sebastian, exibindo os dentes por uma fração de segundo. "Como vai a vida no laboratório?"

"Eu não trabalho nos laboratórios", respondeu Daniel, talvez pela enésima vez.

"Ah, é, eu sempre esqueço. Você não faz pesquisa, só proselitismo da pesquisa."

"Ah, deixa ele em paz, Seb", disse Plum.

"Só estou mexendo um pouco com ele. Você não liga, né, Dan?"

Daniel ligava, e também não gostava de ter seu nome abreviado, mas não comentou uma desfeita nem outra, já que fazer isso seria arruinar o clima. Angelica alimentava grandes expectativas pelo clima e ai de quem se atrevesse a pôr isso em risco.

"Bom, acho que fazer proselitismo é um pouco forte", disse Daniel. "Está mais para uma espécie de atribuição educacional, na verdade."

"Então você é o ministro da Propaganda", disse Sebastian.

"Na verdade, não."

Como tantos de seu círculo de relações, Sebastian costumava comparar com fascismo qualquer coisa de que não gostasse.

"Você leu as manchetes dos jornais, imagino", disse Sebastian. "Meu Deus, o que estou dizendo? Você provavelmente escreveu as manchetes."

"De que manchetes você está falando?"

"Você sabe, aquelas sobre o Centro."

"Ah, essas", disse Daniel. "Sei, a gente não tem certeza de que fonte elas vieram, na verdade."

"Imagino que você vai me dizer que não é verdade."

"Bom, na verdade eu não ia, mas, já que você mencionou, isso mesmo, elas são totalmente falsas."

"Você fala como um crente genuíno."

"Acreditar não tem nada a ver com isso. O Centro está pesquisando uma fonte de cultivo sustentável. O que está acontecendo com as vacas, seja lá o que for, não tem nenhuma relação."

"Mas e se elas estiverem comendo plantações modificadas? E se isso for uma amostra do que vai acontecer no futuro?"

"Se você acha que vacas comem plantações, então é incrivelmente ingênuo. Mas no caso, se é verdade que esse é um vírus capaz de pular a barreira das espécies, coisa que todo mundo parece acreditar que é, então isso excluiria a fonte alimentícia como agente infeccioso."

"Na verdade, não", sorriu Sebastian, que odiava ser chamado de ingênuo exatamente com a mesma intensidade com que adorava rotular os outros como tal. "Pode ter sido contraído com a fonte de alimento, depois passado para os humanos quando eles comeram carne infectada."

"Certo, mas isso só nos traz de volta à questão da fonte do alimento. Você não lembra da vaca louca? Vacas comem purê de vaca no café da manhã, no almoço e no jantar."

"Sabe", disse Sebastian, seu lábio curvado. "Você devia trabalhar em relações públicas."

"E você devia passar a vida protestando contra coisas que não entende", retrucou Daniel. "Vi você lá outro dia. Parecia fazer um frio dos diabos."

"No seu escritório é quente, não é?"

"É, obrigado."

"Você está bem longe daquele estacionamento, não está?"

Nisso, Daniel simplesmente deu risada, ainda que fosse apenas para mascarar seu esgar.

"Não estamos já nisso, estamos?", disse Angelica, trazendo o troço de lentilhas e revirando os olhos. "Pelo amor de Deus, meninos, deixem disso."

Sebastian abriu as mãos de um modo presunçoso, inocente. Daniel fez o mesmo gesto presunçoso, embora ligeiramente menos inocente.

A conversa seguiu em frente. Plum e Sebastian falavam sobre Brighton. Eles sempre falavam sobre os lugares como se fosse impossível que as pessoas com quem estavam conversando algum dia os tivessem conhecido. Daniel já estivera em Brighton, mas não disse nada. Já flertara com o perigo de uma posterior briga doméstica após a troca de farpas com Sebastian. Em geral, ele se saía melhor em administrar essas situações. Talvez fosse o telefonema de Katherine, o fato de remexer em todas aquelas lembranças e sensações desagradáveis. Talvez fosse a gripe. De um modo ou de outro, estava se sentindo definitivamente belicoso. Katherine teria dito que esse era seu verdadeiro eu. Na opinião dela, a sociabilidade era sempre uma mentira. Você podia fingir ser agradável, ela diria, mas ser escroto vinha do coração.

Quando Daniel voltou a sintonizar na conversa, o assunto passara para a política e as deficiências do governo. Daniel não cansava de se espantar com o fato de que, anos após Blair ter deixado o poder, seus defeitos continuassem parte integrante das conversas em jantares. Se esse não era o seu legado, Daniel não sabia o que era.

"Quer dizer", disse Sebastian, "*olha só* o Afenistão."

"Ah, eu sei", disse Angelica. "O Afienistão está um *horror*. E pensar que esse homem realmente pôs a gente lá."

Era, notou Daniel, um acordo tácito dentro do grupo que os nomes de países estrangeiros tinham de ser pronunciados com uma inflexão ligeiramente diferente da usual, feita com tal confiança que implicasse a ignorância de parte de qualquer um estúpido ou colonialista suficiente para pronunciar Afe*gan*istão.

"Sabe", disse Sebastian, curvando-se para a frente de uma maneira que sempre pressagiava que ia dizer algo profundo. "Os nativos americanos têm essa abordagem realmente fascinante de todo o conceito de liderança."

"Ai, eu adoro o ponto de vista dele sobre as coisas", disse Angelica. "Como o sistema de não propriedade e toda a atitude deles com a terra. É tão horrível que a gente destrua essas culturas sem aprender com elas primeiro."

"É verdade", disse Daniel. "A gente devia aprender e *depois* destruir."

"Ah, você sabe o que eu quero dizer. Não leve ao pé da letra."

"O que eles dizem", disse Sebastian, rapidamente barrando qualquer possível desvio do assunto, "é que tudo bem, você pode ser nosso líder, pode ser nosso chefe ou o que for, mas só até começar a se *comportar* como nosso chefe. Entenderam?"

"Mmmm", disse Plum. "Meu Deus, isso é tão bonito."

"Mmmm", disse Angelica.

"Porque o que eles estão dizendo", continuou Sebastian, "é que o poder corrompe, certo? É tipo a... a inevitabilidade do fascismo". Ele bateu palmas uma vez, rápido, claramente satisfeito com a frase. "E no instante em que eles percebem que você está indo para o lado negro..." Passou um dedo na frente do pescoço. "Você já era."

"Então quem toma essa decisão?", disse Daniel. "Quer dizer, tem algum tipo de placa luminosa de advertência ou qualquer coisa assim? Quais são os indicadores determinantes? Comprar um Porsche?"

"Acho que esse é um jeito muito materialista de encarar o que é essencialmente uma questão espiritual."

"Bom, eu acho que a coisa toda é um jeito muito espiritual de encarar o que é essencialmente uma questão prática. Vocês não querem que nossos líderes se comportem como líderes? Não querem que eles assumam responsabilidades?"

"Mm-hmm", balançou a cabeça Sebastian. "Mas tem a questão do bem comum."

"Quem decide isso?"

"Daniel está um pouco rabugento hoje", disse Angelica, esfregando suas costas e fazendo beicinho. "Ele tá dodói."

"Ah, não enche."

"Você ia ficar fora do círculo de liderança dos nativos americanos com esse tipo de comportamento", disse Plum, piscando para Daniel. Ela tinha um jeito sutil de ir na onda geral da conversa ao mesmo tempo em que sugeria certa dose de simpatia pelos derrotados, e isso significava que ninguém podia ficar irritado com ela, o que por sua vez significava que Daniel na mesma hora ficou irritado com ela, mas não fazia ideia de como expressar isso sem parecer um babaca.

"A doença é uma grande bênção", disse Sebastian, servindo-se de um pouco mais do troço de lentilha. "É tão purificadora."

"Estou cheio de catarro. Não me sinto purificado."

"Emburradinho da mamãe", disse Angelica, abaixando para pegar o gato, e gemendo um pouco quando ergueu a massa amorfa em seu colo. "Ele tá emburrado, não tá? Ele tá, sim. Ele tá, *sim.*"

"Lembro de quando eu tive disenteria no Sri Lanka", disse Plum. "Meu Deus, foi como se eu fosse uma nova pessoa, quando terminou."

Sebastian passou o braço em torno dela e a beijou na têmpora. "Você foi maravilhosa enfrentando aquilo", ele disse.

"Emburradinho. O papai tá emburradinho. Ele tá, sim. Ele tá, sim."

"Você precisa mesmo falar de mim com o gato desse jeito? Sério mesmo? É realmente necessário?"

"Os animais conhecem nosso verdadeiro eu", disse Sebastian. "Se você se sente confortável com seu verdadeiro eu, não tem nada a temer com o gato, independentemente do que a Angelica falar pra ele."

"Não estou preocupado com a opinião do gato, na verdade, é mais o..."

"Às vezes eu sinto que ele consegue ver através de mim", disse Angelica, olhando para Daniel, mas ostensivamente referindo-se ao gato. "Como se ele pudesse só entrar no quarto e já *saber*, sabe? Tipo outro dia, quando eu estava me sentindo muito negativa, você lembra, amor, por causa daquele negócio todo com o telefone e... enfim, isso não tem importância, não quero voltar para aquele espaço outra vez, mas ele simplesmente entrou no quarto, olhou pra mim e eu senti que ele entendia, e ele veio e sentou comigo, e foi tão relaxante, e eu pensei, tudo isso está acontecendo sem linguagem, sem palavras."

"É verdade", disse Daniel. "Ele sabe como é a dor de receber uma conta de telefone com cobranças indevidas."

"Não é tão literal assim", disse Sebastian.

"Eu sei. Estava só brincando."

Sebastian balançou a cabeça como se confirmasse algo muito importante para si mesmo. Era uma das coisas que Daniel nunca entendera muito bem sobre Sebastian e Plum e gente como eles. Para pessoas que acreditavam em liberdade, expressão, paz e amor, que se manifestavam contra a tirania dos quadrados, eles eram estranhamente sem senso de humor, como se a livre expressão e uma exploração emocional sem limites fossem algo tão sério que não deixavam espaço para a genuína diversão.

"Quem quer mais um pouco?", disse Angelica, pondo o gato no chão conforme se levantava para olhar a comida. "Falando sério, sobrou muito."

"Eu não aguento", disse Plum. "Sério."

"Pra mim, não", disse Daniel. "Estava uma delícia. Mas estou cheio."

"Parece que somos só você e eu, Seb. Vamos lá, pega outra colherada."

"Você não vai reparar se eu aceitar", disse Sebastian, passando-lhe seu prato. "Precisa me dar a receita."

"Sou tão sortuda de ter um homem que cozinha", disse Plum.

"Ah, é mesmo", disse Angelica. "O Daniel é um desastre na cozinha."

"Como você consegue comer alguma coisa se não tem uma relação com ela?", disse Sebastian, engolindo com esforço outro bocado da pasta amarronzada.

"Mmmm", disse Angelica.

Daniel não respondeu. A dificuldade dessas pequenas reuniões com Sebastian e Plum era que eles tinham uma tendência a eleger Daniel para o papel da pessoa negativa, aquele que estragava o clima muito facilmente. Isso significava que não só tinha de tolerá-los, como também precisava superá-los em positividade, o que sem dúvida era difícil quando sentia que estava prestes a vomitar.

Ele decidiu voltar logo para sua quarentena, antes que tivesse de botar para fora toda a bile que estava dentro dele.

"Me desculpem", disse. "Não estou me sentindo bem. Acho que preciso deitar."

"Sério, amor?", disse Angelica. "Está mesmo se sentindo tão mal e desanimado desse jeito?"

"Estou", disse Daniel. "Desculpem."

"Talvez seja melhor a gente ir", disse Plum.

"Não, não", protestou Daniel, observando que Sebastian permanecera em silêncio durante essa conversa. "Não se preocupem comigo. Podem ficar e se divertir. Talvez eu até desça depois. Só preciso descansar um pouco, só isso."

"Vê se melhora logo", aconselhou Plum.

Quando subia a escada, já lamentando o que devia ter parecido uma fuga súbita e um tanto patética, pôde escutar Sebastian aproveitando a deixa.

"Sabe", ele disse, "os butaneses acreditam que o modo como alguém lida com a doença diz muita coisa sobre como lida com a vida..."

Ele ficou deitado na cama, ainda vestido, e fechou os olhos. Estava arrotando lentilhas. Sentia-se pesado, desajeitadamente ancorado ao mundo em torno de si. Sua cabeça estava de algum modo acelerada e falhando ao mesmo tempo.

Ele era, pensou, *problemático*, com certa dose de autoindulgência, mas também com algum grau de satisfação. Admitia isso porque não era um fenômeno novo. Assim como borrões de sangue apontarão um culpado ou uma doença (a mancha escarlate no lenço; as estrias cor-de-rosa de uma matéria sinistra na urina), os pensamentos de Daniel eram cada vez mais salpicados com horríveis gotas de uma perturbação preocupante. As transgressões da infância subiam borbulhando à tona. Antigos delitos e lapsos sociais constrangedores o afligiam vindo dos recessos mais escuros de sua memória. Em momentos perfeitamente comuns, ele sentia suas orelhas queimando, suas bochechas ruborizadas, sua barriga se contorcendo na região dos intestinos com a lembrança de antigos erros. Será que achava que era perfeito? Por acaso ele *desejava* ser perfeito?

Recentemente, como se houvesse inconscientemente exaurido seu arquivo de sofrimentos leves mas resistentes, as lembranças haviam começado a vir acompanhadas de medos súbitos, prementes. E se Angelica ficasse doente? E se ele perdesse o emprego? Talvez Angelica não o amasse. Talvez ela tivesse conhecido outra pessoa. Como ele seria capaz de dizer? Como ele podia dizer se a amava? Assim como as lembranças, esses medos assomavam aparentemente vindos de lugar nenhum, das profundezas ou da distância periférica, como peixes mordiscando farelos de pão na superfície de um lago calmo. Ele se perguntou se seria porque, como pensara antes, estava evaporando conforme ficava mais velho. Talvez, à medida que todos os fluidos de seu eu flutuassem para o céu, as coisas que ele havia afogado tanto tempo antes voltassem à superfície. Ele imaginou esse mesmíssimo peixe — encalhado, as guelras arfando, as escamas já perdendo sua luminescência no ar sufocante. Era isso que ele era? Era isso que todo mundo era, no fim das contas, uma coleção de detritos enterrados, ignorados, suprimidos que permaneciam teimosamente na linha da maré depois que tudo o mais sumira?

Pensando a respeito agora, na cama, com a mão sobre os olhos e um tremor infantil no lábio superior, percebeu que era por isso que a ligação de Katherine o deixara tão nervoso. Ali, na visão de um único nome aparecendo em uma tela, estava a sensação de tudo que enterrara sendo indignamente exumado. Sim, ele deixara Nathan na mão, perto do fim, claro que deixara, ambos haviam deixado. Sim, ele rompera com Katherine de um jeito vergonhoso para seus cinco anos juntos, deixando-a com a sensação, como ela dissera em sua última carta para ele apenas um ano antes, de quc nada daquilo importara, que fora tudo um erro. E sim, mais do que tudo, ele mentira para Katherine, ele a traíra da forma mais inequívoca. Esse era o ponto crucial. Era isso que o perturbava, e isso, para ser bem honesto, era o fator principal contribuindo para o mal-estar na companhia de Angelica: o fato de que ele, embora nunca tivesse discutido isso, saíra do bar na noite em que a conhecera, depois de todas aquelas conversas épicas, idealistas, sentindo o que ele sabia serem as primeiras agitações de algo que havia muito julgara perdido para ele, e fora para casa, para Katherine, com quem ainda não havia rompido, e lhe dissera, exatamente como havia dito nesta *mesma* noite para Angelica de uma maneira desconfortavelmente similar, que não falara "com ninguém" durante toda a noite. E sim, ele havia ligado para Angelica quando Katherine estava no trabalho no dia seguinte, e sim, havia de fato trepado com Angelica semanas mais tarde, ainda sem ter terminado as coisas com Katherine, e quando Katherine perguntara se havia outra pessoa, naquela noite, quando tudo chegara ao fim, ele lhe dissera, com o rosto impassível, que nunca faria uma coisa dessas com ninguém, que não acreditava nisso, e sim, isso fora quando Katherine lhe dissera, como se soubesse (ela sabia?), para nunca dizer nunca, e havia de fato pronunciado as palavras que ainda o assombravam agora, enquanto mentia, fingia e escondia seu desgosto consigo mesmo atrás do desgosto com os defeitos dos outros: *quanto mais alto, maior o tombo.*

O café-restaurante onde Nathan estava sentado era, a olho nu, perfeitamente quadrado. Seu piso de linóleo era em xadrez preto e branco, assim como, de um jeito confuso, a metade inferior azulejada de suas paredes, no mais cor de leite. As mesas eram quadradas e com tampo de fórmica, dando uma aparência sufocantemente uniforme contra a qual listras de ketchup e restos de ovo do café da manhã ficavam em gritante relevo. As cadeiras eram vagabundas e frágeis e se deformavam quando recebiam uma pessoa maior, como Nathan, com todo o seu peso. Também eram pequenas e faziam uma pessoa grande parecer maior, sensação em dissonante desacordo com o fato de que eram baixas e assim faziam uma pessoa de qualquer tamanho se sentir menor, devido à altura resultante da mesa. Algumas mesas eram colocadas lado a lado de modo a acomodar quatro pessoas. Era de se presumir que um grupo de cinco ou mais precisaria se virar como desse. Uma mesa tinha apenas sal, enquanto outra, apenas pimenta. O ketchup era servido de um tomate de plástico com cerca de quatro vezes o tamanho de um tomate real. O saleiro e o pimenteiro eram pessoas em miniatura com chapéu preto ou branco, dependendo do conteúdo, cujas expressões impassíveis pareciam esquisitamente incongruentes, dado o fato de que ficavam junto a um tomate gigante e sem dúvida um pouco ameaçador. O restaurante era dessa escola de hospitalidade que prega que talheres devem ser entregues junto com a comida, e não antes. Não havia guardanapos, já que estes eram oferecidos como bainha para os talheres. O Nescafé preto de Nathan fora servido numa caneca preta. Quando ele se curvou sobre a caneca, ela tinha a aparência de um vácuo negro dentro do qual ele podia cair ou de onde alguma coisa indescritível podia emanar. Pelo menos uma pessoa no lugar estava olhando para ele. O sol de inverno estava nivelado com os telhados dos prédios opostos, permitindo que sua luz filtrasse ininterruptamente pela porta de vidro e pela ampla janela do restaurante, contrailuminando os três outros fregueses em relação à posição de Nathan e levando-o a entrecerrar os olhos e depois pestanejar rapidamente sempre que erguia o rosto do buraco negro de seu café, levando-o por sua vez a ter a sensação de que a realidade era uma tela diáfana em que alguma criatura inominável mastigara buracos irregulares.

As posses de Nathan: uma bolsa de lona contendo três mudas completas de roupa, dois livros e artigos de toalete básicos; um pacote de tabaco para enrolar que também continha papéis, filtros e um isqueiro Zippo; e sua carteira. O casaco que um dia parecera adequado não era mais suficientemente efetivo, a despeito do calor corporal gerado pela caminhada rápida de cinco quilômetros que Nathan realizara porque não queria que seus pais o pegassem direto no Sanctuary e não queria que ninguém da equipe do Sanctuary o levasse para parte alguma. Pensara que andar até a cidadezinha mais próxima o faria se sentir bem. Ele não se sentia bem.

Por grande parte da vida adulta de Nathan, as pessoas ficavam olhando para ele e, regra geral, ele aceitara isso, assim como também aceitara que era provável ocorrer com mais frequência, haja vista certos acontecimentos e alterações em sua aparência física. Ficar com o casaco não ocultava inteiramente as tatuagens e cicatrizes que se insinuavam como trepadeiras por sua gola e suas mangas. Sua barba estava cheia e ouriçada; seu cabelo batia no pescoço e ele o puxara para trás usando a brilhantina que pegara emprestada com algum outro paciente. As pessoas podiam ter conjecturado muita coisa a partir de seus olhos, ele pensou, se estivessem olhando para seus olhos.

O restaurante era permeado por um vapor gorduroso e cheirava fortemente a pano úmido. Nathan pedira um café da manhã inglês que o cardápio descrevia como Olimpiano. Havia quatro pessoas ali: um casal de idade com canecas de chá, dividindo o *Sun* entre si de acordo com suas seções de interesse; a mulher que dirigia o lugar, usando um avental azul e uma rede no cabelo, e exibindo um sorriso que era como se ela tivesse de ficar sob o secador toda manhã para firmá-lo; e no canto oposto um sujeito hirsuto e atarracado comendo um sanduíche de bacon e olhando para Nathan por cima da elevação macia do pão arredondado. Não era assim que Nathan imaginara sua primeira refeição depois de sair, mas quando pensou a respeito ele se deu conta de que isso era em parte porque não imaginara muita coisa. Ele se sentia cansado. Suas condições físicas estavam se deteriorando. A pessoa provavelmente tinha de lavar as paredes num lugar como esse, pensou, mas em um lugar como esse isso provavelmente não acontecia. Perguntou-se se o restaurante oferecia molho inglês e, caso o fizesse, em que tipo de dispensador simbólico ele seria servido. O homem-pão mastigava ostensivamente, talvez até agressivamente. A mulher com o sorriso de secador trouxe seu café da manhã e os talheres que o acompanhavam. Não era a primeira vez que Nathan não inspirava confiança suficiente para ganhar talheres fora do contexto adequado de uma refeição. A implicação disso era notável, mas não particularmente preocupante. O casal do jornal estava agora fazendo junto as palavras cruzadas. Homem-pão pediu outra xícara de chá. Os ovos de Nathan haviam sido fritos ao ponto mínimo de solidificação, e não mais que isso. Os embutidos eram da variedade barata de supermercado e continham pedaços indeterminados de matéria dura que ele tomou por osso. O bacon não estava crocante. Depois de pedir, concluiu que molho inglês não era uma opção do lugar. Havia se alimentado de comida muito saudável por vários meses e a gordura foi um choque e o choque foi uma decepção porque sua expectativa de emoção era a felicidade. Foi cuidadoso ao mastigar e em prestar atenção no que estava comendo, mas o osso das linguiças talvez tenha sido um pouco de realidade demais para ele. Seu café estava quente e ele queimou a boca e então experimentou aquela sensação arenosa em sua língua que iria durar, assim imaginou, cerca de um dia.

Quando Nathan tinha seis anos de idade, sua mãe discutira com ele em detalhes a definição do Chambers Concise English Dictionary para "desapontamento" e a exata relação dessa palavra em referência à sua relação com ela. Durante o tempo que ficou longe, Nathan redefinira a certa altura a palavra *sadness*, tristeza, como plural, não como singular, e agora continuava a pensar na tristeza como uma espécie de família estendida na qual alguns membros eram mais acessíveis que outros. Suas mãos tinham um aspecto contorcido, tenso conforme comia, e após um longo período passado abandonando sua autoconsciência ele se deu conta de que estava mais uma vez autoconsciente. Era possível que o homem do pão não estivesse olhando para ele, assim como era possível que as dimensões do restaurante não tivessem nada de perturbador, embora o fato de que a mesa e as cadeiras eram desconfortáveis fosse uma certeza. Havia uma possibilidade de muito forte de que ele não quisesse que seus pais chegassem, embora também fosse verdade que ele não queria continuar nesse restaurante particular ou mesmo nessa cidade por um minuto a mais do que o estritamente necessário. Mostarda teria tornado as linguiças mais palatáveis, mas, depois de pedir molho inglês em vão, sentiu certa relutância em pedir mostarda.

Terminou seu desjejum usando uma fatia de pão frito que reservara cuidadosamente para passar na gordura, na gema do ovo e no caldo frio de feijão em seu prato. Esvaziou seu café, embora o vácuo negro de sua caneca tornasse isso difícil de determinar, levando-o a pensar numa exploração quando inclinou a caneca perto da boca. A sensação arenosa em sua língua continuou e por sua vez provocou um suor pruriginoso em suas bochechas. Pediu uma lata de Pepsi e pagou usando o dinheiro de sua carteira, que não pensara em conferir, mas que felizmente era suficiente. Uma nuvem passou brevemente na frente do sol e atenuou a contraluz nos demais fregueses e tornou mais focado e menos sinistro o rosto do homem do pão arredondado e deixou claro que ele não necessariamente o estava encarando. Uma Rover cor de vinho estacionou do lado de fora. Nathan virou a Pepsi e pôs a lata sobre a mesa. Pegou sua bolsa, enfiou a mão livre no bolso e saiu do café no exato momento em que sua mãe, resplandecente em uma saia azul-esmalte que tristemente acentuava a malha confusa de varizes em suas panturrilhas, desceu do banco do passageiro e abriu os braços para estreitar Nathan num abraço que ele apenas fisicamente foi capaz de retribuir e no qual desse modo não se podia de fato dizer que estivesse presente.

"Querido", disse a mãe. "Sentimos tanto sua falta."

Ela virou e olhou para o carro, onde o pai de Nathan podia ser visto no banco do motorista. "Roger", ela disse. "Sai do carro."

O pai de Nathan, um homem que usava uma jaqueta de iatismo o ano inteiro, a despeito de nunca ter pisado num iate, saiu do carro acompanhado pelo farfalhar químico de tecido sintético.

"Filhote", disse. "Como você está?"

Esticou a mão para Nathan, que a apertou.

"Tudo bem", disse Nathan. "Estou legal."

"Que ótimo", disse o pai de Nathan.

"Bom", disse a mãe de Nathan.

Ficaram parados em um triângulo equilátero aproximado e cada um dos três de alguma forma virado em ângulo de modo a encarar o espaço vazio entre os outros dois. O pai de Nathan enfiou as mãos nos bolsos de sua jaqueta de iatista. Nathan coçou a barba. A mãe de Nathan ensaiou uma espécie de sorriso que, a fim de ser completado, teria exigido um maquinário que seu rosto simplesmente não possuía. Nathan considerou um cigarro e pensou que talvez não. O pai de Nathan extraiu um iPhone de uma capa protetora em seu bolso com fecho de velcro e tocou a tela.

"Tem uma brecha no trânsito", disse. "Melhor aproveitar."

Guardou a bolsa de Nathan na traseira do carro e acionou a porta de trás para que Nathan pudesse entrar. O pai de Nathan dirigiu e sua mãe ficou no banco do passageiro olhando diretamente para a frente. Nathan ficou olhando para a parte posterior de suas cabeças e para suas nucas, para os cabelos grisalhos com corte chanel de sua mãe e a nuca ampla e ligeiramente avermelhada de seu pai, que o deixava com a aparência de estar sempre com raiva ou melhorando de uma queimadura de sol. A duração da estada não fora discutida.

"Seu quarto está lindo", disse sua mãe sem se virar. Ela tendia a dirigir sua conversa ao para-brisa quando estavam no carro. Nathan achava que ela sofria da sensação de solipsismo de uma criança. A noção de outras mentes para ela era um esforço. Achava que se não ficasse de olho na estrada seu marido também não ficaria.

"Sei", disse Nathan.

"Sei, ele diz", disse o pai de Nathan.

"O que você quer que eu diga?

"Acho que seu pai só está esperando um pouquinho de gratidão, só isso", disse a mãe de Nathan. "O ônibus, Roger."

"Estou vendo."

A mãe de Nathan abriu o bolso de velcro na jaqueta de iatismo de seu marido e pegou o celular. Manuseou a tela, tocando e deslizando, com uma eficiência que Nathan achou perturbadora.

"Cinco e-mails novos!", exclamou, com um gritinho.

Nathan considerou que sua decisão anterior referente a não fumar um cigarro talvez não tivesse sido a mais acertada.

"Pensando em você quando está passando por essa grande conquista", disse sua mãe, num tom que deixava claro que lia em voz alta.

"Amém", disse o pai de Nathan.

"Quem escreveu isso?", disse Nathan.

"Querida Mãe Coragem. Só queria lhe dizer que você é uma inspiração para mim. Li tudo que escreveu. Torço muito para que consiga seu menino de volta, beijos, Samantha69."

"Que menino?", disse Nathan.

"Que menino, ele diz", disse o pai de Nathan.

"Da última vez que eu contei só tinha um", disse a mãe de Nathan.

O cinto de Nathan restringia demais seu movimento para a frente e tornava difícil conversar adequadamente com sua mãe. Soltar o cinto teria levado a uma conversa desnecessária com ela ou com seu pai.

"Você é Mãe Coragem?"

"Claro que sou Mãe Coragem", disse a mãe de Nathan.

"Então quem é Samantha69?"

"Uma das minhas seguidoras."

"Que seguidoras?"

"Olha, quero que você saiba", disse a mãe de Nathan, ainda deslizando o dedo pelo telefone e direcionando sua fala à tela, ao mesmo tempo verificando a estrada de tantos em tantos segundos, "que estamos com você para o que der e vier, e não estamos querendo uma confrontação. Mas mesmo assim, se tiver uma confrontação, então não tem problema. Tudo bem ter confrontação, Nathan. Não há motivo para ficar com medo."

"Não estou confrontando ninguém", disse Nathan.

O ângulo do sol se pondo era tal que abaixar os protetores de ambos os lados do retrovisor, como os pais de Nathan haviam feito, foi essencialmente inútil. O painel do carro exibia uma temperatura externa de zero grau Celsius e uma temperatura interna de vinte e oito. Nathan não havia tirado o casaco e agora se sentia apertado demais para conseguir fazê-lo. Sua relutância em desafivelar o cinto não podia ser inteiramente explicada, mas talvez estivesse relacionada a uma sensação tanto de segurança como de restrição forçada que ele achava reconfortante.

"Mães que Sobrevivem", disse a mãe de Nathan.

"Quem são as mães que sobrevivem?"

"Mães que Sobrevivem *ponto com*. O site." A voz de sua mãe estava estrategicamente calma em um nível que despertava a sensação exatamente oposta em Nathan. "É para mães que, nessa ou naquela situação, como o nome sugere, *sobreviveram*."

"Sobreviveram a quê?"

"Sobreviveram a quê, ele diz", disse o pai de Nathan.

"Aos filhos", disse a mãe de Nathan.

Copas de árvores estilhaçaram o sol de fim de tarde em fragmentos e iniciaram um efeito estroboscópico muito semelhante a um rápido piscar de olhos. A sensação da realidade como uma tela diáfana não iria embora tão cedo. Quando Nathan fechava os punhos, o tecido de cicatriz se esticava nos nós dos dedos de um jeito que o lembrava de uma fatia de presunto enrolada em peito de frango. Nenhuma dor. O uso de seus dedos, do braço ou de outras partes do corpo não havia sido afetado. Ele disse: "Em que sentido? De que viveram mais que os filhos? Ou que os filhos tentaram matá-las?"

"Nos dois. Tanto faz. Em todos os sentidos."

"Mas eu não morri."

"Não precisa ter morrido."

"E não tentei matar vocês."

"É uma organização muito inclusiva. Tem a ver com compartilhar as coisas, não com se resguardar."

Sua mãe continuava falando com o para-brisa. Qualquer coisa em que não estivesse prestando atenção escaparia do controle. Aproximadamente um ano antes ela explicara a Nathan que deixar de pensar em si mesmo como tendo uma enfermidade era em si um sintoma de sua enfermidade.

"Compartilhar o quê?", disse Nathan.

"Nosso trauma", disse a mãe de Nathan.

“Que trauma?”

“O trauma pelo qual passamos.”

“Isso não é resposta.”

“O trauma”, disse o pai de Nathan bruscamente, “de você”.

Campos passavam por eles, sulcados, destituídos de vida. A sensação de que ali um dia houvera campos cultivados que estavam agora sem nada fazia com que parecessem lugares onde alguma coisa já acontecera: um pós-evento; abandonados. Coisas chegavam; coisas partiam. A sensação de abrasão em sua língua. O modo como o sol pode parecer frio. O modo como as coisas aconteciam e eram esquecidas.

“Quase chegando”, disse seu pai.

A casa dos pais de Nathan era um chalé outrora bonito no limite entre Cambridgeshire e Suffolk que eles haviam comprado por uma pechincha e gastado uma nota para arruinar. Pesquisando na região por um lugar ideal para descansar após comemorar a partida de Nathan do que sua mãe chamava, sem nenhum vestígio de ironia, *o ninho familiar*, haviam topado com um velho professor muito fragilizado e não inteiramente bom da cabeça que, devido a problemas de mobilidade, saúde e conveniência, queria vender rápido e cair logo fora dali antes que fosse encontrado, como ele mesmo disse, apodrecendo numa poça de seus próprios fluidos. Percebendo seu sofrimento, os pais de Nathan imediata e abnegadamente regatearam até chegar a algo próximo de dois terços do valor justo e lhe disseram que, para seu próprio bem, ele de fato precisava se mudar rápido, e que a melhor maneira de mudar rápido, contanto que a pessoa pudesse se dar ao luxo de ter dois confiáveis compradores como eles, era excluir qualquer intermediário e manter boa distância dos corretores imobiliários. Quando assinou o contrato rudimentar, ele os fez prometer que se manteriam fiéis ao espírito da velha casa. Eles prometeram, depois estriparam todo o interior. Começando no exato dia em que se mudaram, puseram em marcha um processo que Nathan mais tarde descreveria como um massacre estético. Não exatamente dotados na questão do gosto, seus pais haviam, na obra do que com a maior franqueza chamavam de sua *morada final*, atingido o ápice de suas horríveis aspirações. As janelas de vitrais e molduras de madeira foram substituídas por PVC e vidro reforçado, que, como o pai de Nathan explicou, mantinha o calor do lado de dentro e o barulho do lado de fora, embora precisamente que barulho, dada a localização da casa no extremo distante de uma estradinha isolada na periferia de um vilarejo soporífero, nunca ficou muito claro. O lindo fogão de ferro esmaltado Rayburn, que estava em excelentes condições devido ao fato de que o ex-professor vivia inteiramente de congelados que preparava no micro-ondas, foi rapidamente substituído, com grande alarde por parte da mãe de Nathan, por um moderno fogão elétrico todo preto com controles sensíveis ao toque. O piso original de tijolos, que o pai de Nathan achou frio o suficiente para penetrar até na luxuosa integridade de suas pantufas, foi coberto por um felpudo tapete de cor creme. As tesouras aparentes foram ocultadas por um forro ("é tão melhor"); as paredes pintadas com o rosa pastel da Farrow & Ball foram cobertas com tinta Dulux creme, infinitamente menos de época; e a banheira de ferro fundido foi substituída por outra mais funda, mais larga e totalmente moderna da B&Q. No jardim, que, para grande consternação dos pais de Nathan, se revelou cheio de plantas que precisavam de cuidados, eles arrancaram, com a ajuda de um sujeito caolho e sua serra elétrica, três macieiras, uma rainha-cláudia e uma magnólia, e deram cabo de uma horta de ervas muito complicada e que estava descuidada demais para ser salva. Horrorizado com o emaranhado da glicínia que tomara conta da fachada frontal da casa, o pai de Nathan, munido de uma tesoura de podar e uma serra de arco, pôs mãos à obra até que não restasse nada além das recalcitrantes marcas escuras nos lugares onde a trepadeira se agarrara ao reboco, que, com a graça de Deus, também seria substituído, de todo modo.

Ao fim disso tudo, estavam mais felizes do que nunca, e até convidaram o velho sr. Rudge, o ex-professor, para um lanche, de modo que pudesse presenciar, como explicou a mãe de Nathan, o potencial inexplorado que permanecera bem debaixo de seu nariz todo aquele tempo, mas por uma infelicidade o sr. Rudge não andava bem de apetite — um primeiro sinal, como se veria — e estava morto menos de uma semana depois.

"Pelo menos ele viveu para ver", disse o pai de Nathan, balançando a cabeça com ar de sabedoria.

Tamanha fora a obra realizada na morada final que a mãe de Nathan era incapaz de entrar em casa sem um grau de afetação. Ela passava pela porta já tirando o casaco num único gesto exagerado e o pendurava no cabide que o pai de Nathan aparafusara à parede num ângulo ligeiramente improvável, e, consciente ou inconscientemente, executava um movimento lateral de mão como se passasse os dedos pelos torvelinhos de um riacho cristalino.

"Chá", disse ela pomposamente, e apertou o interruptor da chaleira elétrica.

A mesa de jantar, observou Nathan, era grande demais para a cozinha, funcionando mais como um obstáculo do qual se desviar do que algo a que a pessoa se sentia inclinada a sentar. Tinha lugar para seis, a despeito da crença fortemente arraigada da mãe de Nathan de que para uma reunião informal quatro era o ideal. Reuniões formais sem dúvida obedeciam a diferentes regras. A mesa era de pinho, mas fora envernizada com uma camada tão grossa de um produto à prova de calor que parecia ser feita de material sintético. Apesar do tratamento, copos, pratos e com toda a certeza panelas sob nenhuma circunstância podiam ser colocados diretamente sobre a mesa, mesmo se, como acontecera com Nathan, você tivesse sido tolo o bastante de pegar uma panela quente e precisasse largá-la em algum lugar antes de queimar a mão.

A mãe de Nathan não sabia como ele queria seu chá. Ele comentou que se sentia ofendido com isso, embora não particularmente surpreso.

"Leite, dois cubos de açúcar", disse.

"Vou pôr só um", ela disse, como se isso fosse a própria definição da bondade.

As cadeiras combinavam com a mesa de jantar, mas, devido às preocupações com o linóleo (um negócio branco sujo, com um mosaico amarelo muito pálido), haviam sido municiadas de protetores de feltro nos pés, de modo a assegurar que nenhuma das seis ficasse nivelada, levando a uma situação em que Nathan era incapaz de parar de balançar suavemente sua cadeira de um lado para o outro.

"Pare com isso", disse sua mãe.

Ele parou, depois recomeçou, então se concentrou muito em parar e continuar parado.

"Sabe", disse a mãe de Nathan, dando as costas para a geladeira com uma garrafa de leite na mão. "Dá para congelar o leite que ele não estraga. É bom lembrar."

Nathan fez que sim.

"E queijo", ela disse. "Queijo também congela bem."

Seu pai entrou pela porta dos fundos e começou a lutar bravamente com o zíper da jaqueta, primeiro dando puxões, depois parando como que para tranquilizar a jaqueta com uma falsa sensação de segurança, depois subitamente tentando puxá-lo para baixo com toda a força, como se a surpresa pudesse ter sido o elemento vital faltando naquela batalha.

"Braços pra cima", disse a mãe de Nathan, fazendo um gesto com as mãos.

O pai de Nathan ergueu os braços e franziu o rosto enquanto sua esposa tirava a jaqueta por sua cabeça.

"Bom, Nathan", disse a mãe de Nathan, voltando à chaleira e mergulhando um saquinho de chá. "A gente quer que você se sinta em casa. Sei que faz um tempo que você não vem aqui e que voltar para casa aos trinta anos deve ter seus próprios, como vamos dizer, *desapontamentos*, mas eu acredito sinceramente que você pode ser muito feliz aqui e quero que saiba que ficamos felizes de ter você, e que enquanto você quiser fic... LARGA ESSE NEGÓCIO AGORA MESMO, ROGER."

Nathan virou para a geladeira, onde seu pai fazia menção de entornar um garrafão de um líquido laranja neon em sua boca escancarada.

"Sinceramente", disse a mãe de Nathan, marchando em sua direção e pegando a bebida de sua mão, "isso está *cheio* de agente laranja. Onde você conseguiu isso?"

"Na garagem", disse o pai de Nathan. Apontou desajeitado para o rótulo. "É com vitamina C."

"Você quer ter um infarto, Roger? É isso que você quer?"

"Eu podia ir para um asilo", disse o pai de Nathan, com uma ponta de melancolia.

"Ah, querido, não seja bobo, você sabe que eu nunca permitiria uma coisa dessas."

Nathan desenhou um redemoinho sobre a mesa e tentou não olhar para nada com foco excessivo. As cores podiam ser enganadoras, pensou. Era possível carregar o desconforto com você para um ambiente que não fosse tecnicamente desconfortável, embora, isso posto, ele achasse que o ambiente provavelmente era mesmo desconfortável, uma causa potencial disso sendo talvez o fato de que o piso tinha uma caída imperceptível, mas que provocava uma ligeira vertigem, em um canto, criando um ângulo que se opunha ao ângulo da inclinação do teto e dava a impressão de que você estava dentro do trabalho escolar de um aluno de matemática feito sem o auxílio de um transferidor.

Ele enrolou um cigarro.

"Não", disse sua mãe, simplesmente. Depois: "Lá fora, se você precisa mesmo."

Ele levou o chá consigo. Estava tentando não evocar as lembranças, mas às vezes parecia que as lembranças o evocavam. Ele gostava do frio. A casa era quente demais. O Sanctuary era quente demais. Havia qualquer coisa de imediato em estar frio. Era bom para ficar parado e pensar; respirar profundamente. Os céus de Suffolk pareciam bondosos em sua amplitude; generosos, de certo modo; desenrolando-se em esparsas ocorrências de nuvem. Seu chá não estava suficientemente adoçado e não merecia ser sorvido junto com o cigarro. A maioria das plantas fora arrancada, mas sua mãe estava cultivando vagens sob tripés de varas fincadas no solo. Ela havia pendurado velhos CDs, presumivelmente para manter os pássaros a distância. Eles giravam na brisa suave. Quando tinha oito anos, ele plantara sementes de uva porque seu pai lhe dissera que podia cultivar uma videira. Quando a videira não foi para a frente, sua mãe lhe disse que provavelmente era porque ele não fora bonzinho o bastante. Ele passou mais de uma semana sendo tão bonzinho quanto julgou possível, e ao fim desse período, ainda sem nenhum sinal de videira, Nathan sentiu que não aprendera nada particularmente positivo. Ficou olhando os CDs girarem. Em dois deles, com caneta marcadora preta, estava escrito: *Feliz Dia das Mães, Com Amor, Nathan.* Ele desligou diversos pensamentos e voltou à cozinha. Sua mãe estava sentada à mesa de jantar.

"Ahá", ela disse. "Ele voltou."

Pressentindo no ar alguma explanação iminente, Nathan sentou na frente dela e realizou quatro ciclos de respiração tranquilizadora.

"Bom", ela disse.

Ela respirou fundo, bateu com o dedo indicador contra os lábios franzidos. Alguém que a conhecesse menos do que Nathan teria presumido que estava tentando pensar no que dizer.

"Nathan", ela disse.

"Estou aqui", disse Nathan.

"Preciso instruir você", ela disse. "O quanto antes. Não demora."

"Me instruir?"

"A coisa mais importante", disse, "é que não importa quem ligue ou o que ofereçam, você passa eles para mim, tudo bem?"

"Como assim, o que ofereçam?"

"Não importa quanto dinheiro, ou o tamanho da página dupla, nós absolutamente não aceitamos ofertas iniciais. Estamos combinados?"

"Ofertas iniciais do quê?"

"É mais ou menos como quando o governo diz que não vai negociar com terroristas. Eles negociam, claro. Precisam. Mas é importante dizerem que não, a fim de dissuadir qualquer um que os faça perder tempo."

"Nós vamos ser contatados por terroristas?"

"Não. É uma metáfora. Por jornalistas."

Nathan ficou se perguntando se quatro ciclos de respiração tranquilizadora teriam sido otimistas e considerou fazer mais quatro.

"Não expliquei isso pelo telefone?", disse sua mãe.

"Você falou alguma coisa, mas, para ser sincero, eu não estava escutando de verdade."

Sua mãe piscou três vezes num ritmo uniforme.

"Vou reiterar", ela disse. "Durante o tempo em que você esteve fora, aconteceram novidades consideráveis. Mães que Sobrevivem tem feito muito sucesso. Tenho quase quatro mil seguidores no Twitter."

"Sobre o que você tuíta?"

"Bom, na maior parte eu só mando um link para o meu blog, você sabe. Mas é que agora, com o livro para sair, também tenho tentado alavancar a mídia social como ferramenta promocional. A reação tem sido excelente."

Nathan sentiu um leve desconforto na barriga.

"Bom, você pode olhar para isso de duas maneiras", disse sua mãe. "E eu sei muito bem disso. Você pode encarar como egoísta ou oportunista. Pode dizer que mostrei um desprezo insensível por sua dignidade e seus sentimentos. E, se você realmente disser isso, eu entendo." Ela deu de ombros. "Não é nada que já não tenha sido dito por alguns colunistas de coração mole. Mas você também pode olhar de outra forma, Nathan. Pode encarar como minha dádiva para você. Pode encarar como sendo eu me pondo em risco, me expondo, por você, como eu sempre fiz. Entende?"

Nathan não entendeu e disse que não. Sua mãe esticou os braços e segurou a mão dele entre as suas. Ele não fazia absolutamente a menor ideia sobre como responder.

"É só dar uma chance", disse ela.

O pai de Nathan entrou na cozinha.

"Podemos levar suas coisas para cima", disse seu pai.

"Isso, boa ideia", disse a mãe de Nathan, soltando a mão dele. "Podemos retomar isso mais tarde. Mas não esqueça: nada de ofertas iniciais, isso é o principal. Pega a bolsa dele, Roger."

"É uma bolsa só", disse Nathan.

Seu pai já apanhara a bolsa e não ia se deixar dissuadir. Ele era como um transatlântico: uma mudança de ideia era dolorosamente lenta e exigia um padrão complexo de diminuição da velocidade e de virada antes que algum impulso pudesse voltar a ser aplicado. Fotos ocupavam a parede da escada. Nathan observou seus pais se casando; observou ele próprio em algum evento familiar; observou-se se formando. Havia uma distância cavernosa. Coisas faiscaram; deixaram de ecoar.

"Podemos trocar, se você quiser", disse seu pai, abrindo a porta do quarto.

"Não", disse Nathan. "Está..."

Ele deixou a elipse pairando no ar. De algum modo podia moldá-la com seus lábios. Mandou anotar: "..." ou "—". Esforço considerável e levemente mal-orientado fora feito. O edredom e os travesseiros eram cinza-chumbo. Ele imaginou sua mãe comentando que era uma cor de bons meninos. As estantes eram de metal; levemente industriais. Seus livros estavam em ordem alfabética e também seus CDs. Na cama havia um nécessaire cheio dos produtos perfumados de marca masculina (Logger: Para o Homem da Floresta que Há em Você) que sua mãe lhe comprara todos os natais desde que ele tinha quinze anos. Quando engoliu saliva, sentiu como se um pequeno animal tivesse feito um ninho em sua laringe.

"Como quiser", disse seu pai, e saiu.

Havia um livro em cima do travesseiro: capa dura, o título em relevo e azul sobre uma foto de sua mãe inexplicavelmente olhando para o mar, enrolada em um lenço, a gola de sua jaqueta Barbour erguida para se proteger do que Nathan só podia presumir ser um vendaval de adversidade salpicada de espuma.

> *Mãe Coragem: a batalha de uma mulher contra a culpa maternal*

Nathan abriu o livro na primeira página do primeiro capítulo e leu:

> *Vendo em retrospecto, eu provavelmente deveria ter sabido que Harry, como vou chamar meu filho único neste livro, seria uma criança difícil. Talvez tudo tenha começado quando ele foi concebido — um processo demorado, às vezes exaustivo, tornado ainda mais difícil pelo...*

Ele fechou o livro e recostou na cama. Depois de alguns momentos pôs o livro sob a cama. Pensou em sua mãe. Ela envelhecera; encontrara novos interesses; expandira seu vocabulário e círculo social; modulara a própria voz de um zurro social autodidata para um bramido aspiracional estridente, mas, até onde qualquer um que a conhecia bem podia perceber, não mudara. Ela continuava adepta de saltos oscilantes, precários, que a faziam pender para a frente todo o tempo e que levavam as pessoas a recuar instintivamente quando lhes dirigia a palavra, como fariam diante de alguém com um hálito particularmente mortífero. Ela ainda sorria com um repertório surpreendentemente limitado de músculos faciais.

As lembranças que Nathan tinha dela durante sua infância estavam centradas na escola. Lá estava ela marchando e puxando-o pelo pulso, erguendo sua camisa para mostrar os hematomas que recebera das mãos de Benjamin Hollingdale durante uma briga no pátio do recreio, que Nathan de muito bom grado teria tentado esquecer. Lá estava ela na reunião de pais, expressando sua insatisfação com certos métodos de ensino empregados pela escola primária de Nathan, que, segundo ela, com sua recusa em separar os alunos em grupos, eram uma desvantagem para alunos mais capazes, como Nathan, forçando-os a aprender na companhia de determinados indivíduos de determinadas famílias que, falando com toda a honestidade, sem querer ser desagradável nem julgar ninguém, na verdade nunca chegariam a lugar algum. Lá estava ela no ensino médio de Nathan explicando em uma reunião com três professores por que Nathan era "diferente" e por que, embora não precisasse ser tratado como diferente, certos fatores realmente precisavam ser levados em consideração ao se tomarem decisões sobre atividades em grupo e envolvimento versus trabalho individual e — ela não queria dizer atenção especial, mas, bom — atenção especial.

No fim da adolescência, duas vezes na casa dos vinte anos e finalmente com muita firmeza após os eventos aos quais ela viria a se referir apenas como "Aquela Noite", a mãe de Nathan tentara explicar para ele que devido a uma característica razoavelmente crucial do que ela começou a se referir como sua "enfermidade" apenas muito tarde nos acontecimentos foi que ele na verdade não pensou que tivesse qualquer enfermidade, que ele não poderia realmente fazer o que ela mais tarde, após muita leitura e pesquisa, chamaria de *escolha informada* sobre o que devia ser feito a respeito do problema. Houve, inegavelmente, certa diferença na abordagem. Quando Nathan estava com dez anos, ela talvez dissesse algo como *Por que você pelo menos não tenta ser normal?*, ao passo que com vinte e cinco estava ficando mais adepta do que via como a linguagem da compreensão, e assim ela fazia o maior esforço, se não de fato para ser solidária, então ao menos para travestir sua linguagem na roupagem da solidariedade e reiterar continuamente como ela e o pai de Nathan estavam "ali" para ele, e como queriam lhe dar seu "apoio", mas como, já que teriam de apoiá-lo, ele precisava ser mais "participativo" e basicamente parar de tentar fingir que era normal, embora a palavra normal houvesse a essa altura desaparecido de seu vocabulário. Mas essas eram mudanças menores e serviam apenas para mascarar o que Nathan via como a natureza básica e imutável da mulher que agora tirara uma aposentadoria precoce a fim de devotar sua vida a mudar a vida dele.

Do mesmo modo que nunca deixava os fatos ficarem no caminho de uma opinião, a mãe de Nathan era relutante em permitir que a tragédia ficasse no caminho da oportunidade pessoal. Apenas alguns dias após Aquela Noite, quando Nathan voltava à tona do que havia encarado como uma dose desnecessariamente forte de calmantes e tentava flexionar suas mãos e seus braços sob as bandagens, sua mãe aproveitara o momento em que ele estava na maré mais baixa possível e o confrontara com um rosto trágico de tão exímia feitura que ele foi incapaz de recusar quando ela quase lhe ordenou que fizesse o que descreveu como *um favor* e se submetesse a um período de tratamento residencial experimental. Na época, Nathan começava a se perguntar se *de fato* não infligira sofrimento desnecessário às pessoas que o cercavam, e desse modo concordara, alguma pequena parte dele imaginando que ela podia ter razão: talvez ele precisasse mesmo mudar; talvez fosse o mínimo que devesse fazer por ela.

O quarto extra não fora previamente chamado de seu. Não era uma mudança com a qual ele se sentia à vontade. O esforço empregado na criação do quarto era ao mesmo tempo comovente e opressivo. Suas posses pareciam pouco familiares em um novo contexto. Ele não conseguia ter certeza de um dia haver sido a pessoa que possuíra estas coisas: incensários; potes vazios; um par de facas *khukuri*; um giroscópio. Ele ficou ali parado se questionando. O criado-mudo tinha apenas uma gaveta, onde ele encontrou seu celular. Ao ligar, ficou surpreso em descobrir que sua mãe não deletara a memória. Abriu a caixa de mensagens. Perguntavam onde estava. Perguntavam por que não respondera. Silenciavam. Uma chamou sua atenção:

> *Nathan. Espero q vc esteja bem. Liga qq hora. Bjss. PS: Terminei com Dan.*

Ele leu duas vezes. Coisas vieram à tona; afundaram. Foi até a janela. A luz era forte demais. Virou para a cama, abriu o zíper de sua bolsa e voltou a fechá-lo. Havia passado um bom tempo sendo solitário, na maior parte em volta de outras pessoas. Olhou para o texto outra vez, o polegar pairando acima do botão de discagem. Sentiu alívio quando seu pai bateu na porta e enfiou a cabeça no quarto.

"Sua mãe acha que nós homens precisamos de um tempinho só nosso", ele disse.

"Oh", disse Nathan.

"Você gosta de jogar dardos?"

"Claro."

Seu pai o levou à garagem, a jaqueta de iatismo farfalhando quando abriu a porta e gesticulou para as mudanças que fizera no interior.

"Tudo isso aconteceu quando sua mãe me obrigou a me desfazer da minha prancha de surfe", disse.

"Quando você teve uma prancha de surfe?", perguntou Nathan.

"Ah, durante muito tempo. A gente sempre pensa", fungou, "quem sabe um dia eu vou lá, sabe, tentar surfar. Daí ela veio e pôs um fim na coisa toda".

Nathan imaginou seu pai surfando com a jaqueta de iatismo.

"Certo", disse.

"Bom", disse o pai de Nathan. "Foi meio que um acordo. Porque tudo bem, talvez o tempo de surfar tenha passado. Consigo entender isso. Mas um homem precisa de um refúgio, uma caverna, por assim dizer."

Acionou o interruptor e três lâmpadas fluorescentes iluminaram o ambiente. O piso era de concreto, frio e um pouco industrial. No canto havia um bar improvisado. Na parede do fundo estava um alvo de dardos.

"Vamos jogar dardos."

"Tudo bem."

"Mas primeiro preciso mijar."

Ele se dirigiu ao canto da garagem e abriu uma porta plástica de aparência frágil.

"Você mandou fazer um banheiro aqui?", disse Nathan.

"Banheiro químico", disse seu pai, "mas o melhor que existe, obviamente. Fator de decomposição de dejetos altíssimo".

Seu pai se fechou dentro da pequena cabine branca. Enquanto Nathan andava pelo lugar, observando a pequena coleção de bebidas e a aljava de dardos com a bandeira da Inglaterra na velha pedra de pia usada como tampo do bar, ele escutou seu pai suspirando audivelmente.

"Vamos esperar que seja só isso por ora", disse seu pai, ainda fechando o zíper quando saiu. "Parece que não sou mais capaz de dizer, ultimamente."

"Certo", disse Nathan.

"Ok, vamos jogar. Aqui estão seus dardos."

Passou a Nathan o que devia ter sido um jogo reserva, as aletas desgastadas, as pontas cegas de incontáveis aterrissagens no piso de concreto. "Primeiro um, depois o outro, ok? Um a vinte depois o centro."

"Ok."

"Eu começo."

Seu pai levou um instante para se posicionar desajeitadamente com o dedão num pedaço de fita isolante preso ao chão, ajeitando os punhos e a cintura da jaqueta para não ser atrapalhado ao arremessar. "Aqui vamos nós. Fora. Fora outra vez. Fora. Zero ponto. Então, continuando, sua mãe diz que precisamos conversar sobre os seus sentimentos. Você quer conversar sobre seus sentimentos?"

"Na verdade, não", disse Nathan, firmando a ponta do pé junto à linha. "Um. Nada. Dois. Dois para mim."

"Graças a Deus", disse seu pai, aquecendo os músculos na marca improvisada. "Francamente, eu estava morrendo de medo. Fora. Fora de novo. Que perto. Zero."

"Para ser honesto", disse Nathan, "já estou de saco cheio de ficar falando sobre meus sentimentos. Três. Quatro. Não. Quatro pra mim."

"Bom, imagino que seja compreensível. Merda. Fora. PUTA QUE PARIU. Nenhum ponto. Coquetel?"

"Não para mim, obrigado."

"Você se incomoda se eu tomar um?"

"Não."

Enquanto Nathan acertava três em seguida e ganhava a vez, seu pai foi para o bar e começou a misturar uma variedade de líquidos em uma coqueteleira, que depois agitou vigorosamente antes de servir a mistura espumosa e rosada em um copo alto e prender um tomate amassado na borda como enfeite.

"O que você pôs aí?", disse Nathan. "Estou em nove, aliás."

"Limonada rosa, gim, curaçau e um pouquinho de Disaronno", disse seu pai, ajeitando o pé na marca. "Eu chamo de A Revolta Silenciosa, porque na verdade não posso tomar limonada. Um! Ufa! E foi por pouco. Fora. Ups, quase. Marca um pra mim. Então, quais são seus planos?"

"Planos?"

"É, seus planos. Você sabe, para sua vida."

"Não faço ideia."

"Compreendo. Ainda é cedo para essas coisas."

"Posso tomar uma limonada?"

O pai de Nathan entrecerrou os olhos, uma expressão levemente alarmada cruzando seu rosto.

"Água serve", disse Nathan.

"Ótimo. Gelo e limão?"

"Isso, por favor."

"Ou talvez só gelo?"

"Tudo bem."

Continuaram a jogar até Nathan vencer, depois ele continuou esperando mais meia hora enquanto seu pai terminava.

"Enfim", disse seu pai, quando saíam, tirando um fiapo invisível da frente de sua jaqueta. "Fico feliz por termos tido essa conversa."

Antes de se deitar, Nathan tomou uma ducha — seu primeiro banho quente e tranquilo em meses — e sentiu a água escaldante descendo por sua barba e pelas cicatrizes e tatuagens fragmentadas que enchiam seus braços e peito, sentindo-se purificado e esvaziado e cansado o suficiente para dormir durante dias. Será que havia realmente dormido no Sanctuary? Na época achara que sim, mas, vendo em retrospecto agora e comparando com a cama tranquila, quente e bem-feita que o aguardava, foi forçado a ficar em dúvida.

Saindo do banheiro, embrulhado numa toalha da cintura para baixo, quase trombou com sua mãe. Destituída de seu conjunto de saia e blazer e de sua maquiagem, as pernas cheias de varizes, o rosto flácido, pálido e, sem a usual camada de maquiagem, mais profundamente vincado, mais expressivo, conforme seus olhos percorriam o corpo dele e traçavam os padrões de sofrimento que infligira a si mesmo e, por extensão, a ela, parecia, Nathan pensou, subitamente mais velha, um pouco mais afável, um pouco mais triste. O olhar dela passeou por seu peito. Ela estremeceu, os olhos se cobrindo brevemente com uma película de lágrimas.

"Oh, Nathan", disse.

Cobriu a boca; apertou o nariz. Então começou a chorar. Ele a abraçou, sentiu seus dedos tateando as beiradas das cicatrizes.

"Desculpa", ele disse.

"Eu sei", ela disse, balançando a cabeça em seu peito.

Deu um passo para trás e o avaliou, ainda com as mãos nele. Então fungou, se recuperando.

"Por favor, faça alguma coisa com essa barba", ela disse. "Você está horrível."

De volta a seu quarto, ele deitou na cama. A certa altura teria de se encontrar com as pessoas e lidar com elas. Não estava inteiramente despreparado, mas resistia, não obstante. Sentia-se, como sempre, dividido entre sensações opostas de solidão. Se havia uma palavra que dizia respeito especificamente à solidão na companhia de outros, ele não sabia. Ligar para as pessoas seria uma forma de tomar a dianteira e estabeleceria uma posição de controle, ao contrário de ficar esperando para ver se as pessoas ligariam e depois se sentir ao mesmo tempo aliviado e decepcionado se ligassem ou se não ligassem. Foi esse pensamento que o levara a organizar tantas festas frequentadas por tantas pessoas que tanto chegavam como iam embora sem que soubesse. Às vezes, tentara se conectar com elas, embora a maior parte do tempo não.

Ele se lembrava, muito vividamente, do dia em que aconteceu Aquela Noite, seus campos periféricos enevoados com o que quer que havia na água, o lado interno de suas bochechas mordiscado até ficar em carne viva, seus nervos esquisitamente inertes, suando atrás da máscara que era parte de sua fantasia, caminhando num campo de outras máscaras e fantasias, o baixo reverberando em seu peito, pressionando até suas córneas, seus malares e a base de seu crânio, e conduzindo uma mulher, não uma mulher qualquer, mas uma mulher em particular, uma mulher que se destacava, com quem, de vez em quando, efetivamente conversava e efetivamente chegava perto de ser ele mesmo, e de quem ele gostava porque desconfiava que se sentisse solitária de todas as maneiras que ele próprio se sentia solitário, para um canto, sentando-a em um tronco longe do barulho, dos corpos comprimidos, do vapor de suor, no ar fresco, e tirando sua própria máscara e esfregando os olhos, e dizendo a ela, tranquilo e sério, que se sentia solitário no que só conseguia descrever como um jeito infinitesimal; que se sentia, às vezes, como uma molécula desgarrada numa estrutura que estava sempre em vias de se transformar. Podia quase sentir, disse, as ligações invisíveis que puxavam as pessoas em torno dele numa massa ou todo unificado, as energias e magnetismos que as seguravam. Podia, disse, olhando para o chão coberto de folhas e refletindo brevemente que o outono estava chegando e as colheitas iriam logo cessar por mais um ano, caminhar através da multidão e esticar os dedos para apertos de mão e cumprimentos, e sentir que nada barra as forças enormes e insondáveis que os tornava unidos e ele, isolado. Isso uivava dentro dele, disse, e uivava ainda mais dolorosamente em momentos como esse, quando ele se sentia cercado e preso e incapaz de ficar sozinho com sua solidão, que parecia ser exatamente o que sua solidão exigia. Não conseguia pensar, disse; não conseguia falar. Olhava para os rostos das pessoas por trás de sua máscara e via apenas uma bruxuleante brancura catódica; uma repulsão onde deveria ter havido atração. Estava desistindo de tudo, disse. Estava dando as costas. Estava indo para um lugar onde pudesse fazer uma tentativa de se sentir conectado da forma que sempre quisera, conectado com o modo como se sentia, assim determinava a coincidência, com ela, essa mulher em particular. Ele disse achar que ela talvez sentisse a mesma coisa: que lhe transmitia, às vezes, uma sensação de isolamento e distância radioativa que ele compreendia, e com a qual acreditava poder ajudar, já que se sentia, como já explicara, tão parecido com ela, tão só como ela, e ele segurara sua mão e lhe pedira para ir com ele, dizendo que tudo ia mudar: que seriam curados; que duas pessoas tão terminalmente sozinhas só poderiam fazer bem uma à outra, pois sempre necessitavam uma da outra dessa maneira tão vital.

"É", dissera ela simplesmente, olhando sua fantasia e depois brevemente esquadrinhando a multidão ululante à frente. "Tá na cara que você é mesmo bem tímido e solitário."

"Você não acredita em mim."

Ela deu de ombros, soprando fumaça na noite e olhando com ar irônico para a aglomeração de corpos dançando, as mãos estendidas para o céu num gesto de celebração, súplica ou rendição. "Então sua vida é uma merda. E daí?"

"Estou dizendo que a gente pode ser mais feliz. Acho que nós podemos ser mais felizes."

Ela riu sombriamente. "Quem disse que eu quero ser mais feliz?"

"Não é o que todo mundo quer?"

"Eu, não", ela disse. "Querer ser feliz só faz a gente sofrer."

Ela esmagou o cigarro no chão e se levantou, relanceando outra vez na direção de seu namorado. "A vida de todo mundo é uma merda", disse. "O segredo é encontrar um jeito de viver assim sem virar uma droga de clichê."

Ela o mediu rapidamente, em parte com desdém, em parte com tristeza. "Põe a porra da sua máscara de volta", disse.

Depois disso, e depois dos eventos subsequentes da noite que levaram, diretamente, à sua hospitalização e desse modo a uma longa e infeliz convalescença natalina na casa de seus pais enquanto aguardava sua transferência na primavera para o Sanctuary, ele jurara não só voltar à velha rotina de silêncio, exílio e astúcia, mas também, com efeito, aumentar seu rigor a um ponto de tal inflexibilidade que ninguém jamais seria capaz de fato de vir a conhecê-lo outra vez. Conhecer pessoas, como no caso de realmente vir a conhecer, e, pior, elas conhecerem você, era doloroso, e o melhor, decidiu, observando a mulher para quem se expusera sair andando cruelmente a fim de se juntar à multidão, era simplesmente não fazer isso, nunca, e, como que para assinalar o momento em que tomou a decisão, ele disse seu nome: *Katherine.*

Ele apertou as teclas de seu celular. A voz dela, vívida mas cortante, abreviou a distância.

*Oi, é a Katherine. Ou eu saí ou não quero falar com você. Deixe recado e descubra qual dos dois.*

"Sou eu", disse ele estupidamente. "Quer dizer, o Nathan. Eu, hum, fiquei supermal quando soube, ãhn, de você e o Daniel. Eu... vocês dois eram um casal demais, sabe? Bom, eu, ah, eu estive fora, e agora voltei, e queria muito ver vocês. Vocês dois. Você tem o telefone do Daniel? Enfim, me liga quando der. Ia ser ótimo a gente, ah..." Parou, as engrenagens rangendo na sua mente. "Achei que conseguia fazer isso, mas não tenho certeza se consigo."

Desligou, tomado de aflição. Deitou. Disse a si mesmo que nós não vemos as coisas como elas são; vemos como somos. Damos nomes às coisas, às vezes erroneamente. O olhar nos engana. Ficamos em quartos e não nos sentimos bem. Nosso luto é às vezes prematuro; às vezes, vem tarde demais. Os quartos parecem existir exteriormente, mas não existem.

Seu celular zumbiu. Ele o pegou, ansioso.

*Olá a todos*, dizia o texto. *Aqui é Mãe Coragem. Estarei na TV com o dr. Dave às 13h quarta falando sobre meu novo livro. Por favor assista e tuíte! Amo vocês. MC bjs.*

Ele inspirou e seguiu o ar, dentro de si, a lugares onde a escala de seus pensamentos estava errada. Tomou nota; corrigiu. Muito antes de encontrar o caminho de volta, dormiu.

Uma típica discussão entre Daniel e Katherine, durante a fase de seu relacionamento em que se tornaram adeptos de desavenças, começou com Daniel passando a Katherine um livro que ele havia lido e insistindo com ela que lesse, dizendo-lhe que o final em particular era fantástico. Katherine ficou furiosa, dizendo que o livro agora estava arruinado. Daniel comentou que não lhe contara nada sobre o final, apenas havia dito que gostava. Katherine disse que ela não se importava na verdade com o que acontecia, que o simples fato de ele dizer que gostou do final criava uma determinada expectativa à qual o livro, quase certamente, deixaria de estar à altura. Disse que era um insulto a ideia de que alguém precisasse lhe dizer que o final de um livro era bom no intuito de encorajá-la a ir até o fim, como que dando a entender que tinha a tendência a não acabar os livros que pegava. Agora, disse, o livro inteiro iria parecer uma tarefa maçante, porque ela teria de terminar, gostando ou não, só para lhe mostrar que era capaz de terminar, e quando chegasse ao fim ela sentiria a presença do rosto presunçoso de Daniel em cada página e ler aquilo seria como comer um biscoito de chocolate que alguém havia segurado por muito tempo na mão: o gosto provavelmente ainda podia ser bom, mas a sensação de estar estragado seria discernível. Para Daniel, essa metáfora era suspeitosamente apropriada, e isso significava que ou Katherine era muito mais dotada em retórica do que ele (bem provável) ou ela às vezes planejava seus argumentos de antemão e depois aguardava o momento propício para empregá-los (também provável), dois pensamentos que deixaram Daniel se sentindo desconfortável e lhe deram a sensação de estar em desvantagem, o que ele tentou compensar partindo para a ofensiva e perguntando quando a ideia de ele gostar ou admirar algo se tornara tão repulsiva a ponto de impedir Katherine de sentir prazer, como se a apreciação fosse finita e ele a tivesse usado antes dela. Era mais como alguém deixando um biscoito no pacote, ele dizia, e oferecendo para você, e depois você recusando por já ter visto a pessoa gostando muito do biscoito. Disse sentir que toda essa dificuldade que Katherine parecia ter com o prazer dos outros ia direto ao coração do relacionamento deles e constituía um grave defeito, já que parecia impedi-los até de usufruir de uma mesma coisa ao mesmo tempo. Citou outros incidentes. Disse que era como se dissesse a Katherine que, se ela ia gostar de alguma coisa, decerto ia odiá-la, e praticamente crucificá-lo por elevar as expectativas dela a um ponto em que a decepção era o único resultado previsível. Contudo, se ele calmamente, e em geral muito razoavelmente, previsse que Katherine ia odiar algo, ela lhe daria uma bronca por ser negativo. Ele disse que se sentia um tanto detestável se o fizesse e detestável se não o fizesse.

Katherine disse que esse era todo o problema. Por que ele tinha de fazer uma previsão num sentido ou em outro? Por que tinha de se meter a dar sua opinião antes que ela tivesse pedido? Era como ouvir a narração de coisas que ainda não tinham acontecido. Deixava-a com a sensação de que ela não sabia se alguma coisa estava acontecendo como parecia estar acontecendo ou se na verdade apenas parecia acontecer da forma como ele já lhe dissera que aconteceria, porque ele enchera a cabeça dela com tantas previsões que ela não sabia mais diferenciar a realidade da profecia. Disse que estava com a sensação de que aquilo não tinha a ver com ela gostar ou não gostar do que quer que fosse, apenas com Daniel estar com a razão, o que era tão importante na droga da sua vida que ele tinha de sempre tomar a dianteira em tudo, assim podia usufruir do fato de que parecia ter razão. Daniel disse que ela tinha razão, que aquilo só tinha a ver com ele estar com a razão. Naturalmente, estava sendo sarcástico. Então ele disse que aquilo tinha a ver *na verdade* com a total incapacidade dela de aceitar que às vezes ele tinha razão, então prendia o ar até ficar roxa (Katherine escarneceu da imagem) e perdia um tempo e uma energia preciosos provando que ele estava errado. O que era isso, ele queria saber, no fato de ele ter razão que a deixava tão incomodada, e será que ela não achava que havia alguma coisa ruim acontecendo no relacionamento deles se ela não conseguia suportar que ele gostasse de algo ou tivesse razão sobre o que quer que fosse, porque, ora bolas, sério, nesse caso o que sobrava para ele? Então Katherine perguntou como *ele* se sentia quando *ela* gostava de alguma coisa, e ele disse que não sabia porque não conseguia se lembrar da última vez que a vira de fato gostando de alguma coisa, o que quase na mesma hora elevou o nível de hostilidade de todo o bate-boca.

Tanto Katherine como Daniel discutiam definindo e redefinindo continuamente o que eles chamavam de "O Verdadeiro Problema". Sempre que um dos dois dizia isso, dava à expressão uma pesada ênfase. Se Katherine o dizia depois que Daniel acabara de dizer, ela gesticulava com o dedo indicador e o médio no ar para indicar aspas. O Verdadeiro Problema era algo sobre o qual nunca concordavam e desse modo era uma expressão mutável que podia ser usada livremente para substituir o *verdadeiro* Verdadeiro Problema, que era o de que, na medida em que não podiam entrar num acordo sobre o que devia constituir o Verdadeiro Problema, eles efetivamente não podiam concordar a respeito de nada e estavam transformando a vida de ambos num sofrimento.

Daniel utilizou a Tática do Verdadeiro Problema neste ponto para sugerir que o Verdadeiro Problema era que Katherine era tão obcecada em ser irresistivelmente original e imprevisível que ela de algum modo conseguira dissociar por completo as coisas que genuinamente sentia das coisas que queria sentir ou achava que seria bacana ou interessante sentir. O resultado final, até onde ele podia perceber, era que ela não sentia coisa alguma, mas apenas reagia de maneira calculada a determinadas situações e estímulos. Se ela queria ser imprevisível, disse, deveria tentar de fato sentir as coisas, em vez de pensar a respeito delas e depois artificialmente construir seus sentimentos como uma reação ao que achava que as outras pessoas sentiam.

Nesse ponto, Katherine sorriu: indicador muito forte de uma agressão iminente.

Katherine disse que não podia realmente acreditar que *ele, Daniel,* tinha a audácia de acusar a *ela, Katherine,* de não ter sentimentos adequados. Disse que o que ela não conseguia entender era que ele visse os sentimentos e reações dela como esquisitos e inapropriados só porque estava tão aferrado a suas ideias estúpidas do que *a maioria das pessoas normalmente fazia* (nisso ela gesticulou os dedos com tanto desprezo que Daniel pôde escutá-los batendo asas como dois passarinhos) e era tão ansioso por manter suas próprias reações e respostas de acordo com essas noções de normalidade e conformidade amplas e basicamente muito equivocadas que no minuto em que alguém exibia qualquer tipo de reação genuína, instintiva, ele a rejeitava inteiramente. Além do mais, sugeriu ela, o conceito todo de Daniel do que ela devia ou não devia sentir estava em si mesmo inextricavelmente ligado à sua insegurança aparentemente incansável, o que significava que a felicidade dela, ou a aparência de sua felicidade, era uma preocupação para ele não porque se importasse com sua felicidade, mas porque se importava com o modo como sua felicidade refletia nele. Ele precisava que ela fosse feliz, esse era o xis da questão, porque desse modo tudo, a saber, *eles*, estava bem, e isso era, disse ela, uma imposição muito opressiva e ditatorial com que se viver. Às vezes ela não podia ser feliz, era simples assim, e, se ele pretendia mergulhar numa espiral descendente de preocupação e dúvida toda vez que ela aparentava estar infeliz ou expressasse infelicidade de algum modo, então claramente tudo ia por água abaixo, porque a própria pressão de ser feliz estava em si mesma tornando-os infelizes, assim como a própria pressão de seguir até o fim de um livro que deveria ser ótimo iria em si não apenas arruinar o livro porque ela correria demais na leitura a fim de chegar ao suposto grande final, como também arruinaria completamente o fim, porque não teria como não ser uma decepção. (Katherine era muito hábil em trazer os argumentos de volta a seu contexto de referência original, tática que tinha o duplo efeito de fazer tudo que ela dizia aparentemente levar de volta a algum ponto central, e isso significava que todo o seu argumento era, em termos de lógica interna, à prova de ataque, enquanto ao mesmo tempo dava a entender que Daniel esquecera sobre o que estavam discutindo e desse modo construíra inadvertidamente um argumento que era indefensável e não fazia sentido.) E aliás, disse ela, Daniel nem sequer se importava se eram felizes, só o que importava para ele era se as pessoas achavam que eram felizes, porque a felicidade, para Daniel, era um modo de se exibir e se sentir bem-sucedido na companhia de outros. Assim, ela disse, se Daniel queria que ela fosse feliz e, por sua vez, queria que eles fossem felizes ou ao menos queria que parecessem felizes, a coisa mais simples a fazer seria apenas deixá-la em paz e deixar que fosse infeliz, feliz ou a merda que ela quisesse ser sem sua constante tentativa carente, emocionalmente dominadora e, quando você via de fato do que se tratava, bastante patética de controlar cada droga de pensamento e sentimento dela.

Daniel fez uma pausa antes de responder, a fim de moldar seu rosto numa expressão combinada de dor e coragem, que ele sentia servir ao propósito duplo de fazer com que parecesse invencível ao mesmo tempo em que dava a entender que Katherine *realmente fora longe demais dessa vez.*

Daniel então disse, tudo bem, certo, essa era uma possibilidade (o que era seu jeito de dizer, tudo bem, não, essa não era uma possibilidade), mas e quanto à felicidade dele? Não era perfeitamente natural que se você amava alguém você quisesse que a pessoa fosse feliz e que em consequência uma grande parte de sua capacidade de ser feliz e relaxado estivesse vinculada à felicidade dessa pessoa? Parecia, disse, que isso era de fato perfeitamente normal e não algo que ele tinha de justificar a fim de responder com franqueza a argumentos bastante previsíveis sobre normalidade. Ele usou a palavra previsíveis deliberadamente, porque sabia que grande parte tanto da autoimagem como da insegurança de Katherine estava baseada na noção de que ela era de um feitio diferente e melhor do que todo mundo, o que significava que ele podia muito facilmente passar por cima das coisas que a faziam se sentir bem enquanto ao mesmo tempo aumentava as coisas que a faziam se sentir mal — uma tática que depois ele quase sempre se sentia culpado de usar, porque sabia que fazer Katherine se sentir mal podia com frequência levá-la a se sentir de fato muito mal, mas no calor da discussão ele de algum modo nunca era capaz de resistir. Além do mais, disse ele, será que ela fazia alguma ideia de como seu argumento soava egoísta? E se ele estivesse feliz, e sentindo prazer com alguma coisa, e quisesse partilhar com ela ou não quisesse, tanto faz, e o desprazer ou a infelicidade geral dela impedisse o prazer e a felicidade *dele*? Porque era assim, disse, que se sentia, todos os dias, o tempo todo. Como se no minuto em que estivesse feliz com alguma coisa ela viria sugar toda a alegria disso até sobrar apenas uma casca seca, e isso estava fazendo com que ele se sentisse péssimo, o tempo todo, todos os dias; e ela queria falar sobre ele sendo megalomaníaco com os sentimentos *dele*? Por favor. Isso vindo de uma pessoa que sempre que ficava puta com alguma coisa tinha de dar um jeito para que todo mundo em volta ficasse igualmente puto, de preferência mais do que ela estava? E se ela queria voltar ao livro e ao final da droga do livro, se ela queria mesmo bancar a cri-cri sobre isso, seu desprezo quase cáustico por tudo que ele gostara no livro e o fato de que fora seu prazer com algo tão simples quanto o final bom de um livro que começara aquela discussão tão arrastada, para começo de conversa, realmente o faziam pensar que ele não gostou tanto assim do livro, no fim das contas, ou que ele era estúpido por gostar. Na melhor das hipóteses, seu prazer com o livro estava agora contrabalançado por um monte de sentimentos e lembranças negativos. E honestamente, ele disse, mesmo se você aceitasse que eram ambos de certa forma tirânicos sobre suas emoções e que ambos queriam que outra pessoa, particularmente um em relação ao outro, sentisse o que eles estavam sentindo, não era o fato de que ele queria que ela fosse feliz muito mais defensável e de muitas maneiras mais admirável do que o fato de que ela apenas parecia querer que ele, e todo mundo mais, se sentisse tão na merda e perdido como ela estava?

Então Katherine ficou quieta, e olhou para ele com frieza, e lhe deu seu sorrisinho sutil, empertigou a cabeça e disse na voz mais sarcástica e cheia de veneno, e contudo ainda assim estranhamente calma e educada, que nem todo mundo era capaz, ou estava disposto, como parecia ser o caso dele, de passar a vida toda constantemente selecionando a emoção apropriada da porra de um menu de comandos.

Sem o conhecimento de Nathan, foi exatamente após um desses episódios (o tema inicial mudava, então podia ter sido sobre um livro ou um filme ou o modo como Daniel sempre punha molho nas batatinhas, apesar de saber muito bem que Katherine odiava molho nas batatinhas e portanto não conseguiria comer nenhuma de suas batatinhas, mas o discurso que se seguia era em geral bastante padrão) que Katherine e Daniel decidiram que precisavam sair mais e possivelmente conversar com algumas pessoas, já que estavam, sem sombra de dúvida, indo às raias da loucura no confinamento reconhecidamente sufocante de seu relacionamento. Eles tinham amigos, é claro, mas esses haviam quase sumido com o tempo. Ao que parecia, alguns amigos deles achavam Daniel e Katherine um pouco opressivos, e aqueles que não os achavam opressivos, ou que na verdade nem pareciam se sentir à vontade na companhia deles, esses Katherine e Daniel achavam um pouco esquisitos. Ocorreu a Daniel e a Katherine que eles talvez estivessem pondo demasiada pressão em si mesmos; que, possivelmente, estivessem ambos esperando que o outro provesse uma totalidade de interação humana, apesar de que, muito obviamente, nunca uma única pessoa seria capaz disso.

"Principalmente", disse Katherine, "e não falo isso de um jeito agressivo, você".

"Eu? O que você quer dizer, principalmente eu?"

"Bom, você não é exatamente um dínamo social, né? Quer dizer, não me leve a mal, não estou tentando insinuar nada, mas, você sabe."

Daniel sabia. Daniel sabia perfeitamente, muito obrigado. Ele achava difícil se socializar de uma maneira que não envolvesse pressão de algum tipo. Isso era complicado, e tinha a ver com o fato de que, sempre que se socializava com mulheres, sentia como se os olhos de Katherine estivessem abrindo um buraco em seus órgãos vitais, e, sempre que se socializava com homens, todos os seus usuais problemas com homens (a linguagem cifrada deles, a troça constante, a permanente possibilidade de violência) ficavam no caminho.

"Será que a gente não pode apenas sair e conversar com algumas pessoas?", disse Katherine, acendendo mais um cigarro de Daniel, porque ela não estava, na época, fumando.

"Que pessoas?"

"Pessoas, gente. Alguém."

"Onde?"

"Sei lá. Onde as pessoas estão. Num pub ou qualquer coisa assim."

"Você quer ir a um pub conhecer gente?"

"Não necessariamente conhecer gente, mas quem sabe encontrar alguém para conversar, isso."

"As pessoas vão achar que somos swingers."

"E daí? Vamos conhecer uns swingers, então."

"Porra, mas pra que eu ia querer conhecer swingers?"

"Tá vendo como você é? Você pega as coisas e tira toda a graça delas."

"A gente vai discutir por causa disso?"

"Não estou discutindo, só estou dizendo."

"Mas é óbvio que, se você diz uma coisa como essa, então eu tenho que dizer qualquer coisa de volta, e daí é uma discussão."

Ela deu de ombros. "Então não diz nada de volta", disse. "Só pega seu casaco."

Era mais fácil, em momentos como esse, obedecer ao que Katherine dizia. O alcance de sua atenção e sua capacidade de comprometimento eram limitados; seu entusiasmo rapidamente se exauria. Muitas vezes não era tanto a execução da ideia em si que importava, e sim a hipotética predisposição de Daniel de dar o seu aval à ideia. Frequentemente, pela experiência de Daniel, um plano como esse iria no máximo levá-los ao pub para uma bebida e depois, com Katherine satisfeita porque Daniel estivesse de fato preparado para ir com ela, eles podiam simplesmente voltar para casa renovados.

Nessa noite em particular, é claro, esse não foi o caso, porque, parado na ponta do balcão, sozinho e com um olhar esquisito, virando o que muito claramente não era a sua primeira Guinness da noite, estava a encarnação viva tanto do homem-pesadelo de Daniel quanto do objeto-sonho de estranheza de Katherine: um imenso, barbado, fortemente tatuado jovem urso com um brilho nos olhos que comunicava, se não perigo verdadeiro, então ao menos um agradável (para Katherine) grau de risco, o que representava a oportunidade perfeita para testar a medida do amor de Daniel por ela mediante uma exploração dos limites de seu comprometimento.

"Vai lá falar com ele", ela instruiu Daniel assim que ele lhe comprara uma bebida.

"Nem fodendo", respondeu Daniel.

"A gente veio aqui para falar com as pessoas e é com ele que eu quero falar."

"Então vai lá e fala com ele."

"Ele vai pensar que estou passando uma cantada. Vai lá você falar com ele."

"E se ele achar que eu estou tentando passar uma cantada nele?"

Katherine riu.

"Não ia ser engraçado", disse Daniel.

"Se você me amasse", disse Katherine, "ia até lá e falava com ele".

"Se você me amasse", disse Daniel, "não ia estar tão ansiosa para me ver levando uma porrada na cara".

"Se *você* me amasse", disse Katherine, "ia fazer qualquer coisa para me deixar feliz".

Claro, ao longo desses pequenos momentos intercambiados de disputa para ver quem levava a melhor, sempre havia a questão, para Daniel pelo menos, de saber por que precisamente ele sentia a necessidade de cooperar, haja vista que frequentemente isso redundava em potencial humilhação ou prejuízo para ele. A resposta, que ele só mencionou muito depois de terminado o incidente em questão, quando estava deitado à noite sem pegar no sono e ruminando sua raiva tanto contra Katherine quanto contra si mesmo só por ter concordado em ir com ela, para começo de conversa, era que ele queria ser amado tanto quanto Katherine e, além do mais, que queria ser o tipo de homem que era capaz de amar e ser amado, no tipo de relação em que essas coisas eram valorizadas, ao contrário, é claro (e ele sempre sentia que essa conclusão pedia por um sarcástico rufar de tambores, tal era o grau de sua obviedade), de seus pais. Pronto, ele sempre dizia a si mesmo logo depois de pensar isso, *agora eu disse.*

A coroar tudo isso estava o fato adicional de que Daniel admirava Katherine. Ele se sentia sortudo de tê-la de algum modo convencido a ficar com ele (apesar de que não tivera de convencê-la, fato que contribuía tanto para seu desconforto como para sua predisposição em convencê-la sempre que ela pedia agora, coisa que ela fazia com bastante regularidade, precisamente porque tinha plena consciência de quão pouco persuasivo ele tivera de ser nos estágios iniciais); e em tal extensão Katherine tanto sabia disso como o lembrava disso, que Daniel de fato veio a acreditar que precisava fazer essas coisas para se prender a uma mulher que ele ainda, a despeito de tudo, amava e de quem necessitava, porque como qualquer um sabia um relacionamento significava trabalho e sacrifício e todas as demais peculiaridades decentes, porém desonestas, que Daniel associava não só com a intimidade como também com a vida adulta de um modo geral.

"O que eu vou dizer?", disse Daniel.

Katherine pensou por algum tempo, pesando possibilidades que pudessem impedir Daniel de passar por esquisito ou perigoso (embora o pensamento de alguém achar Daniel perigoso fosse tão cômico a ponto de ser levemente tentador, por seu caráter absurdo). No fim, a resposta era óbvia.

"Vai até lá", ela disse, "e pergunta se ele tem algum lance pra vender".

E Daniel, contra tudo que restava de seu bom senso na época, fora até lá e lhe perguntara sobre drogas, e ao fazê-lo ficou surpreso de constatar quão afável Nathan parecia ser, e quão disposto ele estava a conversar com um estranho, e assim chamara Katherine, e havia arranjado um tempo para comprar um pouco de fumo, ocasião em que partilhara da companhia de Nathan e queimara um baseado com ele, e depois disso ambos acharam que lhe deviam um favor e assim o convidaram para tomar uma cerveja, e depois disso ele lhe contou sobre as festas que às vezes dava em lugares remotos, muitas vezes no campo, até o dia, muito por acidente e sem nenhum pensamento prévio, em que os dois, simultaneamente, numa conversa, referiram-se a ele como um amigo e, tanto para a surpresa deles próprios como de qualquer outra pessoa, estavam falando sério.

Na cabeça de Katherine, necessidade e perda sempre foram uma coisa só: o que tinha de ser feito vinha sempre às custas do que ela queria. Mesmo se o que precisava ser feito fosse, em algum momento, exatamente o que ela queria, a mera sensação de passar do desejo para a exigência significaria que ela não queria mais isso. O emprego pelo qual passara semanas preocupada de não conseguir se tornava uma chatice na prática; o suéter de caxemira que cobiçara durante meses virava um aborrecimento no instante em que precisava lavá-lo na mão. Mesmo Daniel, com quem gastara semanas de flerte e indiferença tática quando ambos brevemente trabalharam numa mesma empresa e ele cruzara seu olhar com ela aparentemente sem nenhum interesse de fazê-lo, tornou-se apenas outra fonte de ressentimento assim que a empolgação da conquista deu lugar ao esforço de manter a pessoa. O desapontamento era, desapontadoramente, algo como um hábito.

Assim, dificilmente foi uma surpresa, dada essa peculiaridade antiga e, aos olhos de Katherine, perfeitamente razoável, que ela vivenciasse a gradual realidade de sua gravidez não como um evento, ou nem mesmo na verdade como uma crise, mas como uma perda. Suas decisões não eram mais suas. Ela não era mais livre e sua falta de liberdade era uma dor de cabeça que a acordava no meio da noite e a entorpecia durante o dia.

A aceitação foi lenta. Ela se agarrava ao que podia controlar. Estava fumando pesado, bebendo sem moderação, comendo com moderação exagerada. Rejeição e repúdio eram seus parceiros de dança. Estava se prendendo, ela sabia, a todas as coisas erradas. Estava em negação de sua negação. Daniel não ligara. Daniel ligaria, ela tinha certeza, mas já haviam se passado quatro dias e cada dia era mais difícil e mais frio do que o anterior. Desnorteada com a falta de sono, passara as granulosas horas da alta madrugada impassivelmente vendo fotos de bebês no Google. Achava que talvez tivesse nascido sem receptores de fofice. Onde outros enxergavam presentes ela percebia apenas um pedido de resgate. As necessidades de uma criança eram ocultas e variadas; o conhecimento exigido para atendê-las era arcano e indesejável. Havia padrões para alimentar, desmamar, pôr no berço, pegar do berço que eram quase cabalísticos em sua complexidade ritual. Era importante, ela sabia, *apoiar a cabeça*. As pessoas viviam dizendo que bebês eram uma esponja nessa idade. Ela tinha medo do que uma criança podia absorver. Imaginava-se pegando a criança pelos tornozelos e dobrando-a no meio, depois fazendo malabarismo de uma só mão com o pavoroso conjunto de lenços umedecidos, pomadas e bolos de fraldas descartáveis cheias de merda. As pessoas carregavam bolsas especiais cheias de equipamento. Havia um quê de pelotão militar na coisa toda, um elemento de preparo tecnológico e biológico. As pessoas perdiam a boa aparência quando tinham filhos. Ficavam velhas; morriam um pouco. Katherine vira isso no escritório. Zumbis: uma expressão consumida e os nervos em frangalhos; trajadas nas vestes da derrota. E que se danem os grilos psicológicos. Aquela esponjinha, sugando tudo que você punha para fora, depois cuspindo tudo para o terapeuta após metade de uma vida de relacionamentos fracassados e escolhas de vida ditadas pela moda, sem objetivo. E isso se a criatura ao menos nascesse direito, para começo de conversa. Ela se perguntava como as pessoas podiam um dia ter chegado a uma preocupação abrangente antes do Google, que listava medos que você nunca soube que tinha na ordem em que outras pessoas os tinham. Transtorno global do desenvolvimento, síndrome de Down, paralisia cerebral, surdez, focomelia. A gravidez depois dos trinta era um negócio pra lá de assustador. O pior de tudo eram as aflições sem nome; os nebulosos não diagnósticos de bizarrice. Todo pai queria um rótulo para seus filhos. Pelo menos se você tivesse uma dessas crianças incapacitadas, você ganhava um suprimento para a vida inteira de solidariedade e respeito, como Debbie Boyd, do terceiro andar, que era, ao estilo Dança com Lobos de dar nomes ao qual o escritório parecia aderir, *Tão Paciente*, e que ninguém nunca advertiu nem provocou por dormir em sua mesa, porque ela era amplamente vista como uma santa e mártir, graças ao fato de que seu filho comia o papel-alumínio e jogava o chocolate no lixo e tinha uma forte inclinação por esfregar seu piu-piu nas coxas das coleguinhas de creche, ao passo que ter uma dessas crianças que eram, como acontece de às vezes as crianças serem, *não muito certas*, fosse da cabeça, fosse do corpo, significava que todo mundo simplesmente presumia que você era uma mãe terrível que havia ignorado alguma nota de rodapé nutricional ou pedagógica na bíblia da perfeição parental. De fato, agora que ela pensava a respeito, as pessoas muito provavelmente presumiriam que era uma péssima mãe, de um jeito ou de outro, já que de pai não se via nem sinal, e ela era, isso tinha de admitir, um pouco geniosa às vezes, e provavelmente se metera em todo esse negócio com um grau menor do que o necessário em termos de planejamento. Ela levaria a culpa de tudo. Dentro de vinte anos, quando o pequeno Seja-Lá-Como-Vai-Se-Chamar-Presumindo-É-Claro-Que-Ela-Não-Tire crescesse para se tornar um psicopata plenamente amadurecido escondido numa torre de relógio e começasse a abater compradores numa liquidação com algum tipo de arma semiautomática friamente eficiente, seria *sua culpa*.

Ela se perguntava se estava ficando maníaca. Todo pensamento que lhe ocorria era como se algum fedelho de dedos gorduchos apertasse os botões de uma máquina de fliperama em sua cabeça, desencadeando colisões por toda parte, com luzes piscando e campainhas soando, e então, ao final de todo esse barulho, o pensamento, fosse lá qual pudesse ter sido, desaparecendo por um buraco e sendo substituído por um pensamento inteiramente novo. Seriam seus hormônios? Ela se perguntava como alguém devia fazer para checar os hormônios; se perguntava se se perguntar se você está ficando maníaca era em si um sinal de mania.

Comer teria ajudado, mas isso parecia ter ido parar nas últimas páginas de sua agenda; tão no fim, na verdade, que seu estômago agora se preparava para vomitar mais ou menos no mesmo cronograma com que ordinariamente se prepararia para comer. Agora que estava “não comendo” por dois, a fome provocava uma sensação cintilante, quase psicodélica, de borbulhas. Era como prensar seu rosto e afundar a bochecha numa cortina de champanhe. Repuxava os cantos de seus olhos e retesava os lábios. Era um estado de alerta, uma experiência intensificada.

Mesmo quando sentiu suas entranhas sendo devoradas, ela se pegou saboreando o barato. Gostava de pensar nisso como um protesto. Desde já podia sentir aquele pequeno esfregaço de vida dentro dela tentando se apossar dos escassos recursos disponíveis. Não era elegível para assistência, ela sentia, até que determinadas decisões tivessem sido tomadas. Quanto mais o alimentasse, mais ele cresceria, e, de todo modo, alimentá-lo quando ainda não havia se decidido firmemente a favor ou contra exterminá-lo parecia algo como uma mensagem confusa.

Ela se perguntou de que tamanho estaria nesse ponto. Pensou nele como uma espécie de mancha; uma poça espessa ou uma bolsa gelatinosa com um único olho sempre aberto.

Marcou uma consulta. Seu médico de sempre sumira. Escolheu um nome de mulher, só para descobrir que Leslie Rubrick era na verdade um homem. Ela lhe perguntou por que se chamava Leslie. Ele lhe perguntou por que achava que estava grávida. Ela lhe disse que usara um palito.

"Nem sempre é um indicador seguro", ele disse, passando os olhos por estatísticas em seu Mac.

"Nomes também não", ela disse. "E além disso eu não menstruei."

"Você tem tomado precauções?"

"Claramente não o suficiente."

Ele clicou em uma pasta e balançou a cabeça.

"É muito importante que você não se sinta julgada", disse.

Inicialmente, houve uma sensação levemente agradável de dissimulação e sigilo que, não por total coincidência, espelhava os sentimentos que ela tivera quando trepava secretamente com Keith (sim, verbos no passado em relação a isso, agora). Havia alguma coisa sobre ter um segredo, ela achava, que trazia consigo um senso de posição moral elevada ou de importância geral no dia a dia. Não contar às pessoas eliminava o fardo da explicação, da necessidade de teatro social; permitia-lhe olhar para os problemas dos outros como nada mais que os problemas dos outros. Que prazer era observar as outras mulheres no escritório — Jules e Carol e todo o resto — encarregando-se de suas distrações diárias em feliz ignorância do secreto martírio de Katherine. O sigilo era um *ethos*, um motivo de orgulho. Ela queria isso, então é claro que se sentiu constrangida por isso e quis seu oposto: atenção. As pessoas a surpreenderam com sua capacidade de não notar. Não lhes contar seus problemas significava que tinha de escutar os delas. As mazelas do supermercado; suas lesões por esforço repetitivo; o fato de que seus maridos eram "fechados" demais emocionalmente ("Eu tento perguntar por que ele está com raiva o tempo todo, mas ele é tão *fechado*, sabe?"); e o modo como seus vizinhos transgrediam os limites de seus quintais mudando a cerca um palmo de lugar. Começou a sentir que as pessoas deviam ficar sabendo. Não que ela fosse lhes contar, apenas que deviam saber, que deviam esquecer por um minuto seus insignificantes problemas que nunca eram resolvidos porque elas na verdade não queriam resolvê-los e apenas *notar*, apenas *perceber*, que nem tudo estava bem com outro ser humano e que as coisas que não estavam bem com ela superavam em muito as coisas que não estavam bem com elas. Os problemas eram competitivos no confinamento do escritório. Compaixão era um esporte de contato. Mesmo quando se sentia distante, a injustiça a consumia por dentro, inchando, murchando, reverberando em sua alma. Começou a autossabotar seu sigilo, sem querer contar, mas desesperada por compartilhar. Preferia insinuar a explicar. Quando Jules, que era, após uma experiência espiritual alucinógena causada por uma mistura acidental de um desinfetante sanitário genérico com um alvejante de marca, *Tão Boazinha*, pegou-a saindo de um cubículo no banheiro, limpando bile dos lábios e lágrimas dos olhos, e lhe perguntou qual era o problema, Katherine disse Nada, ao mesmo tempo fazendo todas as manobras faciais de alguém que na verdade deveria ter dito Tudo. Infelizmente, Jules provavelmente teria achado difícil ler a linguagem corporal de alguém mesmo se estivesse sendo apalpada, e desse modo deixou de notar o vaivém nos olhos de Katherine, e sua expressão vaga e seu lábio trêmulo, quando declarou que estava Bem, sério, *Bem*, assim como Carol deixou de perceber quando Katherine baixou o rosto para o chão e chupou o lábio superior após sentir uma tontura na cozinha e dizer que não havia Nada errado, que ela estava *Bem*.

Sua mãe não era diferente. Se havia alguém, Katherine pensou, que devia ter sido capaz de reconhecer sua condição sem que a referida condição tivesse de ser abertamente explicitada era certamente sua mãe.

"Como você está, querida, tem passado bem?"

"Eu..."

"Como anda sua vida amorosa?"

"Eu não quero uma vida amorosa."

"Ora, Katherine", disse sua mãe. "Já falamos sobre isso. Esse tipo de estilo de vida é muito bom quando você é jovem, mas chega uma hora..."

"Me desliguei dos homens", disse Katherine, antes de mudar para o modo de revelação indireta, o que significava empreender uma série de silêncios prenhes (ai, Deus...) de significado, respirando fundo e de forma ostensivamente trêmula. "Eu... estou cheia de coisas com que me preocupar."

"Ai, querida", disse sua mãe, súbita e satisfatoriamente horrorizada. "Você não... Quer dizer... Você não... Você *não encontrou Jesus*, não?"

"Não", disse Katherine.

"Ai, graças a Deus", disse sua mãe.

"É só que..." (profundo suspiro) "estou passando por *um momento muito difícil*, sabe?"

"Nem me fale em momento difícil, querida. Já passei por momentos tão difíceis quc às vezes até perdia o apetite. Falando nisso..."

"Estou comendo bem."

"Ótimo."

Houve uma longa pausa.

"Acho que eu devia fazer uma visita", disse sua mãe de repente.

"Estou muito ocupada."

"Não, não está. Eu vou aí no sábado. Vou passar aí de qualquer maneira."

Katherine não disse nada.

"Não vai me perguntar por que vou passar aí?", disse sua mãe.

"Por que você vai passar aqui?", disse Katherine, desanimada.

"Sua irmã vai me levar para um fim de semana no spa. Não é maravilhoso? Ela tem trabalhado tão duro, a coitadinha, e está se sentindo péssima porque não tem tido tempo de me ver, então vamos desfrutar um pouco da companhia uma da outra, só as meninas. A gente pode dar uma passada aí quando estiver a caminho."

"Maravilha", disse Katherine.

"Ai, Katherine", disse sua mãe. "Será que não dá pra você pelo menos *tentar* ser agradável?"

Ao menos uma vez, Katherine não estava mentindo quando disse a sua mãe que estava desligada dos homens. Ela podia sentir que se dissolvia, sexualmente. Sua libido de algum modo dobrara, porém também saíra de centro, como se estivesse agora situada em algum ponto fora dela, e, por mais sôfrega que houvesse se tornado, ela era incapaz de saciá-la simplesmente porque não era mais capaz de localizá-la. A pornografia e a masturbação febril não estavam ajudando. Imagens de homens pareciam angustiantes e perturbadoras. Seu corpo estava sem reação e apaticamente seco, embora de algum modo, em alguma parte de si com a qual ela estava fracamente em contato, a necessidade de uma trepada nunca fora mais forte. Por mais lúbrico que fosse esse anseio, ela achou que era melhor extingui-lo do que satisfazê-lo e nada executava esse serviço melhor do que o pensamento de crianças, que podiam transformar desejo em repulsa tão rapidamente quanto os pestinhas pareciam transformar prazer em desespero. Assim como ter problemas fazia com que ela se sentisse subitamente mergulhada nos problemas de outros, parecia igualmente que, bem quando ela queria evitar não só a presença, mas até a sugestão de crianças, lá estavam elas: bamboleando cidade afora com os protocolares dois passos atrás de suas mães descabeladas e apressadas; sendo admoestadas aos berros diante dos supermercados; pendendo como um peso morto da mão de algum adulto conforme eram arrastadas do ponto de ônibus para o banco do ônibus e vice-versa. Às vezes, ao passarem, pareciam fitá-la, e ela nunca sabia dizer se estavam querendo sua solidariedade ou, a um sobrenatural modo psíquico, dizendo-lhe: *Você é a próxima.*

Aonde as crianças iam, a piedade fatalmente ia atrás. O escritório estava infestado de caridade. Matando dois coelhos com uma conveniente cajadada, Dave, no primeiro andar, estava deixando a barba crescer para os bebês órfãos do Malaui, depois planejava raspá-la em protesto contra a violência doméstica.

Donna, no terceiro andar, fazia banhos de imersão numa banheira cheia de feijões cozidos para as crianças de rua de Burkina Faso. Os aniversários eram anunciados com cartões de relevos cor-de-rosa proclamando que o presente do aniversariante em questão fora convertido em cabras e remetido para o Quênia. Nem mesmo seu tempo a sós estava a salvo. *Elle* e *Marie-Claire*, em geral dois redutos da alegria, vinham cobertas de fotos em close do pequeno Ngugi, ou Jésus, ou Kalifa, com seus olhos úmidos, lábios leporinos e barrigas-d'água. *Apenas duas libras por mês podem manter a pequena Esmé com um suprimento de água potável*, proclamavam. *Quinze libras compram uma perna de madeira para Fatima.* E quanto às mães?, Katherine se perguntava. O feminismo, ao que parecia, estendia-se apenas às mulheres sem filhos ou às parceiras. Uma vez que você parisse um rebento e ficasse por conta própria, era pouco mais do que o irrefletido mecanismo de produção de mais um debilitado inocente; o meio pelo qual a miséria do mundo se multiplicava. Por que, ela se perguntava, as pessoas só eram capazes de localizar sua piedade nos lugares menos desafiadores? Elas reagiam à tristeza apenas quando esta se expressava como tristeza, pensou. Tristeza expressada como raiva ou hostilidade só servia para afastar as pessoas. Por que não uma foto dela numa revista reluzente, a maquiagem escorrida e o cabelo desfeito, com uma legenda dizendo *Ajude-nos a impedir Katherine de ficar absolutamente lelé da cuca*? Ela não conseguia moderar a manifestação exterior de sua tristeza. Iria, pensou, passar por tudo sozinha; o medo, a amargura e o começo indiferente, nauseante, de dias cinzentos e solitários e, no final disso, acontecesse o que acontecesse, tudo que alguém diria seria apenas *Oh, aquela pobre criança!*.

*Mãe solteira*, ela pensou. Isso tinha um quê de pessoa marcada: confinada à classe, exposta ao julgamento de todos. Não mais a desculpa fácil de nunca ter encontrado o homem certo. Agora a verdade estava aí para quem quisesse ver: trepou realmente com o cara errado. Todo esse tempo, ela pensou, passado tão cuidadosamente mantendo distância e o controle do gênero inferior e agora ali estava aquela coisa dentro dela, que não só servia de lembrete constante de parte do sexo mais insatisfatório e desajuizado que já tivera, como também transformava a ausência de um homem em sua vida de uma tristeza secreta facilmente disfarçada como postura ideológica em um déficit abismal.

Ela estava preparando desde já um verniz protetor de tragédia. O pai, imaginava-se dizendo, fora um homem maravilhoso: masculino e independente; sensível e atencioso, com um trabalho que era ao mesmo tempo altruísta e admiravelmente perigoso. Nada relacionado com os militares ou a polícia, é claro — havia qualquer coisa profundamente antifeminista em ser uma viúva do Exército. Talvez um fotojornalista premiado por documentar o sofrimento humano de guerras ignoradas pela grande imprensa. De forma comovente, com um brilho cuidadosamente controlado em seus olhos, ela contaria a história de como ele pusera sua bela mão, calejada pelo deserto, na barriga dela, seu relógio de mergulho Tag Heuer cintilando à luz da vela, e lhe dissera que estava desistindo de tudo para ficar com ela e seu bebê. *Só mais um último trabalho e vou parar*, ele teria dito, com a promessa de um emprego de escritório, e de dar um basta às noites de preocupação, em que ela acordava de madrugada temendo que um destino horrível, mas maravilhosamente pungente, houvesse se abatido sobre ele. Havia, ele lhe dissera, apenas mais uma atrocidade para documentar; mais uma tragédia global a ser de forma brilhante, ainda que simplista, simbolizada no rosto de uma criança inocente, ainda que suspeitosamente posando para a foto. Ela descreveria em detalhes a última noite deles juntos; a conversa que tiveram sobre nomes (Leica, se fosse menina, Pentax, para um menino); sobre se mudar para uma casa maior; sobre os valores e habilidades que iriam instilar no pequeno Pentax desde o momento em que nascesse; o modo como ela acordava pela manhã para encontrar uma rosa em seu travesseiro e o relógio dele sobre o criado-mudo como uma lembrança sua; e o modo como ela acordara outra vez à noite, dois dias depois, e soube, simplesmente *soube*, que alguma coisa horrível acontecera, porque (profundo suspiro; pausa de Pinter)... *seu relógio havia parado*. As pessoas iam admirá-la. Iam achar que era uma dessas pessoas resilientes. Tinha sido *Tão Corajosa, Tão Forte.*

Alguma coisa tinha de ser feita. Ela precisava, sabia disso, assumir o controle. As coisas estavam levando a melhor sobre ela.

Não queria ser o tipo de pessoa sobre quem as coisas levam a melhor. Decidiu começar pela questão da renda.

"Mudei para sopa", disse o gerente, lutando com a tampa de uma garrafa térmica. "Eu simplesmente não podia mais aguentar aquele pão encharcado."

"Retiro minha demissão", disse Katherine.

"Quando você se demitiu?", disse seu gerente.

"Outro dia. Mas agora não quero mais. Quero rescindir minha rescisão."

"Ah", disse o gerente, erguendo o rosto de sua sopa.

"Como assim, 'Ah'?"

"Bom, é só que... quer dizer, como eu disse antes, sabe, por mais que a gente lamentasse ver você ir embora, eu estava meio que ansioso para não ser mais seu chefe, assim a gente podia..."

"Posso não pedir demissão, por favor?"

"Claro. Sem problema. Posso perguntar o que mudou?"

"Não."

"Você não vai tirar uma licença-maternidade imediatamente, vai? Porque eu tive, tipo, três funcionárias..."

"Eu podia processar vocês por uma pergunta dessas", ela disse.

"Certo", disse seu chefe. "Recado recebido."

A televisão, por tanto tempo uma amiga que a acompanhara nas horas mais sombrias, agora oferecia pouco conforto. Katherine se sentia perdida para encontrar algo que pudesse ser categorizado como diversão. Os noticiários pareciam contaminar tudo. Inspirados no declínio econômico, os canais de moda se empolgavam com a frugalidade. Aproveitando a crescente preocupação com uma epidemia, os canais de história haviam mudado o foco de Hitler para a Peste Negra. Empolgados com uma rara oportunidade de abordar atualidades, os canais de natureza transmitiam documentários independentes sobre doenças em animais, e os canais de culinária, pegando a maior onda de vegetarianismo que o país já presenciara, bombardeou o espírito da época com uma série de dicas para a vida livre de carne. Ela ficou nos próprios noticiários, que se alternavam numa narrativa dupla e contínua de recessão e pandemia. A queima de carcaças de gado, inicialmente uma medida experimental, agora parecia a norma. Havia conversas de matança seletiva. Homens em macacões faziam importantes pronunciamentos.

"Já vimos a síndrome de deslegitimização do rebanho antes", disse um, "e já vimos o desengajamento do rebanho. Isso é pior. O arrebatamento idiopático bovino precisa ser levado muito a sério. *Qualquer* indicativo de que uma vaca esteja com o olhar excessivamente parado, permanecendo inerte, desistindo de comportamentos bovinos comuns como a mastigação e o abanar de rabo, ou na verdade simplesmente ficando sozinha por algum período de tempo, precisa ser informado imediatamente".

Ela começou a apreciar a repetição, a sensação de previsibilidade que os noticiários vinte e quatro horas engendravam. A palavra "*news*" era, ela pensou, levemente enganadora, dado que as redes de tevê apresentavam tudo menos "novidades", basicamente copiando umas às outras para entregar mais do mesmo: pilhas de carcaças de gado, as patas para o ar recortadas contra o céu de inverno; cascos e cabeças em meio a fumaça e fogo.

Sempre que seu telefone fixo tocava, ela achava que era Daniel, que, ela tinha certeza disso, ligaria muito em breve. Ela, porém, também se preocupava com a possibilidade de que fosse Keith, e assim deixava sempre cair na secretária. Como esperado, seu expectante acionar do botão PLAY uma vez resultou, de fato, na voz de Keith.

"Oi, gatinha. Faz tempo que a gente não se vê. E aí, o que cê anda aprontando?"

Ela apertou o botão de deletar, então checou a caixa de mensagens outra vez para ter certeza de que o recado sumira. Estava começando a se dar conta de como na verdade recebia poucas ligações.

Pensou em Daniel, imaginou o que estaria fazendo, o que estaria pensando. Gostava de imaginar a extensão de sua dor. Ela o via acometido de insônia; andando pela cozinha em uma de suas cuecas sambas-canção absurdamente largas; passando a mão no cabelo e entrecerrando os olhos. Ele ia querer ser tirado de sua concha. Ia ficar acabrunhado e distante perto de sua parceira — como era mesmo o nome? —, esperando que ela perguntasse qual era o problema. Se ela não perguntasse, ele ficaria com raiva. Se perguntasse, diria, Nada. Katherine gostava da ideia de ser o segredo de alguém, e de ser o segredo de Daniel em particular. Não porque ela o quisesse de volta, mas simplesmente porque a pior coisa que alguém podia fazer era esquecer você.

Por mais apagável que Keith pudesse ter sido na secretária eletrônica, ele se revelava uma presença bastante insistente no escritório. Katherine o via junto ao filtro de água, lançando olhares para Claire Demoines, que era nova e solteira e usava meias-calças com padrões complicados e dizia coisas como "Eu recebo tantas propostas, sabe? Mas... sei lá, talvez eu seja exigente demais". Então Katherine topou com ele na escada, que ela só começara a usar por medo de que pudesse encontrar ele e/ou Claire Demoines no elevador. Ele se mostrou presunçosamente calmo; lubrificado com um brilho de pós-alguma coisa e fazendo o maior esforço para mostrar como estava à vontade. Para o horror de Katherine, parecia mais atraente, agora que era o pai de sua criança, como se ela o estivesse vendo por um filtro hormonal de felicidade potencial, mais do que sob o holofote indiferente do pensamento racional.

"Oi", disse, parando apoiado no corrimão e com a outra mão manuseando dinheiro trocado no bolso da calça. "Tudo certo?"

"Ótimo", disse Katherine, lançando-lhe um olhar gelado e não sentindo a menor necessidade de iniciar sua usual rotina de chamar a atenção para a própria desonestidade. "E você, como vai?"

"Fazendo algumas mudanças", disse Keith, balançando a cabeça como um sujeito sábio e apontando um elástico vermelho em seu pulso esquerdo. "Aprendendo."

"Certo", disse Katherine. "Isso é ótimo. Por que você está usando um elástico vermelho no pulso?"

"É para a sua proteção", disse Keith, com seriedade. "A propósito. Por acaso você pensou em rachar aquele nosso feriado?"

"Não, na verdade, não."

"Ok."

"Qual é o problema? Está sem grana pra gastar na sua nova trepada?"

"Uau", disse Keith, balançando a cabeça com ar grave. "Quanta hostilidade nesse coração, princesa."

"Só pra saber."

Keith esticou o braço e pôs a mão em seu ombro, semicerrando levemente os olhos, como que com dor.

"Você realmente precisa se respeitar mais."

"Keith?", ela disse com seriedade, suavizando o rosto e fitando seus olhos, os cílios pestanejando, e largando o peso do corpo no quadril.

"O que foi, Katherine?", disse Keith, inclinando a cabeça para o lado e balançando-a suavemente, como se dissesse: Sou Uma Pessoa Maravilhosa por Escutar.

"Você acha que dava pra um dia desses, como um favor pessoal para mim, morrer num acidente autoerótico?"

Nessa mesma tarde ela o viu conversando com Carol perto da fotocopiadora. Ele parecia envergonhado e planejando alguma coisa. Mostrou para Carol o elástico em seu pulso. Carol tocou seu ombro quando escutava. Ele abriu um daqueles sorrisinhos e lhe agradeceu. Quando Katherine se aproximou, eles se separaram. Quando ela perguntou a Carol o que estava acontecendo, ela disse: Nada.

Alarmada com seu isolamento, e pelo temor lento, sorrateiro, de que Keith pudesse estar vagarosa e sutilmente virando as mulheres do escritório ainda mais contra ela, por meio de pouco mais do que insinuações e gentil persuasão, Katherine tentou adotar algumas medidas contra sua própria frieza. Passou a fazer questão de dar bom-dia. Ficava na cozinha e escutava Debbie falando sem parar sobre o filho. Quando o amigo-íntimo-com-quem-nunca-tinha-acontecido-nada de Jules faleceu, com a idade de cinquenta anos, após uma prolongada batalha contra um câncer pancreático, Katherine correu direto para o armário de materiais para pegar um novo mousepad com descanso de pulso para Jules, de modo que pelo menos sua síndrome do túnel carpal não exacerbasse sua dor. Quando alguém do escritório roubou ou inadvertidamente se apropriou da sacola ecológica de Janice

Johnson, que ela muito sensatamente trouxera para conseguir transportar seu almoço macrobiótico sem que o caldo vazasse em toda a bolsa, Katherine enviou um e-mail geral que resultou, após apenas trinta minutos, na sacola milagrosamente reaparecendo na cozinha. Quando Dawn Rickstadt, que Cheirava Tão Bem, passou pela mesa de Katherine deixando em seu rastro um cheiro particularmente bom, Katherine se encarregou não só de anotar o nome do perfume (*Consensual*, da Chanel), mas também de perguntar como Dawn se sentiria se Katherine comprasse o mesmo perfume e desse modo ambas Cheirassem Tão Bem, ao que Dawn respondera generosamente que não fazia a menor objeção a Katherine comprar um frasco de *Consensual*, porque era maravilhoso e de fato, uma vez que ela mesma estava quase sem, talvez as duas pudessem sair juntas para comprar e almoçar.

"Este aqui tem um delicioso toque de devassidão", disse Dawn na Debenham's, borrifando o pulso de Katherine com *Reproach*, da Comme des Garçons. "É brisa marinha fazendo sexo casual num Ford Capri."

"Isso quer dizer que é gostoso?"

"Quer dizer que é sexy."

"Não quero ser sexy", disse Katherine. "Quero ser limpa."

"Saquei", disse Dawn. "Alguma coisa mais temperada?"

"Que tal Gás Mostarda?", disse Katherine.

"Ah, entendo", disse Dawn. "Você achava que com toda essa pesquisa era para eles terem achado um repelente de babaca confiável, a essa altura."

Depois, de fato almoçaram. Após o almoço tomaram café. Dawn falou sobre seus relacionamentos, todos os quais haviam terminado mal, mas sobre os quais ela ainda era, disse, hipoteticamente otimista.

"Deve ser gostoso", disse Katherine.

"Tem seus momentos", disse Dawn. "Mas enfim. Me fale sobre você."

"Eca", disse Katherine.

Isso, contudo, teve vida curta, assim como os ocasionais episódios de delicadeza inescrupulosa de Katherine sempre tinham vida curta, e sempre a deixavam, como seus recentes e arrogantes orgasmos inescrupulosos, sentindo-se decepcionada e levemente suja após o acontecimento. Sua suspensão de cinismo foi breve e incompleta. Quanto mais esforço investia nas pessoas, menos parecia capaz de desconsiderar suas falhas. Jules era Boazinha Demais. Dawn Cheirava Bem Demais. A Paciência de Debbie era irritante. Todas elas eram irritantes. Mordiscavam sua comida em pequenos bocados perversos porque estavam de olho na balança. Enviavam e-mails gerais listando quinze coisas que faziam você se sentir feliz por estar viva. Achavam que a pena capital tinha sua utilidade, mas só para crimes realmente maus e só se desse para ter certeza de que tinha sido realmente a pessoa que os cometera. As que tinham maridos se queixavam dos maridos. As que não tinham maridos queriam maridos. Todas definitivamente queriam mais coisas, mas suas casas e seus apartamentos eram atulhados e elas achavam que deviam na verdade se livrar de algumas coisas, porque um visual minimalista estava na moda, mas também, por outro lado, não era *aconchegante*, não é, o visual minimalista. Muitas delas queriam realizar algo de valor porque admiravam pessoas que tinham feito coisas que eram de valor. Todas concordavam que havia sofrimento demais no mundo. Muitas vezes uma delas sentia alguma indisposição e então as outras ficavam preocupadas com a possibilidade de estarem prestes a sentir uma indisposição, embora com frequência não tivessem nada, e assim todas concordavam que provavelmente só estavam um pouco estressadas. Iogurtes tinham muito mais calorias do que qualquer uma delas jamais imaginara. De algum modo, todas haviam recebido computadores que eram particularmente recalcitrantes. Gostavam umas das outras apenas na medida em que elas próprias queriam ser apreciadas. Quando uma se levantava para ir ao banheiro ou preparar uma xícara de chá, as outras falavam dela, sobre como seu perfume era forte demais ou como a paciência dela era de fazer os outros arrancarem os cabelos.

Para Katherine, uma sensação de ligação com as outras não era diferente do cardigã de caxemira; do namorado tão desejado. Ela ansiou por isso; atraiu isso para si; sentiu-se aberta, ainda que muito ligeiramente, para o contato externo e então se recolheu, convencida de que a felicidade que buscara era agora uma responsabilidade a ser controlada da mesma maneira que ela controlava a altura das cadeiras e a temperatura do ar-condicionado: uma série de pequenos ajustes que resultariam, conforme ela os fazia, na gradual erosão de seu âmago.

Katherine viu-se no elevador com Keith, tendo equivocadamente presumido que ele agora estivesse empenhado em usar a escada, e se deu conta, com acachapante horror, de que ainda queria que ele dormisse com ela.

Ele disse: "Estou num lugar tão calmo agora. Sinto como se estivesse voltando para a pessoa que sempre quis ser."

"Você engordou", ela disse. "Talvez a pessoa que você sempre quis ser seja um gordo."

"Você está com raiva", ele disse. "Tem alguma coisa que eu possa fazer?"

"Quem sabe a gente pode se encontrar qualquer hora", ela disse.

"Acho que não", disse Keith, com um sorriso dolorosamente educado. "Não acho que isso iria ajudar."

"Não preciso da sua piedade", ela disse. "Nem se atreva, porra."

"Tem razão. Melhor ficar por aí espreitando os outros e sentindo autopiedade, certo, princesa?"

"Seu filho da puta."

"Obrigado, igualmente", ele respondeu, quando ela desceu no andar errado.

Mais tarde, ela o viu conversando com Claire Demoines, que ficou na ponta dos pés em seus sapatos vermelhos foda-se de salto alto vem-me-foder e lhe deu um abraço me-ame. Katherine fez meia-volta e arrancou os fechos de segurança de quatro extintores de incêndio, de modo a ter um trabalho para distraí-la durante a tarde.

As vacas eram infindáveis. Um mar de vacas. Ela ia para casa toda noite e se punha a par da falta de movimento delas.

"Estamos transmitindo ao vivo e com exclusividade", apregoou Bill Palmer para a câmera, os olhos arregalados acima de sua máscara protetora; as mãos em luvas de borracha gesticulavam animadamente na direção de uma vaca imóvel atrás dele. "Atrás de mim está Simone, a primeira vaca contaminada a ser filmada. Ao meu lado está o veterinário local Bob Chevington. Bob, me diga o que estamos vendo aqui."

Bill Palmer era um ex-repórter de guerra destacado para reportagens domésticas depois de corajosamente ser baleado na frente da câmera. Estava, pensou Katherine, claramente apreciando essa incomum oportunidade para o drama, e se tornara algo como uma presença ubíqua no que agora parecia ser obrigatoriamente mencionado como a crise. Sua abordagem era basicamente indumentária. Diante de embaixadas ele usava o uniforme de correspondente estrangeiro, camisa de algodão azul e calça de algodão com vinco. No Afeganistão, era o traje camuflado para o deserto e uma variedade de capacetes. Agora, claramente alerta à possibilidade tanto de drama como de mais reconhecimento jornalístico, usava um macacão branco com o capuz negligentemente abaixado em torno do pescoço, uma mecha de cabelos brancos sendo soprada de lado pela brisa constante; suas sobrancelhas generosas uniam-se num franzimento que transmitia a ideia de notícias corajosamente obtidas em face do terrível perigo.

"Então, Bill, o que estamos vendo aqui é o clássico arrebatamento idiopático bovino", disse o veterinário. "Esse animal está olhando diretamente para a frente há mais de vinte e quatro horas. Ele permanece completamente imóvel. Está totalmente indiferente a estímulos."

"E qual é o prognóstico, Bob?"

"Morte. Provavelmente por desidratação."

"Tempos sombrios", disse Bill. "Agora Chastity, com o tempo."

A câmera permaneceu na vaca doente, seus olhos vítreos e sem vida parecendo olhar direto para Katherine.

Todos os antigos padrões voltavam à tona. Ela podia vê-los; nomeá-los; mas sentia-se impotente para intervir. A sensação era similar a enfiar os dedos na garganta e sentir a ânsia estéril de toda a comida que se negara a comer. Estava engasgando com um vácuo emocional e, numa tentativa de driblar isso, voltou ao método testado e aprovado de imputar a Daniel as coisas que ela era incapaz de sentir por si mesma, ou que talvez sentisse mas não conseguisse nomear. Era tudo muito familiar — seu desamor pela gentileza no escritório espelhando nitidamente seu desamor por Daniel. Ela costumava testar o grau de comprometimento dele agredindo-o. Ameaçava deixá-lo, ou traí-lo, então observava seu rosto e media a profundidade de seus sentimentos por ela segundo a extensão com que parecia arrasado. Ele era inseguro; propenso a se preocupar. Se um dia ficasse confiante, ela achava, significaria que não mais a amava, uma vez que amar alguém é se preocupar; precisar de alguém é temer a inevitabilidade de sua ausência. Sem medo, ela achava, sem drama, havia apenas a cinzenta monotonia dos relacionamentos da meia-idade tardia, em que, até onde ela podia perceber, conceitos como amor e paixão eram substituídos pelo que ela via como a terminologia detestável do tédio codependente: companheirismo, contentamento, compromisso; em que o amor de uma pessoa pela outra já não era declarado simplesmente porque não era questionado; em que o indicador-chave não só de amor, mas também de solidez, seria simplesmente o mero fato da solidez e do amor que um dia existiram. Não, não, ela pensou. Melhor a sensação de se estranhar, de brigar; o alívio constante e repetido do trauma suportado e superado. Sem isso, havia apenas a segurança da falta de imaginação: uma vida sexual definhando silenciosamente; o ressentimento violento; os pelos faciais, dele e dela.

Ela voltou ao brechó de caridade onde doara o vibrador de Keith. Disse que deixara algo na sacola por acidente, e queria de volta. A mulher continuou com um olhar inexpressivo, mas suspeitosamente relaxado.

"Não vi nada", disse. "O que foi que você deixou?"

"Um vibrador", disse Katherine.

"Ah. Mm..."

"Não tem como não ter visto", disse Katherine. "Tem a forma de um enorme pênis e na lateral diz The Widowmaker em letras fluorescentes."

"Eu acho que eu não..."

"Eu sei que você está com ele", disse Katherine.

"Garanto que não."

"Devolve."

"Eu devolveria se estivesse."

"Esquece", disse Katherine.

Claire Demoines foi fazer a volta olímpica no andar de Katherine e deu a notícia, algo que, segundo explicou, já sabia havia algum tempo, mas que prometera não revelar por se tratar de um assunto tanto particular como delicado.

"Ele realmente não tem certeza se queria que alguém soubesse", Katherine pôde escutá-la dizendo em voz baixa para Jules, Debbie e Carol. "Mas, sabe, a gente conversou bastante sobre isso e eu disse que achava que ele provavelmente ia se sentir melhor se a notícia corresse e ele não precisasse mais esconder."

"Mmmm", disse Jules, sendo Tão Boazinha. "Ele está sendo Tão Corajoso."

"Existe tanto tabu nisso, não é?", disse Carol.

"É como se você não pudesse nem falar a respeito", disse Debbie. "Mas ele realmente está Sendo Honesto, o que é Tão Admirável."

"Eu só me senti realmente privilegiada por ele ter se sentido capaz de se abrir comigo", disse Claire.

"Mmm", disseram Debbie, Jules e Carol, todas as quais, Katherine sabia, agora odiavam Claire por ser a pessoa com quem Keith se abrira mais do que com qualquer uma delas, a despeito de seus excessivos esforços de fazer com que Keith se abrisse. Não que se importassem com Keith, é claro, ou que de fato quisessem desesperadamente se envolver, mas, como Debbie mais tarde diria para Katherine, quem exatamente Claire Demoines pensava que era, ela que acabara de aparecer rebolando havia apenas, o quê, uma semana?, e fazendo Keith, que todas elas conheciam tinha muito mais tempo, se abrir totalmente com ela.

"O que eu perdi?", disse Katherine, alegremente, aproximando-se de Claire Demoines e passando os olhos de relance pelo padrão intrincado de sua meia-calça. Keith ia rasgá-las num piscar de olhos, pensou, com seus dedos desagradáveis.

"Keith está se encontrando com uma pessoa", disse Claire.

"Que ótimo", disse Katherine. "Isso é uma maravilha. É sério?"

"Não, não nesse sentido. Ele está *passando por um tratamento.*" Investiu o termo com toda a gravidade de que foi capaz.

Katherine fez uma lista mental de todas as coisas para as quais Keith podia possivelmente querer procurar tratamento. Sua personalidade tóxica à parte, ele era muito propenso a recorrentes infecções do trato urinário, sobre o que ela supunha que era possível dizer que houvesse algo como um tabu.

"Ok", disse Katherine. "É sério?"

"Ele é viciado em sexo", disse Debbie, incapaz de se conter. "Mas agora está fazendo um tratamento."

"No que consiste o tratamento?", disse Katherine. "É como se fosse um viciado em heroína? Eles prescrevem algum tipo de substituto para o sexo?"

"Bom, é como uma cura pela palavra", disse Claire categoricamente.

"Como uma prostituta, você quer dizer", disse Katherine.

"Não, como um psicanalista."

"Então ele está indo a um terapeuta porque não consegue parar de comer as pessoas."

"A atitude tóxica e viciada dele com o sexo tem sido muito prejudicial para os relacionamentos dele", disse Claire.

"Comer as pessoas faz isso", disse Katherine.

Na hora do almoço, os detalhes circulavam por todo o escritório. Keith estava passando por uma espécie de terapia de aversão. Ele punha um elástico em torno do pulso que podia puxar e soltar sempre que se sentia tentado. Isso, aparentemente, iria transportá-lo de volta a certos estados de aversão e restrição que explorara sob hipnose. Ele contou a Debbie, na mais estrita confiança, que olhara para algumas das coisas que seu vício o levara a fazer e, embora não quisesse entrar em detalhes por receio de ofender Debbie ou levá-la a nunca querer interagir com ele outra vez, não estava orgulhoso de si mesmo. De modo que, conforme explicou a Carol na mais estrita confiança, ele pegara algumas dessas experiências e olhara com dureza para elas e depois as relatara a um terapeuta, que havia explicado que ele tinha um vício, e que esse vício estava envenenando sua vida, e o que ele precisava fazer era construir relacionamentos significativos com mulheres sem fazer sexo com elas. Aparentemente, havia explicado para Claire na mais estrita confiança, seu terapeuta observara que uma consequência perfeitamente natural de construir relacionamentos significativos com mulheres sem dormir com elas seria que ele iria querer dormir com elas. Isso aconteceria em parte porque ele estava construindo um relacionamento significativo, que é sempre excitante, e em parte porque o sexo agora pareceria algo como um tabu, o que era, como todo mundo sabia, meio que sexy.

Assim, Keith explicou calmamente para Debbie, Carol, Claire e Dawn — que a essa altura haviam superado seu desapontamento ao se darem conta de que todas na verdade gozavam da confiança de Keith e tendiam a conversar com ele num pequeno grupo que a questão era que ele não devia, sob nenhuma circunstância, diminuir seu contato com as mulheres. Na verdade, devia aumentar seu contato com as mulheres, uma vez que era assim que iria cuidar de construir melhores relacionamentos com elas. Então realmente o que ele estava dizendo era que precisava da ajuda das mulheres do escritório. Será que elas poderiam, ele perguntava, será que fariam a gentileza de reservar um tempo para ajudá-lo a praticar alguns relacionamentos significativos, digamos, saindo para tomar um café com ele, ou talvez apenas indo almoçar em algum lugar ou até, quando chegasse uma hora em que a capacidade de Keith para resistir estivesse suficientemente forte, quem sabe até sair para jantar? Elas podiam se sentir perfeitamente seguras, ele lhes disse, não só porque seus dias de ser basicamente um perfeito *animal* na questão do sexo eram coisa do passado, mas também porque sua terapia de aversão significava que poderia muito facilmente, se a inclinação por dormir com elas surgisse (o que, ele lhes assegurou, definitivamente aconteceria, pois elas eram todas *muito* atraentes, e era exatamente por esse motivo que ele estava pedindo seu apoio), puxar seu elástico, que seu terapeuta pusera ali para formar uma âncora com as imagens de aversão em que haviam trabalhado juntos, as quais, Keith informou gravemente às mulheres reunidas, eram *tão repulsivas* que uma mulher teria basicamente de ser a mulher mais atraente do mundo para ainda parecer atraente depois que ele a tivesse associado em sua cabeça com o que eram, ele quase sussurrou, *coisas de fato muito desagradáveis.*

"Isso é pavoroso", disse Katherine para Debbie na cozinha.

"Não é?", disse Debbie, olhando ansiosamente para Keith. "Todas essas coisas horríveis que ele queria fazer..."

"Deus", disse a mãe de Katherine, aparecendo com a irmã de Katherine, Hazel, a reboque, ambas trazendo atrás de si uma nuvem flatulenta de presunção que Katherine achou que teria de ser profissionalmente removida depois que fossem embora. "Isso não podia ter vindo em melhor hora. Sinceramente, Hazel, você *salvou minha vida*. Eu não estava dizendo ainda na outra semana que precisava me recuperar, Katherine?"

"Não", disse Katherine.

"Ah, não seja assim, Katherine", disse a mãe de Katherine. "Você também pode ir, da próxima vez."

"Não, obrigada", disse Katherine.

"Eu é que agradeço", disse Hazel. "A ideia é se livrar das toxinas, não levá-las com você."

"Já chega, Hazel", disse a mãe de Katherine. E depois, em um tom de voz que de algum modo sugeria que faria Katherine se sentir melhor: "Você está horrível, Katherine."

"Obrigada", disse Katherine.

"Não precisa ser sarcástica. É preocupação maternal. O que você anda fazendo consigo mesma?"

"Acho que só estou um pouco estressada."

"Estressada com o quê?"

"Com a vida."

"Me poupe. Ainda tem café?"

"Eu posso fazer um pouco."

A mãe de Katherine a mediu de alto a baixo.

"Pode ficar sentada", disse delicadamente. "Eu faço."

Ocorreu a Katherine que fosse começar a chorar: uma reação cada vez mais comum à bondade inesperada. Era uma coisa para a qual tinha de estar preparada, ultimamente. Quando a pegava de surpresa, ela ficava prostrada.

"O que você anda comendo?", disse sua mãe, enfiando o nariz na geladeira. "Meu Deus, tem um arbusto seco do Velho Oeste rolando aqui."

"Tem um arbusto do Velho Oeste rolando em um monte de coisas", fez coro Hazel.

"Eu como muito fora", disse Katherine.

"Com quem?", disse a mãe de Katherine.

"Ninguém."

"Você come fora sozinha? Meu Deus, querida. Parece deprimente."

"Eu gosto."

"Não, não gosta. Você faz isso e então engana a si própria dizendo que gosta. Você sempre foi assim."

"Eu sempre fui assim como?"

Katherine estava se sentindo na defensiva e irritada, em grande parte porque se sentia vulnerável e chorosa e odiava o pensamento de que sua mãe e, pior, sua irmã pudessem vê-la na pior.

"Você sempre engana a si mesma", disse Hazel.

"Como, por exemplo?"

Sua família, ela pensou, tinha o firme desejo e a capacidade de se unir contra ela.

"Como por exemplo tudo", disse Hazel. "Você não tem a carreira que quer, então sempre está fazendo esses monólogos ridículos sobre como está feliz porque conseguiu evitar a corrida dos ratos. Você não tem um relacionamento, então vive falando sobre como está feliz por não estar em um relacionamento, porque os homens são um pé no saco. Você sente saudade do Daniel, então aproveita absolutamente toda oportunidade par..."

"Eu não tenho saudade do Daniel."

"Por favor", disse Hazel. "Qualquer uma ia sentir saudade do Daniel."

"O que é isso?", disse Katherine. "Uma intervenção?"

"Chame de preocupação fraterna", disse Hazel.

"Já chega, vocês duas", disse a mãe de Katherine, trazendo uma cafeteira. "Quem quer leite?"

Katherine acendeu um cigarro. "Para mim, não. Dois cubos de açúcar."

Ela mediu Hazel de cima a baixo. *Genérica* foi a palavra que surgiu em sua mente. Vestida de forma conservadora com calça de brim e suéter tricotado grosso; os procedimentos da maquiagem quase certamente copiados de algum artigo de revista que usava as palavras *discrição* e *confiança*.

Sua mãe voltou a sentar e serviu o café, enquanto Hazel, que estava sentada na frente de Katherine, lançou-lhe um olhar avaliador.

"Mamãe tem razão", disse. "Você está mesmo horrível. Quer o nome do meu dermatologista?"

"O que você precisa", disse Katherine, "é de uma trepada".

Hazel bocejou. "Você sabe o que você é?", disse. "Previsível, é isso."

"Sabe o que você é?", disse Katherine.

"Não queremos saber o que ela é", disse a mãe de Katherine. "Katherine. Estamos preocupadas com você."

"Bom, não fiquem. Estou ótima."

"Tem um cargo abrindo na minha empresa", disse Hazel. "Eu podia propor seu nome. Sério. Quer dizer, deixando de lado toda a brincadeira. Sabe."

Katherine acendeu um segundo cigarro na guimba do primeiro. Podia, pensou, dizer sim. Podia pegar suas coisas e cair fora; começar do zero. Seria boa no trabalho que sua irmã estava oferecendo, fosse ele qual fosse, porque ela sempre era boa em seu trabalho. Depois do expediente, ela e sua irmã iriam a um *wine bar* ou talvez a um restaurante. Pediriam refrescantes vinhos brancos e um prato leve de massa e uma salada para dividir, e quando os homens — homens razoavelmente decentes em ternos amarrotados de sexta-feira e as gravatas cada vez mais tortas — se oferecessem para lhes pagar bebidas, elas sorririam e aceitariam, e então depois dariam risada e concordariam que nenhum deles era bom o bastante, dizendo *você VIU SÓ o que ele estava usando?*. Talvez dividissem uma casa. Talvez por um tempo fossem felizes, pelo menos até que uma delas conhecesse alguém e tudo acabasse. Isso não seria, qualquer parte disso, melhor do que isto?

Exceto, é claro, que não seria desse jeito, porque Katherine estaria aceitando uma bondade, e, no segundo em que aceitasse, ela se ressentiria, e sua irmã ficaria ressentida por ela ter se ressentido, e quanto tempo demoraria, de verdade, até que uma discussão por causa de comida ou uma noite fora ou algo trivial girasse em seu eixo no momento em que sua irmã a lembrasse de que *ela lhe conseguiu este emprego* e ela nem mesmo se mostrava *agradecida* por isso?

"Não", disse, enfim. "Estou bem, obrigada."

"Não sei nem por que a gente passou aqui", disse Hazel. "É uma hora saindo do nosso caminho."

"E por que passaram?", retrucou Katherine. "Eu não pedi para fazerem isso."

"A gente queria ver você, Katherine", disse sua mãe, que agora soava magoada de uma forma que Katherine achava revoltante.

"Bom, me considerem vista", disse Katherine.

Depois que foram embora, ela começou a chorar, mas se segurou. *Não vai ajudar*, disse repetidas vezes a si mesma. *Não vai ajudar, então não perca seu tempo.*

Às vezes, em momentos mais tranquilos, quando seus medos e preocupações ameaçadores haviam, se não exatamente desaparecido, então ao menos temporariamente enfraquecido, Katherine pensava em Nathan, perguntando-se o que estaria fazendo e, de modo mais pertinente, o que acontecera no último ano e meio. Nada bom, ela presumia. Ele estava sempre, ela pensava, indo na direção de algo não particularmente bom, e se a amizade deles pudesse ter sido caracterizada por uma espécie de arco, este teria sido tal que em um estágio o conhecimento de para onde Nathan estava indo parecera excitante, até romântico, mas depois, menos. Ele sempre fora um pouco inquieto, é claro, e ninguém nunca teria sugerido que seu estilo de vida era saudável ou que suas escolhas eram sempre as mais positivas, mas nos últimos meses a mudança se fizera notar. Ela e Daniel haviam começado a discutir isso — seus olhos que se moviam abruptamente de um lado para outro e as frases desconexas; seus ocasionais comentários sobre infelicidade ou, como explicara a ela certa vez, o que ele via como efetiva incapacidade de ser feliz —, mas isso fora numa época em que ela e Daniel não estavam discutindo muita coisa além de si mesmos, e em que eles dois também não estavam indo em direção a algo particularmente bom, e em que, como é sempre o caso num relacionamento que está se deteriorando ou desabrochando, eventos externos para eles enquanto casal pareciam exigir mais esforço para observar do que para ignorar. Eles o haviam deixado na mão? Haviam falhado com alguém num desses raros momentos críticos em que a falha é permanente? Até bem recentemente, ela teria dito, houvesse isso lhe sido perguntado pela pessoa certa no momento certo e na mais estrita confiança possível, que sim, falharam, mas agora ele telefonara e, muito claramente, pedira por ajuda, sugerindo que o momento anterior em que haviam falhado não fora na verdade o momento irrevogável, mas um precursor, uma advertência. Claro, isso também suscitava a possibilidade distinta de que esse fosse portanto o grande momento, aquele em que deviam agir direito, o que não a fazia se sentir particularmente confiante, haja vista que era mais uma vez um mau momento, e que ela andava nervosa, e que havia coisas em sua vida que pareciam impedir o acréscimo de mais coisas em sua vida.

Mas, é claro, houvera aquela conversa, da última vez que o vira, que ela não discutira com Daniel, mas que também não esquecera, e essa era, se não fosse outra coisa, uma dessas ocasiões em que estar perto de alguém que tinha um histórico de achar você atraente não seria um mau negócio.

Claire Demoines estava com o escritório a seus pés. Ela fora jantar com Keith. Keith puxara seu elástico. Disse que nunca imaginara, após as horríveis técnicas de aversão instiladas nele por seu terapeuta, que alguém pudesse um dia fazê-lo pensar em sexo outra vez, mas de algum modo...

"O autocontrole dele foi incrível", disse Claire, passando a mão pelo padrão de zigue-zague em sua meia-calça. "Ele disse que me admirava demais para me magoar como tinha magoado todas as outras mulheres em sua vida."

"Meu Deus", disse Debbie. "Que homem."

Ansiosa por reafirmar outra vez sua fé na torpeza básica da humanidade, Katherine resolveu ir ao clube de striptease local e ficou ali bebericando um daiquiri em meio aos olhares lúbricos e ébrios dos fregueses. Embora usasse a palavra "executivo" nas carteirinhas de seus membros, nos cartazes e até nos porta-copos, o L'Après-Vie representava o extremo mais ordinário do entretenimento masculino. As garotas eram estrangeiras e ficavam o tempo todo nuas. Havia danças privadas em saletas pegajosas que tinham, como Dawn teria dito, um toque de devassidão. Katherine se perguntava sobre a etimologia daquilo tudo: o preciso momento na história do homem em que a definição de erotismo passou a incluir uma jovem púbere magrela de olhos tristes se pendurando em um pedaço de andaime reaproveitado. Ela pagou vinte pratas por uma dança privada com uma garota chamada Clover, que usava maria-chiquinha e esmalte roxo nas unhas e tinha uma tatuagem de unicórnio pouco acima da virilha.

"É meu animal de poder", disse ela.

"Estou grávida", disse Katherine.

"Parabéns", disse Clover.

Do lado de fora, homens cúpidos, constrangidos, faziam fila para se entreter quando ela saiu. Não sentiu nenhuma vulnerabilidade. Voltou para casa sozinha pelas ruas mal-iluminadas; atravessou o estacionamento sob o viaduto que por hábito evitava. Pensou casualmente em estupro. Era como se cada trepada e cada beijo, cada olhar interessado e cada sussurro bafejado no ouvido a estivessem abandonando e, quando parou no escuro e apoiou as mãos nos tijolos gelados, assumindo a postura de alguém prestes a ser revistada enquanto imaginava momentaneamente se iria vomitar ou chorar ou os dois, sentiu, subindo pelas solas de seus pés e indo embora através do limiar semipermeável de sua pele, a evaporação de cada intimidade que um dia já conhecera.

Foi para casa e buscou pornografia na internet, só para descobrir que não conseguia mais olhar para homens. Optou por partes do corpo apenas, alegremente desencarnadas e montadas em colagens algorítmicas. Não conseguiu gozar. Em seguida, ligou para três ou quatro homens cujos telefones tinha armazenado em seu celular, mantendo uma linha aberta quando a ligação caía no correio de voz; andando pela sala com o celular no bolso para dar a impressão de que discara por acidente. Ela queria ver se alguém ligava de volta, então poderia explicar o engano e dizer que era ótimo receber notícias de um jeito ou de outro. Pegou no sono segurando o telefone silencioso e, pela manhã, quando tocou, era uma voz de mulher.

"Estou com Daniel Bryce na linha", disse a voz. "Por favor, aguarde um instante."

Katherine aguardou. Ele pareceu demorar um longo momento antes de pegar o telefone.

"Katherine?"

Sua emoção ao som da voz dele era antiga; quase gasta. Ela havia, agora percebia, passado grandes períodos de tempo que nunca seria capaz de reaver imaginando todos os modos pelos quais ele podia dizer alô: o calmo; o nervoso; o levemente triste; o falsamente animado; o aflito; o compassivo; o metido. Ela imaginara todas as suas possíveis reações: de animada e jovial a surpresa. Ela quisera isso, e agora que estava ali tudo que podia pensar era que a carência era uma fraqueza, e tudo que podia sentir era a decepção remota e cediça que você talvez experimentasse ao deixar uma festa e caminhar para o carro e perceber que do lado de fora a música e o bate-papo soavam ainda mais animados por estarem abafados, ainda mais instigantes por estarem longe, fazendo você desejar que tivesse se divertido mais quando estava dentro e tivera a chance.

"Daniel", ela disse.

Ela pusera nisso seu eu carente, arrasado, e agora estava terminado, e a necessidade surgiu no lugar. Se conversasse agora, neste segundo, pensou, ele saberia quão fraca ela podia ser.

"É, hum... A ligação está ruim", disse ela. "Vou ligar de volta."

"Parece..."

Desligou, então sentou no chão e pressionou as laterais da cabeça com as palmas das mãos e se perguntou por que, ao menos uma vez, não podia simplesmente aceitar o que queria e ser feliz, em vez de repelir isso e depois ficar esperando que voltasse.

Está tudo bem, disse a si mesma. Dali a alguns minutos iria ligar de volta. Assim que conseguisse se convencer de que não se importava.

"Te amo, querido. Pode me passar o leite?"

"Claro que sim, amor. Aqui. Te amo."

"Também te amo."

Haviam, pensou Daniel, cruzado todos os limites aceitos da decência.

"E o suco?"

"Desculpa, amor."

"Obrigada, meu doce."

"Não tem de quê, benzinho."

Comeram o cereal. Daniel se irritava com as manchetes; Angelica lia atentamente um livro de bolso intitulado *O hábito da autoajuda: como largar os livros e seguir com sua vida*. Depois de um tempo, ela olhou para ele e sorriu.

"Te amo", disse baixinho.

"Também te amo", disse Daniel. "Mais granola?"

Se alguém perguntasse como chegaram a isso, a explicação de Daniel seria, ele sabia, visivelmente diferente da de Angelica. Ela teria chamado de progresso. Não só *teria* dito, como também de fato *dissera*, para Sebastian e Plum e um de seus amigos verdes de tez amarelada, que era como um novo relacionamento. Não que houvesse qualquer coisa errada com o relacionamento anterior, é claro, mas, como todo mundo sabia, um relacionamento só era bom na medida em que crescia, e esse era um importante crescimento.

Daniel desejava que isso fosse verdade. Não de uma maneira casual, do tipo a-paz-mundial-não-seria-a-coisa-mais-maravilhosa?, mas de uma forma concreta e decididamente sofrida. Ele desejava que fosse verdade não apenas pelo bem de Angelica, mas também pelo seu próprio, pois, se a explicação de Angelica fosse verdade, significaria que a sua explicação era falsa, o que significaria que ele na realidade era a pessoa corajosa, generosa, emocionalmente aberta e intrepidamente amorosa que Angelica achava que era, e de modo algum o que ele sabia ser: um bosta cínico, assustado e fingido.

Teria sido fácil dizer que as coisas haviam começado a desmoronar com o telefonema de Katherine. Na verdade, teria sido tão fácil dizer isso que Daniel, por algum tempo, flertara com a ideia de *realmente* dizer isso: de acomodar Angelica nas almofadas do chão certa noite e lhe dizer que Katherine havia ligado, explicando para ela em um tom de voz cuidadoso, distanciado e apaziguador que isso mexera com um monte de emoções nele e que precisava de um tempo para processar, e que Angelica não devia se preocupar, porque a coisa não tinha a ver com ela, tinha a ver com ele, e ele estava absolutamente certo de que ia lidar com isso e tudo ficaria bem. Essa teria sido a reação madura e teria sido, ele sabia, muito apreciada por Angelica, que teria no mínimo admirado sua honestidade. O problema, porém, era que não teria havido honestidade alguma nisso. Até a parte de mexer com as emoções, isso tudo era bastante preciso, mas depois era essencialmente uma pátina de falsidade. Daniel não estava nem um pouco confiante de que podia lidar com isso, e estremecia todo de insegurança ao pensar se de fato não tinha mesmo nada a ver com Angelica. Por mais desonesto que Daniel pudesse ter sido, até mesmo ele encolhia com a perspectiva de ganhar pontos espirituais e românticos passando-se por honesto. Mentir era uma coisa, mas mentir de tal maneira a se ver sendo elogiado por sua honestidade era, ele achava, inteiramente outra.

Uma abordagem melhor teria sido não dizer nada, técnica em que Daniel era bem versado, e que lhe servira muito confiavelmente quando aliada à sua outra estratégia favorita, de fingir que tudo estava normal. Daniel era, ou assim gostava de acreditar, muito bom em fingir que tudo estava normal. Ele sabia disso porque fingira que tudo estava normal em épocas nitidamente anormais, como os últimos estágios de seu relacionamento com Katherine; sua traição; até mesmo o comportamento esquisito de Nathan e seu eventual desaparecimento. Por que não, pensou, fingir que tudo estava normal agora?

A dificuldade que se tornara óbvia no minuto em que ele desceu a escada e usou o termo "Engano" diante de Angelica, que acreditara nele tão prontamente e com tal ausência de hesitação que ele na mesma hora se sentiu chocantemente culpado, era que ele já não conseguia estar inteiramente certo do que era normal.

Espiou por cima da borda do jornal e perscrutou Angelica perscrutando seu livro. Ela captou seu olhar e lhe devolveu um pequeno sorriso, então balbuciou algo que não deu para distinguir, devido à granola sendo mastigada, mas que ele, arriscando um palpite, tomou por "te amo". Mexeu a boca comunicando o mesmo para ela e sorriu. Ela sorriu de volta.

"Meu Deus, esses carniceiros", ele disse.

"Não é horrível? Essas pobres vacas."

Daniel não havia de fato pensado nas vacas. Sua cabeça estava em preocupações mais ligadas ao trabalho, como o potencial para uma hecatombe de relações públicas. Mas também Angelica era uma dessas pessoas que, andando pela cidade e passando por um mendigo imundo rodeado por labradores de lencinho no pescoço, diria simplesmente: *Ah, esses pobres cachorros.*

"Eu sei", ele disse.

"Sabe?", disse Angelica, erguendo subitamente o rosto de seu livro, os olhos muito atentos.

Daniel ficou paralisado por um momento. Sabia? Sabia *mesmo*?

"Hum... Sim", disse.

"Ah, Daniel", ela disse, suspirando e sorrindo. "Eu te amo tanto."

"Eu também", ele disse.

Ele vivia passando por esses pequenos congelamentos: abruptas sensações de estar trancado do lado de fora de sua própria existência, apenas por um segundo. Parecia voltar a si, embora ele nunca tivesse certeza do quê, para descobrir que a realidade avançara um pouco sem sua presença. Estava mais consciente disso agora porque fora precisamente um desses momentos fugazes de paralisia existencial que o fizera enveredar pelo atual dilema espinhoso com referência a sua aparente incapacidade de parar de dizer a Angelica que a amava.

Ele acordara cedo, na manhã seguinte ao telefonema de Katherine, e se congratulara brevemente pelo modo como lidara com a noite anterior. A ligação dela o deixara desnorteado, mas ele sentia que se recuperara razoavelmente bem. Angelica não suspeitara de nada; ele se mostrara apenas moderadamente ofensivo diante da presença altamente ofensiva de Sebastian; o fato de se retirar cedo para a cama sem dúvida fora disfarçado com sucesso por sua gripe; e se saíra mais do que toleravelmente bem na cama antes de pegar no sono. Foi enquanto considerava esses acontecimentos que tomou consciência de que sua cabeça rolara na direção de Angelica e, pior, que ela havia acordado e lhe devolvia seu olhar com essa intensidade sentimental particular que sempre o fizera sentir como se alguém tivesse acabado de esfregar sua pele com pomada analgésica. Quando pôs o rosto dela em foco, descobriu que estava sorrindo.

"O que você está pensando?", ela perguntou.

Era uma boa pergunta. O que estava *realmente* pensando? Ele se deu conta de que precisava pensar em qualquer assunto aleatório no mundo — futebol; notícias; trabalho; seus sonhos — e isso poria um fim na conversa, mas seu cérebro ficou subitamente privado de recursos, e, quando tentou pensar, escutou apenas essa espécie de eco cavernoso que acompanharia um balde caindo em um poço vazio. O que estava *realmente* pensando? O que estava *pensando*?

"Ãhn... eu te amo", disse, ignorando educadamente a sirene antiaérea em seu cérebro.

Ela sorriu. "Também te amo", disse, passando os braços em torno dele e abraçando-o até ele suar.

O estrago estava feito. Agora, toda vez que olhava para ela, sentia que ela estava olhando para ele esperando que dissesse que a amava, e isso significava que toda vez que *não* lhe dizia que a amava sentia-se exatamente o tipo de crápula que deveria ter se sentido toda vez que *dizia* que a amava. De algum modo, não lhe dizer que a amava se tornara o mesmo que dizer que não a amava, e isso significava que tinha de lhe dizer que a amava apenas para manter o status quo.

Voltou a seu jornal. Algum cretino na seção de editoriais choramingava qualquer coisa sobre direitos animais. Daniel o imaginava, o colunista, bravamente limpando as lágrimas de seu teclado enquanto escrevia. Sebastian ia se esbaldar naquilo, pensou sombriamente. Quando a maldita normalidade se tornara tão estranha?

Fechou o jornal e se levantou.

"Só vou escovar os dentes", disse, enfiando o jornal sob o braço. "Não demoro."

Era um eufemismo diário. Nenhum dos dois jamais anunciava que ia cagar. Ambos viviam escovando os dentes ou lavando o rosto. Por algum motivo, ambos sempre diziam que não iam demorar.

Ele pensou em Katherine quando dirigia para o trabalho, ou melhor, pensou em torno dela, tendendo, como costumava fazer, a recuar de qualquer devaneio em que ela pudesse estar envolvida. Ele ficara repassando o recado telefônico em sua cabeça por alguns dias e, entre uma e outra reiteração de seu amor por Angelica, fizera um esforço concentrado de pelo menos diagnosticar seus sentimentos. Tristemente, fizera pouco progresso, e sua percepção de como achava que podia estar se sentindo diferia segundo sua percepção de como achava que podia estar vivendo, o que recentemente viera flutuando numa base quase diária, enredado como isso estava no relacionamento difícil e volúvel de Daniel em que ele pensava como Normalidade.

Seu relacionamento com Katherine definitivamente não fora normal e, agora que saíra dele e estava em um relacionamento onde coisas normais eram sem a menor dúvida ditas e feitas, era razoavelmente fácil para ele pensar em si mesmo e em sua vida como normais. Afinal, pensava, ali estava ele: dissera a sua namorada que a amava; ela lhe dissera que o amava; tomara o café da manhã; e agora estava a caminho de seu emprego bem-sucedido. Isso era normal, não era? Se era, então o telefonema de Katherine tinha de ser encarado como uma espécie de intrusão brutal da anormalidade.

Visto de outra forma, contudo, também era possível para Daniel reverter a situação. Não, seu relacionamento com Katherine não fora normal. Fora acidentado e desagradável. Mas ultimamente uma sensação um pouco perturbadora viera se insinuando: a de que, embora o relacionamento pudesse não ter sido como ele desejava que fosse, Daniel na verdade fora mais ele mesmo. Afinal, pensou, seria de fato normal sentir-se tão emocionalmente falso perto da parceira? Se tudo era tão normal assim, por que o telefonema de Katherine o pusera num estado de tamanha precariedade? De forma preocupante, incômoda, quando Daniel olhava para as coisas sob esse prisma, começava a ver o telefonema como uma espécie de alívio, o que o deixava mais assustado do que quando ele simplesmente encarava isso como algo assustador.

Ele se lembrava de ficar deitado ao lado de Katherine na cama, não apenas nos últimos estágios, mas também, para ser honesto, durante grande parte de seu relacionamento, tentando avaliar o nível de raiva dela pelo modo como respirava enquanto dormia, pelo modo como rolava na cama, os sons que fazia quando se mexia. Tendia a acordar antes dela e descobriu que era capaz de dizer se ela estava com raiva antes mesmo que acordasse. Ela era a única pessoa que ele conhecera que *dormia* com raiva. Tudo que precisava seria uma fungada, uma contração dos ombros ao rolar, e ele saberia, e então ficaria tenso, e ela acordaria e ao vê-lo tenso ficaria com raiva. Ou assim alegava. No que dizia respeito a Daniel, a verdade era que nada deixava Katherine com raiva. Sua raiva era orgânica. A raiva simplesmente *era*.

E também era contagiosa. Nada nunca deixava Daniel tão furioso quanto a raiva de Katherine. Ela fluía por seu organismo. Outras pessoas tinham explosões passageiras, mas Katherine podia sustentar a narrativa de sua fúria por períodos de tempo alarmantes. Passando por discerníveis modulações de tom. Com direito a viradas na trama. Às vezes, ela se desculpava, até sorria, apenas para desencadear outro ataque quando ele amolecesse. Às vezes se segurava por dias, acossando-o de todas as formas possíveis e por todos os meios possíveis: telefonemas, e-mails para o trabalho, textos, até bilhetes pregados na geladeira. *Não faça nenhum esforço*, dizia um. *Lamento de verdade você ter se sentido tão mal com isso*, dizia outro. Certa ocasião, ligara para ele no trabalho e lhe dissera numa voz tão razoável a ponto de soar de fato desapaixonada que aceitava toda a responsabilidade pela discussão.

"Sério?", ele dissera, cauteloso.

"Sim. Foi minha culpa."

"Bom..."

"Você não está preparado para isso. Não é culpa sua. Eu só esqueci, só isso."

"Não estou preparado para quê?"

"Não é mesmo culpa sua."

"O que não é culpa minha?"

"Nada."

Ele ficou em silêncio por vários segundos, cogitando. Podia escutar sua respiração.

"Bom", ele disse. "Tudo bem."

Houve outra longa pausa.

"Seu filho da puta", ela disse.

"Como é?"

"Como é? Como é?" Ela arremedou sua voz. "Você realmente acha que eu liguei pra pedir desculpa? Realmente acha que *eu* acho que alguma coisa disso é culpa minha?"

"Alguma coisa do quê?"

"Alguma coisa de QUALQUER COISA, seu retardado. Claro que eu não acho que é minha culpa. Quer saber por quê? Porque NÃO é minha culpa, é SUA culpa, e pior ainda do que tudo isso ser sua culpa é que agora eu sei que não só você acha que NÃO é sua culpa como também acha que é MINHA culpa, senão por que ia me deixar assumir toda a responsabilidade por isso?"

"Eu nem sei do que era para eu est..."

Então ela desligou, e fora o telefone batido na sua cara que o lançara, à perfeição, numa raiva absolutamente impotente, moldada e afinada ao longo do dia conforme ele ligava repetidas vezes, berrava para seu correio de voz e chutava a própria mesa de frustração, imaginando-a calmamente observar o telefone tocar, ou ler seus textos abusivos com aquele seu sorrisinho.

Sebastian e quatro ou cinco de seus camaradas estavam instalados no estacionamento. Quando Daniel parou em sua vaga reservada, pegou-se flertando brevemente com a ideia de simplesmente dar ré e voltar; mas não para casa, e sim se esconder, ir embora da cidade. Considerando Angelica, Katherine, o trabalho e agora Sebastian e seu séquito de imbecis, uma existência de fugitivo parecia cada vez mais atraente.

Eles estavam amontoados em um pequeno grupo, partilhando café de uma garrafa térmica e bafejando nas mãos, que deviam estar geladas, dado que parecia ter sido uma decisão coletiva usar luvas sem dedos. Daniel trancou o carro e foi na direção deles, subitamente consciente da própria aparência em seus sapatos Oxford pretos e seu sobretudo carvão. Não carregava uma pasta, tendo em vez disso optado por levar seus papéis numa surrada bolsa de lona. Ele gostava do modo como ela minava tanto o estilo como o status; o modo como insinuava um veio antiautoritário sob a face rochosa da aspiração.

"Antigamente os generais costumavam se encontrar no campo de batalha", disse Sebastian, a título de saudação. Expressões como *antigamente* incomodavam Daniel. Em que exato ponto da história terminava o antigamente e começavam os dias atuais?

"Tento não pensar nisso como um campo de batalha", disse Daniel, forçando-se a sorrir e a manter ao menos uma aparência de jovialidade. "É tudo questão de interpretação."

"Saída da boca das criancinhas", disse um no grupo de Sebastian, com um olhar malicioso. Ninguém pareceu entender o que ele queria dizer. Seu sorriso pairou brevemente, como uma bola chegando ao ápice de seu voo, depois caindo.

"Como vai a gripe?", disse Sebastian.

"Melhorei, obrigado."

A gripe de Daniel de fato praticamente sumira, o que, muito ao modo como o aquecimento central em sua casa sempre voltava milagrosamente a funcionar no momento em que ele chamava um encanador, sempre acontecia quando por nenhum motivo em particular ele fazia todo mundo saber que estava doente. Tantas coisas na vida, parecia, eram curadas pelo simples reconhecimento.

"Agradeça a Angelica pelo jantar delicioso", disse Sebastian, com um sorriso no rosto.

"Pode deixar", disse Daniel, sua contrariedade operando em diversas camadas. Sebastian sempre agradecia a Angelica, e depois, toda vez que encontrava Daniel, pedia-lhe para agradecer a Angelica também. Além de sua irritação por Sebastian deliberadamente nunca agradecer *a ele* por tê-los recebido para jantar, Daniel ainda ficava com a sensação de que isso era feito para insinuar, como grande parte do que Sebastian dizia, que Daniel era de certo modo pouco atencioso com Angelica. Para coroar tudo isso havia a amolação extra de que Sebastian só fazia esses comentários na presente situação, quando havia público; quando a ideia de terem jantado juntos parecia tão estranha quanto levemente inapropriada. Ele adorava isso, pensou Daniel, essa sensação de se mover entre classes e organizações, de ter um alcance tentacular de todos os principais envolvidos. Ele provavelmente se imaginava como algum tipo de Pimpinela Escarlate.

Por um instante, Daniel alimentou a fantasia de chutá-lo no saco, ou estrangulá-lo com seu próprio rabo de cavalo. Imaginou Sebastian se encolhendo lentamente como um brinquedo quebrado. *Você tem muita hostilidade*, gemeria ele. *Precisa realmente trabalhar esse seu...*

"Dia cheio pela frente?"

"É", sorriu Daniel. "E você?"

"Ah, você sabe", disse Sebastian, "o de sempre. Mas não por muito mais tempo".

"Sério? Está desistindo?"

Sebastian riu. "Imagino que esteja acompanhando as notícias?"

"Mmm-hum."

"Uma escalada da situação necessita de uma escalada na ação."

"Isso é Sun Tzu?"

"Não, Sebastian Freud."

"Ah. Então vai partir para a escalada?"

"Para a frente e para cima", disse Sebastian.

"Quando você diz para a frente, quer dizer que..."

Sebastian bateu de leve na lateral de seu nariz e sorriu de uma forma que ele esperava ser misteriosa e cheia de segredos. "Existe uma antiga expressão em sânscrito", disse.

"Bom, o dever me chama", disse Daniel.

"De volta à labuta", disse Sebastian.

"Eu não sabia que isso era sânscrito."

"Não, não é. Eu estava... A expressão em sânscrito é..."

"Não vá pegar um resfriado", disse Daniel, se afastando.

Ele sentiu uma onda casual de desprezo no ar, escutou risadas às suas costas e então, no exato momento em que as portas de vidro esverdeado deslizavam sibilando a um toque de seu cartão magnético, o som de Sebastian imitando sua voz, arremedando-a como um choramingo de privilegiado. "*O dever me chama...*"

Ele estava com raiva, pensou. Será que estava com raiva? Estava ficando difícil dizer, ultimamente. De muitas maneiras, sua relação com a raiva era bastante semelhante à sua relação com o cigarro. Tendo chegado à conclusão de que nenhuma das duas coisas era boa para ele, abrira mão de ambas. Agora, sentindo que sua vida se tornava maçante, ansiava por ambas. Contudo, se era capaz de resistir à vontade de fumar com relativa facilidade, a raiva parecia cada vez mais atraente. Pelo menos com os cigarros você podia fortalecer sua determinação evocando as imagens de pulmões doentes e enegrecidos e de dentes parecendo um mosaico português, que hoje em dia enfeitavam os maços. O que era oferecido para pessoas que tentavam diariamente conter sua irritação? Fotos de pratos quebrados? Instantâneos policiais de gente que sofrera maus-tratos domésticos? Não parecia haver fatores motivadores reais para manter a calma, particularmente, pensou ele, quando tantas pessoas em torno pareciam ficar com raiva de forma tão frequente e produtiva.

Não que estivesse com raiva *de verdade*, é claro. Isso teria sido simples. Era mais que sentia falta de liberá-la, ansiava por isso às vezes, e assim se achava na esquisita posição de desejar que pudesse ficar com raiva sem na verdade, como desejava, se sentir particularmente com raiva. Isso atingira um ponto agora em que ele se via fantasiando sobre a raiva. No elevador, sua mente buscou possíveis cenários em que seria não só aceitável ficar com raiva como também perfeitamente admirável. Ele sonhou com uma raiva heroica, justificada. *Nunca o vi desse jeito*, as pessoas diriam, admiradas. *Nunca o vi com tanta raiva*. Os homens ficariam intimidados; as mulheres o achariam atraente. Ele desenvolveria a percepção de ter todo um outro lado.

Protegido na segurança de sua sala, afundou em sua poltrona de couro, pousou a bolsa de lona no chão ao lado da mesa e virou para seu computador. Tinha cinquenta e três e-mails de alta prioridade. Recentemente, seguia uma nova matriz de prioridades em três passos para ajudar a determinar que e-mails precisavam ser lidos primeiro. Infelizmente, todo mundo agora marcava seus e-mails como alta prioridade, por medo de que pudessem não ser lidos.

Olhou pela janela para o bando confuso de manifestantes orgulhosamente desgrenhados. Tinha de manter certa profundidade de foco para evitar que sua própria imagem semitransparente se superpusesse à deles. Estava relutante em olhar para si mesmo, um homenzinho triste numa caixa belamente mobiliada, sem nada realmente para defender ou atacar, sonhando, como todo homenzinho branco e triste de classe média do mundo, com uma boa luta à velha moda que o deixasse bem na fita.

Interfonou para Clara, sua secretária.

"Bom dia, Clara."

"Bom dia."

"Como vai?"

"Não posso me queixar."

Clara era na verdade bastante proficiente em se queixar, de modo que essa afirmação, com a qual começava cada novo dia, era algo como uma falsidade.

"Ótimo", disse Daniel. "Poderia me trazer um café?"

"Certo."

Ele recostou em sua cadeira, tirando o celular do bolso quando o aparelho pressionou desconfortavelmente sua coxa. Rolou a agenda preguiçosamente, A até E; F até K. Katherine era a única pessoa em seus contatos listada apenas pelo primeiro nome.

"Clara", disse ele no interfone.

"Estou fazendo. Espera um pouco."

"Pode fazer uma ligação para mim?"

"Antes do café?"

"Isso, por favor."

Clara ligou para Katherine e passou para Daniel.

"Katherine?"

Quando disse isso, ele se deu conta de que ensaiara em sua cabeça mais vezes do que podia confortavelmente admitir. Tudo partiria, ele sabia, dos primeiros sons que emitisse. Katherine acreditava em começos e a interpretação dela de sua saudação determinaria o tom. Ele achava que se saíra bem: não alegre demais, não sem emoção demais; de algum modo ao mesmo tempo à vontade e respeitoso quanto ao contexto mais amplo...

"É, hum... A ligação está ruim. Vou ligar de volta."

A ligação não estava ruim, é claro, o que significava que de algum modo ele pusera tudo a perder. Nos exasperantes longos minutos em que esperava que ligasse de volta, examinou o modo como dissera seu nome de todos os ângulos e perspectivas possíveis. Katherine? *Katherine?* Katherine. *Katherine.* Como era para ter dito, porra? Talvez não devesse ter formulado a palavra como uma pergunta. Talvez tivesse soado hesitante. Foi redundante? Afinal, quem mais teria atendido o telefone dela? *Katherine*, deveria ter dito. Pausa firme. É o Daniel. Oi. Não. Frio demais. Ele deveria ter ido apenas de *Ei! Há quanto tempo a gente não se fala.* Meu Deus.

Seu telefone tocou.

"Ei", ele disse.

"E aí", disse Katherine.

Houve uma pausa difícil. Katherine tendia a não interromper as pausas, Daniel agora se lembrava, preferindo muitas vezes se deleitar no constrangimento daqueles instantes. Conforto era motivo de preocupação, mesmo no nível trivial de uma conversa.

"Como, ah..." Ele decidiu simplesmente começar as frases, na esperança de que ela iria, como era seu hábito, terminá-las por ele.

"Como andam as coisas?"

"Isso."

"Ótimas. Fantásticas. Incríveis."

"Ótimo."

"E você?"

"Ótimo, é. Sério mesmo."

"Ótimo."

"Você continua, hum..."

"Isso. O de sempre."

"Mmmm."

Outra pausa.

"Puxa, meu Deus, faz, o que...", disse Daniel.

"Um ano? Alguma coisa assim?"

"É. Deve ser. Uau."

"Louco."

"Enfim. É bom falar com você."

"É?"

Ele detectou na mesma hora a mudança de tom. Sentiu-se como um inseto capturado por uma planta carnívora.

"É", disse ele rapidamente. "Claro que é."

Pôde senti-la pesando a sinceridade de sua afirmação.

"Então, o Nathan", disse ele, um pouco apressadamente.

"É."

"Como ele está?"

"Não sei", disse Katherine. "Ele deixou uma mensagem. Não liguei de volta."

"Por que você não ligou de volta?"

"Você sabe."

"Na verdade, não."

"Por que eu devia assumir a responsabilidade por isso?"

"Porque ele ligou pra você."

"Só porque não tem seu telefone."

Ela queria dizer, Daniel sabia, que estava relutante em lidar com Nathan por conta própria e aceitaria de braços abertos o apoio de alguém que o conhecia. Não que fosse dizer isso.

Daniel girou suavemente em sua cadeira, de modo a poder olhar outra vez pela janela. Tendo claramente encerrado com a garrafa térmica, o alegre bando lá fora desenrolava uma espalhafatosa faixa nova que dizia VOCÊ É O QUE VOCÊ COME. Criativo, ele pensou.

Ele se deu conta de que estivera com uma sensação duradoura de medo indefinido, de alguma coisa cheirando mal no barracão de sua vida, por meses. Katherine, ao menos, era um medo que ele podia nomear. Havia algo de tranquilizador quanto a isso.

"Olha", ele disse.

Um som alto de mastigação soou na linha.

"Cristo do céu", ele disse. "O que você está comendo? Um carro?"

"Bolo de arroz."

"Precisa mesmo?"

"Não", ela disse, engolindo de uma vez o que devia ter sido pelo menos metade de um bolo de arroz. "Mas quero."

"Ok. Então. Enfim."

Ela fungou.

"Nathan", ele disse. "E sobre o Nathan?"

"É", ela disse. "O que tem ele?"

"O que", disse Daniel, com paciência e precisão deliberadas, "vamos fazer... com relação ao *Nathan*?"

Para seu alívio, ela não respondeu de imediato. Parecia refletir genuinamente.

"Estou cheia de coisas", acabou por dizer.

"Eu também."

"Mas ao mesmo tempo..."

"É. É isso que eu acho."

"É tipo... você sabe."

"Sei."

Nenhum dos dois disse nada por algum tempo. Daniel sentiu uma necessidade súbita e ligeiramente bizarra de tirar um sapato e a meia e cutucar o canto afiado do segundo dedo do pé, que estava se enterrando na carne do dedão. Não havia uma escola de filosofia que encorajava a extirpação do que lhe causasse dor? Não estava na Bíblia? Ele apoiou o pé na mesa, desfez o cadarço e tirou o sapato e a meia. Percebeu que era a primeira vez que a pele de seu pé encontrava o ar do escritório. Engraçado, pensou, como certas partes da gente nunca entram em contato com coisas com as quais outras partes de nós entram em contato todo dia. Tentou pensar em outros exemplos, então se deu conta de que todos os exemplos envolviam seus pés, e o que estava de fato percebendo era que usava sapatos todo dia, o que, agora que pensava a respeito, não era exatamente uma revelação.

"O que você está fazendo?", disse Katherine.

"Pensando sobre meus pés."

"*Ceeerrrtoo.*"

Clara entrou com seu café.

"Pode pôr aí, obrigado, Clara", disse Daniel, apontando a área livre da mesa perto de seu pé. Ela pousou a bandeja com um franzir de sobrancelhas e saiu. Ele pressionou o pistão da cafeteira francesa e se serviu de uma xícara.

"Pode pôr aí, obrigado, Clara", disse Katherine. "Só isso. E seja uma boa menina e aproveite para lamber minhas bolas enquanto espera."

"Está com ciúme?"

"Ô."

"Então", ele disse, dando um gole em seu café. "Nathan."

"Sei, sei."

"O que seu instinto diz?"

"Que você ou eu ou nós precisamos fazer alguma coisa."

"Concordo. Alguma coisa sendo o quê?"

"Por que sou eu que tomo todas as decisões aqui?"

"Ok, ok. Vamos pensar um pouco."

"O que tem para pensar? Você alguma vez faz qualquer coisa sem pensar um pouco?"

Ela tinha razão, pensou Daniel. Talvez ele devesse ser um pouco mais descuidado. Talvez fosse bom voltar a ver Nathan e retomar contato com essa parte de si mesmo.

Ocorreu-lhe que a expressão *um pouco mais descuidado* era inerentemente absurda. Ficou feliz por não tê-la dito em voz alta.

"Bom, que atitude você tomou até agora?", disse, soando mais petulante do que pretendera. Se era possível escutar alguém sorrindo por uma linha telefônica, então foi isso que ele experimentou quando o dizia: o sorriso oblíquo e zombeteiro de Katherine.

"Nervosinho", ela disse, enfiando outro bolo de arroz na boca. "Imagino que não esteja mais fumando."

"Imagino que você esteja."

"Ela fez você largar, foi?"

"Não. Quem?"

"Você sabe. Ela."

Ele sentiu uma leve contração em seu âmago; um deslocamento tectônico. Perguntou-se se Katherine sabia. Se sempre soubera.

"Você quer dizer Angelica."

"Se esse é o nome. Como ela é?"

"Legal."

"*Legal.*"

"Eu gosto de legal."

"Claro que gosta."

"Nem todo mundo compara dificuldade com paixão, sabe?"

"Claro que não."

"Enfim, e quanto a você?"

"Me desliguei dos homens."

"E quando você esteve ligada neles?"

"Essa é uma dessas frases que de início parecem espertas e bem-sacadas, mas que quando você pensa bem percebe que na verdade não querem dizer nada."

"Você deve saber."

"Outra vez..."

Ele desistiu. Ela o estava fazendo de gato e sapato e ele não conseguia se lembrar de como reagir a respeito. Talvez nunca tivesse sabido. Talvez nunca tivesse desejado saber.

"Vamos lá visitar ele", disse Katherine.

"O quê?"

"Vamos combinar de fazer uma visita. Ou você não consegue? Ou não quer? Ou ela não deixa?"

"Nenhuma das anteriores. Talvez a gente deva fazer uma visita pra ele."

"Ótimo. Quando?"

Ele hesitou. "Eu... Hum... Bom, quando ele está livre?"

"Como eu vou saber?"

"Você não pode ligar e perguntar?"

"Você não pode?"

"Cristo do céu. É isso que vai ser preciso para tomar alguma atitude?"

"Provavelmente, sim."

"Qual é o telefone dele?"

Ela falou e ele anotou.

"Quando você está livre?", ele perguntou.

"Ah", ela disse, uma insinuação esquisita em sua voz. "Eu vou estar livre."

"Ok. Então está decidido."

"Isso."

Houve uma inexpressividade em seu tom agora, como se sua energia estivesse sumindo. Ela fungou. Daniel voltou a calçar a meia, depois o sapato. Enganchou o fone sob o queixo enquanto amarrava o cadarço. Escutou um som farfalhante no lado de Katherine, seguido de mais silêncio na linha, e deduziu que seus bolos de arroz haviam acabado. Do lado de lá da janela, os manifestantes começaram a cantar "We Shall Not Be Moved", desafinados, ainda que ninguém estivesse tentando tirá-los dali. Recebera mais três e-mails de alta prioridade desde a última vez que olhara.

"Foi bom falar com você", ele disse.

"Igualmente."

"Eu ligo. Depois do fim de semana."

"Combinado."

Ela desligou. Ele tomou um longo gole de seu café e ficou observando por um momento a superfície espiralada, levemente oleosa, da bebida. Passou os olhos, ausente, pelos e-mails. Checou sua agenda. Gostava de dizer isso, até para si mesmo. *Vou checar minha agenda.* Durante metade de sua vida, pensou, ansiara por ser o tipo de pessoa que tivesse de checar a agenda. Pensou em Katherine. Era incapaz de pensar nela em sua inteireza. Tinha de quebrá-la em pedaços administráveis. Costumava achar que isso era porque Katherine era Katherine. Agora sabia que não era verdade, porque pensava em Angelica do mesmo jeito. Não conseguia, ou não queria, conhecer alguém por inteiro. Conjeturava sobre elas em pedaços e amava a soma hipotética de suas partes ou as pesava e achava insuficientes.

"Clara." Gostava de alinhar seu queixo na altura do dedo indicador quando pressionava o botão para falar no interfone, como se fizesse mira.

"Alô."

"Qual é minha agenda?"

"Você está com ela aí."

"Vem cá e me diz qual é minha agenda."

Ela foi e leu sua agenda. Ajudava.

O dia passou em seu usual modo giroscópico. Ele fazia a ronda do escritório: uma reunião aqui; uma visita a este ou aquele departamento acolá; de volta à sua sala; uma entrevista; a sala; um press release; uma caminhada; a sala. Era a circulação que o mantinha de pé.

Deu o dia por encerrado às seis e apagou as luzes ao sair. Sebastian e seus amigos já haviam deixado o estacionamento. Dava-lhe uma sensação de satisfação pensar que ficara além do horário. Entrou em seu carro e foi devagar para casa, pestanejando com o brilho da iluminação de rua através dos vidros gelados. Sentiu-se distante, deslocado. Não parava de pensar em Nathan na última festa: imóvel, nem sequer balançando com a música enquanto as tantas centenas de outros dançavam em volta. Ele se lembrava de ter ficado admirado com sua imobilidade, embora ao mesmo tempo sentindo uma onipresente sensação de perda. Nathan sempre trouxera consigo o movimento; cinese. Era para isso que Daniel o procurava. Velocidade. A pulsação da mudança. Vendo-o tão parado, perdido em todo o movimento que criara, Daniel soubera que alguma coisa estava terminada. Sentia isso outra vez agora que dirigia. Essa sensação de rotação para ficar imóvel. Perguntou-se se era meramente uma coincidência que, apenas alguns meses depois de Nathan ter sumido, ele conhecera Angelica. Sem Nathan, parecia, ele e Katherine haviam se dissociado ainda mais rapidamente.

Ao chegar em casa e passar pela porta, topou com Sebastian sentado à mesa de jantar.

"Trabalhando além do horário, hein?", disse Sebastian.

"Acho que a maioria encerra lá pelas seis, não é?", disse Daniel, passando um pouco desajeitado atrás da cadeira de Sebastian a fim de chegar a Angelica e beijá-la.

"*A maioria*", disse Sebastian amargamente. "Eles fazem todo tipo dc coisas."

"Oi, querida", disse Daniel para Angelica. "Tudo bem com você?"

"Sebastian vai nacionalizar o protesto", disse Angelica. "Te amo, meu doce."

"Também te amo", disse Daniel, beijando-a outra vez e relanceando o rosto de Sebastian. Sentiu uma onda de satisfação. Sebastian podia nacionalizar o que bem entendesse, contanto que parasse de acampar no estacionamento.

"Daniel está entrando em contato com seu lado mais afetuoso", disse Angelica para Sebastian.

"Ótimo", disse Sebastian, um pouco espantado. "Embora, é claro, eu questione a palavra *afeição*."

"Ah, Angelica está apenas sendo eufemística", disse Daniel, sorrindo para Sebastian. "Acho a coisa mais natural, tristemente natural, pode-se dizer, o desejo de minimizar uma paixão tão forte e completa quanto a nossa. Não acha, querida?"

Angelica estava olhando para ele com a boca ligeiramente aberta. "Ãhn, é", disse, arregalando os olhos um pouco.

"Mas você deve sentir o mesmo, não é, Sebastian? Quer dizer, você é tão apaixonado por Plum que deve se ajoelhar todo dia e dizer a ela como você a adora e venera e que é basicamente seu escravo. Certo?"

"Certo", disse Sebastian.

"Então", disse Daniel, puxando uma cadeira da mesa e desabando nela com um suspiro satisfeito. "As vacas."

"Hum, é", disse Sebastian, hesitando ligeiramente antes de se recuperar. "Vamos viajar para defender as vacas."

"Essa matança escapou completamente do controle", disse Angelica. "Sebastian estava explicando agora mesmo que na Tailândia, por exemplo, eles cuidaram do gado até os animais ficarem bons."

"Não houve nenhum caso de AIB na Tailândia", disse Daniel, impassível. "É só no Reino Unido."

"Não, mas é uma questão de princípios", disse Sebastian.

"Na verdade, não. Estão lidando com doenças diferentes. A diferença na reação reflete isso."

"Você não pode simplesmente matar toda uma raça de animais", disse Sebastian, chupando os lábios brevemente sobre os dentes, como que dando a entender que mal continha a emoção. "Quer dizer, será que não aprendemos nada com Auschwitz?"

"Bois e vacas não são raça", disse Daniel. "Eles são uma espécie."

"Mesmo assim", disse Sebastian. "É uma reação essencialmente fascista."

"Então quem é Hitler?"

"*Todos* nós somos Hitler", disse Sebastian, solene.

"Então contra quem é a manifestação? Contra vocês mesmos?"

"Acho que você está usando uma definição de protesto muito limitada."

"Qual é a sua definição?"

"Eu possivelmente não usaria a palavra protesto de modo algum."

"Que palavra você usaria?"

Sebastian pensou por vários segundos. "Ação", disse finalmente.

"Essa é uma grande palavra", disse Angelica.

"Então contra quem vocês estão agindo?", disse Daniel.

"Por que a ação precisa ser *contra* alguém? Por que não pode simplesmente... *ser*?"

"Ok. Então qual é a *natureza* de sua ação, e pelo que ela é motivada?"

"A natureza da nossa ação é essencialmente pacifista e ecológica e é motivada por uma profunda preocupação e...", Sebastian ergueu um dedo no ar e se curvou para a frente, enfatizando seu argumento, "*compaixão* por cada criatura viva neste planeta".

"Você se solidariza com todas as criaturas vivas deste planeta?"

"Somos *todos* uma única criatura."

"Então nós estamos pondo nós mesmos em Auschwitz?"

"Sim, mas a gente não percebe."

"Então vocês estão agindo contra nós mesmos para impedir nós mesmos de pormos nós mesmos em um campo de extermínio?"

Sebastian ficou olhando para Daniel por um longo tempo.

"Daniel está num daqueles dias", disse Angelica. Depois, como uma espécie de PS: "Te amo, chuchu."

"Te amo, docinho de coco", disse Daniel. "Acha que consegue escrever tudo isso numa faixa, Sebastian?"

Sebastian continuava olhando para Daniel com o que parecia ser uma mistura de nojo e apreensão. Depois de um tempo ele sorriu, recostou na cadeira e cruzou as mãos.

"Você vai ter que perguntar para a Angelica", disse, com ar presunçoso. "Ela vem junto para ajudar."

Daniel fez o melhor que pôde para não parecer abalado, mas sentiu que era uma batalha perdida da qual ele quase certamente emergiu parecendo abalado.

"Te amo, querido", disse Angelica, com uma nítida falta de confiança. "Você não liga, né?"

Daniel olhou para Sebastian, que estava ocupado refazendo seu rabo de cavalo.

"Não se preocupe, Dan", ele disse, com voz enjoativamente açucarada. "Eu cuido bem dela."

"Plum vai também?", disse Daniel.

"Infelizmente, não", disse Sebastian. "No momento ela anda bem enrolada com toda a parte da internet."

"Ah", disse Angelica. "Achei que ela ia também."

Houve uma longa pausa. Daniel olhou para Sebastian e Angelica alternadamente. Sebastian e Angelica olharam para Daniel. Daniel esperou para ver se iam olhar um para o outro. Não olharam. Ele se perguntou se estavam mentindo para ele. Então se perguntou se só estava se perguntando isso porque ele próprio também já mentira um bocado. Ocorreu-lhe por um instante que agora seria uma hora oportuna, taticamente falando, para anunciar determinadas novidades de sua parte.

"Isso é uma coisa que eu deveria ter mencionado?", disse Sebastian. "Honestamente, não me passou pela cabeça."

"Ah", disse Angelica. "Quer dizer, é óbvio que está tudo bem, eu só fiquei surpresa, só isso. Ela vai ficar triste por não estar lá."

"Quando vocês viajam?", disse Daniel, em quem a declaração de Sebastian, que o distraíra por três segundos, causou uma reviravolta quase total.

"Quanto antes", disse Sebastian. "Talvez amanhã."

Angelica olhava para Daniel de um jeito um pouco estranho, do modo como um sudoku particularmente difícil podia ser encarado por alguém que fosse muito bom em sudoku: de forma breve, calma, alegremente surpresa.

"Tem certeza de que por você tudo bem?", ela disse.

"Claro que sim", disse Daniel, significando claro que não. "Te amo, querida."

"Ahh", ela disse. "Que mulher de sorte eu sou."

"Ei", disse Daniel, piscando. "Eu sou o cara de sorte aqui."

"Isso é, hum...", disse Sebastian.

Era de fato hum, pensou Daniel. Era como se houvesse ultrapassado algum tipo de barreira, além da qual todas as polaridades da sinceridade estivessem revertidas. Sua voz mudava. Sua própria fisicalidade estava se tornando falsa. Ele acabara de *piscar*, porra!

Como que percebendo o surrealismo crescente da situação, e talvez ansioso por contribuir com seu olhar desapaixonado, Giggles entrou silenciosamente na sala, o dorso balançando, alheio; pregas de carne ondulavam sob seu pelo.

"Olha só quem apareceu", disse Daniel, a essa altura agindo tão pouco ao seu feitio que estava na verdade com medo de fazer qualquer coisa remotamente normal, a fim de que a dúvida não confundisse a cabeça de seu público. Ele se curvou, grunhindo ligeiramente ao pegar Giggles pelo torso e erguer o animal em seu colo. "Ei, garoto", disse. "Uuuff. Quem é o meninão?"

"Você vai cuidar do papai enquanto a mamãe estiver fora?", disse Angelica. "Vai cuidar direitinho dele?"

"Ele vai, sim", disse Daniel, manipulando a flacidez de Giggles de modo a sugerir meiguice. "Ele vai, sim, não vai, garoto?"

Giggles olhou para Daniel com o que Daniel teria descrito, caso tivesse alguma inclinação para antropomorfizar as coisas, como mudo ceticismo.

"Bom, acho que é melhor eu ir andando", disse Sebastian.

"Claro", disse Daniel. "Você deve ter sabe Deus quantas faixas para enrolar."

Sebastian lançou-lhe um olhar mortificado que, por pura livre associação, Daniel viu ser transferido para a cara do rotundo felino em seu colo.

"Na verdade tem uma montanha de coisas pra coordenar", disse Sebastian.

"Quanto tempo vocês acham que vão ficar fora?", disse Daniel.

"Só uns dias", disse Angelica.

"É bem difícil dizer", disse Sebastian.

"Eu posso ir e voltar", disse Angelica.

"Onde vocês vão ficar instalados?", disse Daniel.

"Não é longe", disse Angelica. "Certo, Sebastian?"

"É bem difícil dizer", disse Sebastian.

Mais tarde, o pai de Daniel ligou para dizer que tinha morrido. Isso era algo que costumava fazer de vez em quando.

"Eu andei contando", disse ele. "Meu pulso sumiu e estou sem respirar desde o almoço."

Ele era específico sobre os sintomas de sua morte. Uma brancura; vozes; a presença de outras almas.

"Pai", disse Daniel.

"Estou sem pulso. Não estou respirando. Sei que parece que estou respirando, mas não é ar de verdade. Cortei meu dedo e ele não sangrou e quando saí lá fora ninguém conseguia me ver."

"Você saiu?"

"Mas não era lá fora. Não podia ser. Eles não conseguiam me ver."

"Pai", disse Daniel. "Se você estivesse morto de verdade, como ia conseguir ligar pra mim?"

Uma pausa na outra ponta do telefone. Uma inspiração profunda. Daniel podia imaginá-lo — magro como um palito em seus pijamas puídos; a pele pálida, quase translúcida; ligeiramente corcunda, como se tivesse de se curvar sobre a ligação para conseguir o máximo de conexão. Sua resposta levou vários segundos para chegar, tempo em que Daniel imaginou poder escutar os pensamentos de seu pai conforme se trituravam entre si, conforme um lutava por engendrar outro.

"Eles deixam você ligar", disse seu pai, enfim. "Deixam você dar um telefonema."

À noite, na cama, depois de terem feito amor ou, como era o caso nesse dia, não, Daniel e Angelica muitas vezes passavam o tempo entre apagar as luzes e pegar no sono conversando sobre outras pessoas. Parecia haver um acordo tácito de que discussões sobre si próprios, sobre a vida conjunta deles, não deviam ser conduzidas em um espaço tão íntimo.

"O Sebastian é engraçado, não é?", disse Angelica.

"Engraçado como?"

"Só engraçado."

Estavam deitados lado a lado na penumbra do quarto, o brilho de um poste de luz próximo transformando a fina persiana numa tela cor de âmbar.

"Acho que é", disse Daniel.

"Você acha que as coisas estão bem entre ele e a Plum?"

"Difícil dizer", disse Daniel. "Eles pareciam felizes no jantar."

"Mas ele sempre faz o maior teatro, não faz? Como que para mostrar o grande casal que eles são. Acho que às vezes eu fico pensando se ele ia precisar fazer isso tanto assim se..."

"Se eles fossem felizes de verdade."

"Isso."

"Difícil saber."

"Quer dizer, você acha que a Plum realmente o entende?"

"Entende como?"

"Sei lá", ela pensou por um momento. "Ele é... quer dizer, tem tanta coisa rolando na vida dele, não tem? Ele é culto, inteligente, talentoso. Eu só fico me perguntando às vezes se ele se sente frustrado."

"Acho que na verdade ele prefere ficar com alguém a quem pode se sentir superior", disse Daniel. "Não consigo imaginar ele ficando com uma pessoa que achasse ameaçadora."

"Você não gosta muito dele, não é?"

"Eu não odeio ele."

"Você não precisa gostar dele."

"Eu sei."

Mais silêncio, durante o qual Daniel ficou olhando para uma fina lâmina de luz que passava pela beirada da persiana. Sentiu que sabia do que Angelica estava falando melhor do que ela.

"Você não tem problema com isso, tem?", ela disse, procurando sua perna sob as cobertas e apertando-o levemente na coxa.

"Claro que não", disse ele, pressionando um pouco sua mão. "Te amo, docinho."

"Te amo, Daniel", ela disse.

Ocorreu-lhe que ela provavelmente o amava; que ele provavelmente a amava; que Katherine provavelmente também o amara e que ele talvez a certa altura a amara também. Sentia as diferenças entre ele e Angelica mais intensamente na cama do que em qualquer outro lugar. A brandura de Angelica; a decência básica de seus temores. Deixava-o triste de um jeito que era difícil de captar. Ele estava, pensou, apodrecendo de dentro para fora. Estava lidando muito mal com tudo. Punha a si próprio em determinadas situações porque se ressentia de não ser colocado nelas por outros, mas depois se ressentia das situações quando estava nelas. Queria que dependessem de seu apoio. Se havia uma coisa que ele era, era necessário; na verdade, ele era *necessitado*, quando não necessário, mas também...

Lembrou-se de momentos na hora da cama com Katherine, o modo como tentava e não conseguia pegar no sono em meio ao zunido de tensão vindo do lado dela. Era como dormir com uma haste de combustível de urânio: você não conseguia ver a mutação, a inepta divisão extra de células provocada dentro do seu corpo, mas estava ali, e era permanente. E agora ele era a fonte, esse mesmo fulgor maligno sob as cobertas. Algum progresso fora feito? Ele aprendera alguma coisa? Sim, o registro era diferente, mas a abordagem básica — tática, autopreservadora, reflexivamente estratégica — era essencialmente a mesma. Ele expressava suas discordâncias na língua de Angelica, de consideração positiva incondicional, assim como previamente confrontara Katherine em sua própria língua de hostilidade e agressão. Era bondoso com Angelica porque era mais fácil do que ser honesto. Fora maldoso com Katherine porque era mais fácil do que ser honesto e mais seguro do que ser bondoso.

Angelica pressionou sua coxa; rolou um pouco para seu lado; beijou-o delicadamente na parte elevada de seu malar. Todo mundo quer ser amado. Ele queria ser amado. Queria, pensou, fazer com que as pessoas o amassem, necessitassem dele, e agora conseguira. Sempre quisera, desde a idade mais tenra que era capaz de lembrar, crescer, virar adulto, e agora conseguira, e agora era, e agora queria regressar, e subir a bordo de um ônibus com janelas escurecidas, com destino a algum campo verdejante e afastado da cidade onde alguém esguicharia uma química em sua língua com uma pistola d'água e o conduziria a uma bruma de música tão alta que seria como entrar num vau com um cardume de peixes mordiscando e arrancando a pele morta em torno de sua vida.

"Te amo", disse Angelica.

Pensou em Nathan. Havia se sentido superior a ele, certa vez. Previra o lapso de Nathan, sentira-se absolvido quando aconteceu, porque isso lembrou Daniel de que havia um motivo para ele não ser Nathan. Daniel podia ser superficial. Sempre era. Nunca sujava as mãos. Podia invejar Nathan e vê-lo fracassar e então voltar a ser o homem que realmente era. E fizera isso. E traíra Katherine porque podia, e agora Angelica podia traí-lo e ele podia traí-la e, de certo modo, o fizera.

"Te amo também", disse, e amava e não amava.

Sentiu Angelica amolecer e pegar no sono a seu lado e se perguntou se estaria sonhando com Sebastian. Ocorreu-lhe que, mesmo enquanto ficava acordado e sonhando de olhos abertos com violência, raiva e as coisas que queria, mas não podia fazer, aproximava-se mais e mais de amá-la outra vez, simplesmente porque ela parecia se afastar. Levou a mão ao seu ombro e a tocou. Queria dizer a ela. Por reflexo, ela rolou e passou os braços em torno dele, e ele pôde sentir seu hálito contra sua bochecha e orelha, e pôde cheirar o aroma quente do sono vindo do pescoço e do peito dela conforme aninhava seu rosto mais perto, passando o braço em torno de seu quadril e pressionando-o até que ela exalasse, muito ligeiramente. Não ia conseguir dormir, pensou. Então dormiu.

Os pais de Nathan, como ficou claro para ele durante o tempo que passava em sua companhia, nunca se misturavam. Eles coexistiam, interagiam às vezes, mas a coesão era algo que consistentemente lhes faltava. Sua mãe estava cada vez mais entusiasmada e esbaforida, andando rápido pela casa, deleitando-se com sua capacidade de gerenciar cada pequena crise. Seu pai, enquanto isso, ia em seu rastro como um odor persistente. Claramente tão acostumados a não serem ouvidos que todo ato de comunicação ficara agora reduzido a uma mera formalidade que lhes permitia, após o evento, dizerem com total confiança que, sim, eles certamente *haviam* contado um ao outro sobre isso ou aquilo porque se lembravam muito vivamente, eles agora conversavam quase que apenas em círculos.

"A gente precisa, ah, precisa ter um rápido bate-papo sobre...", começava o pai de Nathan.

"Roger", diria sua mãe, como se seu marido a estivesse ignorando completamente e ela agora precisasse chamar sua atenção. "Tivemos alguma notícia de..."

"... sábado que vem. Porque estou vendo aqui..."

"... Jacinta e Gregory referente..."

"... que era para nós irmos para..."

"... sábado que vem. Porque estou vendo aqui que era para nós..."

"... Jacinta e Gregory para jantar, e eu estava só me perguntando..."

"... aparecer por lá para jantar, e não tenho certeza se a gente..."

"... se isso foi confirmado ou..."

"... confirmado. A gente confirmou?"

"... se a gente ainda precisa. Precisa?"

Ambos sentiam, e frequentemente diziam, que o único modo de realmente conseguir fazer alguma coisa era simplesmente fazê-la você mesmo, porém ambos também pareciam achar que fazer qualquer coisa sem alertar o outro para o que estavam fazendo era bastante difícil, resultando numa contínua barragem de atualizações obstrutivas. Um deles ia fazer compras e falaria a respeito disso quando voltasse. O outro ia ao correio e também falaria a respeito disso quando voltasse. A natureza precisa "disso" nunca ficava muito bem definida, porém ambos voltavam com a ideia delicada de que algo precisava ser discutido. Mais tarde, quando ficava claro que houvera alguma coisa que deveriam ter discutido, e que problemas haviam surgido como resultado de não terem discutido isso, eles discutiriam se haviam discutido.

"Ah, Roger", diria a mãe de Nathan. "A gente precisa falar sobre isso outra vez? Eu *me lembro especificamente* de ter falado sobre isso na hora."

"Bom, eu não. Não me lembro de ter falado sobre isso, de jeito nenhum. Quando a gente conversou sobre isso?"

"Terça passada."

"O que aconteceu terça passada?"

"A gente foi naquele negócio, e então voltamos, e tivemos essa *mesma* conversa."

"Não pode ter sido na terça passada. Eu estava fora na terça passada."

"Você estava fora na segunda."

"Não. *Você* estava fora na segunda."

"Pelo amor de Deus, Roger. Quer tentar se concentrar? *Você* estava fora na segunda e nós *dois* ficamos fora na terça, mas quando a gente voltou..."

"Não tem nada no diário."

"Para quando?"

"Para segunda."

"Isso não quer dizer que você não estava fora. Mas enfim, olha, isso não vem ao caso. A questão é..."

"Estamos perdendo tempo discutindo sobre isso, sério mesmo."

"Estamos. É isso que estou dizendo."

"Acho que a gente devia se ater ao problema em questão."

"Eu estou fazendo isso. É você que está desviando do assunto para tentar descobrir o que estava fazendo na semana passada."

"Só estou tentando determinar se a gente já discutiu isso ou não."

"Roger, eu cheguei pra você na terça e disse *especificamente* que isso era algo que a gente precisava discutir, e você concordou e disse..."

"Ah! É, lembrei. Concordamos em discutir no dia seguinte porque eu ia sair. Certo, aonde eu estava indo?"

"Isso foi na segunda. *Terça* foi o dia seguinte e foi por isso que a gente discutiu, porque nós dois tínhamos concordado na segunda em discutir sobre isso, mas você ia sair."

"E daí a gente saiu na quarta e esqueceu de discutir."

"Terça."

"Não, Helen, a gente *não saiu* na terça."

Nathan só podia presumir que houvesse algum tipo de conforto no ritual. Para ele, porém, fosse quando estava em cima lendo o livro de sua mãe ("A comunicação", ela comentava na página 84, "é a base de toda família estável"), fosse quando tentava preparar uma xícara de chá na cozinha sem se ver enredado no que estava ocorrendo à sua volta, havia uma sensação crescente de que, graças às conversas circulares, encantatórias, em torno dele, o próprio tempo começava a formar *loops* dos quais era difícil escapar. No andar de baixo, os *loops* eram feitos de segundos, minutos e horas. Ele podia preparar uma xícara de chá, voltar para seu quarto, tomar seu chá e depois voltar para baixo e descobrir que a conversa anterior relativa a uma conversa anterior começara outra vez exatamente onde terminara ou não terminara. No andar de cima, os *loops* eram feitos de anos, quando abria o livro de sua mãe e encontrava episódios de sua infância que, se acaso se lembrava deles, era de maneira muito diferente.

O efeito geral era desse modo não simplesmente de deslocamento, mas de deslocamento repetido; uma estranheza cada vez mais familiar acentuada pelo simples fato de Nathan não ter tomado parte do mundo mais amplo por vários meses, e por seus pais não terem sido parte do mundo mais amplo por vários anos. Coincidentemente, a relutância de Nathan em voltar à sociedade coincidia com o ingresso não tão relutante assim de sua mãe no domínio público, e assim ambos, ela e ele, viam-se expostos ao mesmo momento, embora a natureza da exposição fosse, para cada um deles, tanto diferente como recebida de forma diferente.

"Nathan", disse sua mãe, erguendo o rosto de seu laptop. "Você está no Facebook?"

"Não."

"Não acredito em você", ela disse. "Como você foi capaz de aprontar toda aquela arte sem estar no Facebook?"

"Era diferente na época. Tinha salas de bate-papo."

"Entendi. Bom, quem sabe você entra no Facebook?"

"Na verdade eu não quero."

"Ok. Seria muito útil se você entrasse no Facebook."

"Por quê?"

"Bom, meu livro vai sair e eu abri uma página no Facebook para ele, e obviamente eu tenho todo mundo no meu Twitter seguindo minha página no Facebook, mas acho que, se você pudesse fazer alguns amigos seus me seguirem também, eu conseguiria penetração em todo um novo círculo."

"Mas eu não estou no Facebook."

"E que tal essas salas de bate-papo? Não dá para começar um novo tópico?"

"Eles não estão muito nessa de livros."

"Ok, tudo bem. Já vi que você não vai ser da menor ajuda nisso."

Nathan não respondeu. Não ser da menor ajuda era, é claro, bastante central em sua abordagem relativa a toda a questão do livro.

Ele passava dias inteiros dedicado à tarefa de passar o dia inteiro. Ficava em seu quarto lendo. Descia ao andar de baixo e escutava seus pais. Ficava no jardim fumando. O tempo simultaneamente passava e demorava. Era vazio; fugaz. As pessoas teimosamente existiam e eram ausentes. Ele se perguntava se devia ligar para alguém. Haviam lhe dito que era importante se esforçar.

Sua mãe era uma autoproclamada fonte de sabedoria. Uma refeição bem-planejada podia sustentá-lo por vários dias. Você podia ser criativo com sobras e nunca achava de verdade que estava comendo a mesma coisa. Pão assado em casa era tanto econômico como tranquilizador, na medida em que você tinha muito mais controle sobre os ingredientes. A roupa suja era mais bem administrada numa base de "pouca e frequente", assim como outras tarefas do lar, sobretudo a limpeza. Financeiramente, economicamente, emocionalmente e nutritivamente, ficar no controle das coisas era infinitamente preferível a permitir que elas acumulassem. A ideia parecia ser de que você preenchia o tempo com o simples ato de existir. O cotidiano era profundamente exigente. Poupar tempo parecia tomar um bocado de tempo. Ele seguia verificando seu telefone, mas nada nunca acontecia. Ficava acordado até tarde da noite e às vezes levantava e abria a janela para deixar o inverno entrar. Imaginava se alguma vez alegara não gostar do inverno, apenas por conveniência ou para jogar conversa fora, porque as pessoas sempre diziam que não gostavam do inverno. Ele sentia fortemente que gostava do inverno e ia dizer isso dali em diante.

*Claro*, escreveu a mãe de Nathan em seu livro, *sempre haverá essas vozes discordantes mas mal-informadas que dirão: Mas, Helen, isso é sua culpa, você não fez o suficiente, poderia ter feito mais. E para essas pessoas eu digo: O que mais eu poderia ter feito?*

Sua mãe disse que ele devia estabelecer um orçamento. Disse-lhe que ele não tinha renda. Disse que ela e seu pai iam ajudar até Nathan voltar a andar com as próprias pernas, coisa que parecia se deleitar em dizer. Iam lhe dar cinquenta libras por semana, mas que disso ele tinha de dar vinte para eles pelo sustento. Isso era para ajudá-lo a desenvolver a independência. Ela lhe passou cinquenta libras em notas novinhas. Ele dobrou vinte e devolveu. Caminhou até a loja e gastou dez em tabaco e depois foi para o pub porque não havia nada para o qual valesse realmente a pena poupar a essa altura. A luz tinha essa qualidade estranhamente vívida, vibratória, que parece chegar com o cinza de um dia de inverno — mais turva do que a plena luz do sol, porém ajustada num contraste mais alto, a terra assomando com um zumbido, aliviada. Ele podia ver seu hálito na frente do rosto e atravessava as pequenas nuvens conforme caminhava. Não havia ruído a não ser pelo pássaro ocasional. O chão estava duro e gelado sob seus pés. A existência parecia muito límpida, muito simples. Ele se sentia bastante calmo, notou, quando olhava para seus sentimentos como se fossem objetos.

O pub se chamava The Rover. Nathan estivera ali talvez duas vezes na vida. O barman não parecia excessivamente amigável.

"Com licença", disse, distraído pelas mãos de Nathan. "Isso são queimaduras?"

"Não, só cicatrizes."

"Ah."

"Uma caneca de Guinness, por favor."

"Ok."

Ele enfiou uma caneca de vidro sob a torneira e a deixou encher, sem pausa, sem tempo para assentar. Nathan pagou e sentou em uma pequena mesa redonda, em um pequeno banco redondo, no canto, perto da porta. Olhou em volta à procura de um jornal. Não havia nenhum. Não tinha muita certeza do que fazer consigo próprio na ausência de um jornal e assim observou a espuma marrom de sua Guinness descendo de nível. Pensou em tirar o casaco, mas estava com as mangas enroladas sob ele e não queria perturbar ninguém. Notar que não queria perturbar ninguém o fez se sentir satisfeito. Pensou em telefonar para Katherine outra vez. Ela não ligara, mas ligaria. Se não ligava, haveria um bom motivo, e esse motivo não necessariamente tinha muito a ver com ele.

A porta se abriu e, em meio a seu usual aplauso mudo de tecido sintético, o pai de Nathan entrou no pub. Quando viu Nathan, pareceu brevemente culpado, depois se aproximou e parou junto à sua mesa.

"Ah", disse. "Eu estava, hum..."

Nathan olhou para ele, sorriu.

"Não venho aqui com frequência", disse seu pai, enfiando as mãos nos bolsos da jaqueta e olhando em torno. "Nada mau este lugar, hein?"

"É bem agradável", disse Nathan.

"Oi, Roger", exclamou o barman. "O de sempre, é?"

O pai de Nathan levou um pequeno susto, depois baixou o rosto para a caneca de Nathan, que ainda estava praticamente cheia.

"Bom, acho que já que estou aqui..."

"Vai em frente", disse Nathan. "Estou bebendo devagar."

"Muito bem."

Foi até o balcão e voltou um minuto depois com uma caneca de algo vermelho e um pacote de amendoins torrados que espalhou sobre a mesa como se preparasse uma autópsia.

"Come um amendoim", disse.

Nathan pegou alguns.

"É bom sair um pouco", disse seu pai após algum tempo.

"O que você fala para ela?", disse Nathan.

Seu pai pareceu culpado. "Ela apenas presume que estou na garagem. Mas ela não está lá agora. Foi para o estúdio de tevê."

"Se ela nunca procura você na garagem, por que não vai pra lá, simplesmente?"

"Não é a mesma coisa, né? Não mesmo." Enfiou outro punhado de amendoins na boca.

"O que você está tomando?"

"Cidra Bulmers e Red Bull com um tantinho de licor de menta. Eu chamo de Vaca Louca. Quer um gole?"

Nathan ergueu a mão. "Melhor ficar só na Guinness", disse.

"Eles não têm uma mesa de bilhar aqui", disse seu pai.

"Ah."

"Mas acho que é bom, não é, porque assim você tem que conversar."

Nathan balançou a cabeça.

"Conheço umas pessoas", disse seu pai. "Encontro eles aqui às vezes. A gente não combina, sabe. Deixa ser casual. É bom ter um combinado flexível, não é? Quer dizer, nem tudo precisa ser levado a ferro e fogo o tempo todo, não?"

"Não", disse Nathan. "De jeito nenhum."

Seu pai estalou os lábios depois de tomar um gole de sua Vaca Louca. "Isso desce redondinho", ele disse.

Olharam para suas bebidas por um tempo.

"Prefiro amendoins torrados", disse seu pai. "São mais interessantes de várias maneiras. Helen diz que dá câncer, mas o que não dá?" Mandou outro punhado para dentro e olhou para Nathan. "A gente se dá bem, não é?", disse.

"Sim", disse Nathan. "Claro que sim."

"Ótimo. Isso é ótimo, não é?"

"É."

"Acho que, sabe?, acho que era para eu falar mais."

"Tudo bem."

"Eles vivem dizendo isso. Sabe? É bom conversar. Bom dizer mais coisas. Mas eles na verdade não explicam o que é para dizer, sabe?"

"Eles quem?"

O pai de Nathan gesticulou com a mão vagamente. "Você sabe. As pessoas."

O celular de Nathan tocou.

"Atende", disse seu pai, parecendo um pouco desapontado. "Numa boa."

Nathan saiu do bar para atender.

"Alô?", ele disse.

"Cara", disse uma voz familiar. "É o Daniel."

"Ah", ele hesitou. "Quer dizer, oi."

"Como você está?"

"Tudo bem, eu acho. Como, hum, como você está?"

"Bem, ok."

"Eu fiquei sabendo... sabe?"

"O quê, eu e Katherine? É."

"Uma pena."

"É, bom. Foi melhor, na verdade."

"Sério?"

Daniel pareceu pensar a respeito.

"Provavelmente", disse.

"Certo."

"Enfim", disse Daniel, engrenando rápido. "Não esquenta com isso. E você, como está? Por onde tem andado?"

Nathan sentou em uma mureta e suspirou.

"Estou bem", ele disse. "Fiquei fora por um tempo."

"A gente percebeu", disse Daniel. "Fora onde?"

Certas frases ficam na cabeça por tanto tempo que sentimos como se já as tivéssemos dito.

"Eu não estava muito bem", disse Nathan. "Tive que fazer um tratamento."

Houve uma pausa. "Que tipo de tratamento?"

Outra pausa. Nathan disse a si mesmo para falar isso. "Tratamento psiquiátrico."

"Ah."

"Fiquei um pouco mal. Estou melhor agora."

"O que, ãhn, quer dizer, o que você..."

"Eu não tentei me matar."

"Ok. Bom, quer dizer, já é alguma coisa, não é?"

"Eu tentei me ferir."

"Ah."

"A diferença é importante."

"Bom, é, com certeza. Quer dizer, é óbvio, é uma grande diferença, não é? Porque você não ia querer, hum, sabe..."

"Morrer."

"Não."

"Não, eu não queria morrer."

"Ótimo. Quer dizer, isso é ótimo, não é?"

"Sei lá."

"Entendo."

Nathan prendeu o aparelho sob o ouvido e enrolou um cigarro sem olhar fixamente para suas mãos. O frio adormecera a ponta de seus dedos. Ele se atrapalhou; se recuperou; enrolou o cigarro.

Disse: "Eu queria mudar, ser diferente."

"Não sei o que isso quer dizer", disse Daniel.

"Nem eu."

"Ah."

Nathan acendeu o cigarro. Quando inalava podia sentir o ar frio descendo por sua garganta como mercúrio e quando fungava sentia os pelos em seu nariz ficando duros como gelo. Com o frio cortante, a pele do mundo parecia transparente e exposta.

Daniel disse: "Então, o que você está fazendo agora?"

"Estou sentado na frente do pub", disse Nathan. "Fumando."

"Não, estou falando de uma forma geral."

"Ah", Nathan exalou. "Pouca coisa."

"Sem planos?"

"Eu meio que estou esperando surgir alguma coisa."

"Ah, tá."

"E você?"

"Ah, você sabe", Daniel fez uma pausa. "Na verdade, você provavelmente não sabe realmente, sabe?"

"Bom..."

"Ah, Nathan", disse Daniel. "Seu rebelde. Acho que agora é só festas e revolução daqui pra frente, hein?"

"Não", disse Nathan. "Isso acabou."

"Ok."

Nathan exalou; soprou em suas mãos. Não estava se sentindo incomodado com a conversa.

"Para ser honesto", disse Nathan, "talvez eu corra o risco de ficar louco de vez".

"Merda", disse Daniel.

"Embora não literalmente."

"Entendo."

"Estou morando com meus pais."

"Ah. Agora eu entendi."

"Quando foi a última vez que você morou com seus pais?"

"Com os dois? Faz uns vinte anos." Ele fez uma pausa. "E quanto ao meu pai, bem..."

Daniel disse isso de um modo calmo, transmitindo uma dor com a qual estava ao menos parcialmente reconciliado.

"Desculpa", disse Nathan. "Esqueci. Como ele está?"

"Vai e volta", disse Daniel. "Não o vejo tanto quanto deveria, daí eu me sinto culpado, então vou lá visitá-lo e fico sentado querendo ir embora."

Houve uma pausa em que Nathan notou que a lua fazia uma aparição diurna.

"Enfim", disse Daniel. "Como a gente veio parar nisso?"

"Culpa minha."

"Esquece. Tem visto alguém? Tem saído muito?"

"Estou num pub com meu pai tomando minha primeira bebida em seis meses."

"Minha nossa."

"Não estou achando ruim."

"Ah."

"Por incrível que pareça."

"Você precisa desligar?"

Nathan terminou seu cigarro.

"Provável."

"Bom, foi... foi legal mesmo falar com você, Nathan."

"É", disse Nathan.

"Olha, por que você não vem me visitar no fim de semana? Minha namorada vai estar fora, tenho espaço de sobra. A gente pode encher a cara. Vai ser bom pra você."

"Não sei", disse Nathan.

"Pensa nisso."

"Ok."

"Você tem meu número agora."

"Tenho."

Despediram-se, prometendo voltar a fazer contato em breve. Daniel mais uma vez disse a Nathan para pensar sobre o convite. Nathan mais uma vez disse que iria. Depois que Nathan desligou, pensou em ligar para Katherine, então decidiu que não. Ficou, sem saber muito bem por quê, com certa sensação de pena de Daniel. A voz dele estava com certa entonação; o convite pareceu transmitir um peso excessivo. Em alguns aspectos, pensou Nathan, sempre sentira um pouco de pena de Daniel, embora isso fosse de algum modo abrandado pela suspeita de que Daniel sempre sentira um pouco de pena dele.

Voltou a entrar e sentou com seu pai, que estava chegando ao fim de sua Vaca Louca e acionando comandos em seu iPhone com um dedo indicador tão preciso que Nathan se perguntou se as mãos de seu pai teriam passado por uma rápida evolução física.

"Mais recados", disse Nathan.

"Ah", disse seu pai. "Estou lotado."

"São sobre mim?"

Seu pai encolheu os ombros. "Mais ou menos", disse.

"Eu realmente não gosto disso, viu?", disse Nathan.

"Quem gosta?", disse seu pai dando de ombros.

Nathan balançou a cabeça. "Ela sempre consegue as coisas do jeito dela."

Seu pai virou sua Vaca Louca. Nathan parecia sentir dó suficiente de todo mundo nesse dia.

"Talvez eu saia no fim de semana", disse.

"Você vai ter que pedir para sua mãe."

"Não", disse Nathan. "Não pretendo fazer isso."

Seu pai balançou a cabeça.

"Você provavelmente acha que eu não entendo", ele disse. "Mas eu entendo. É só que..."

"Eu sei, eu sei. Você tem que viver com ela."

Seu pai olhou para ele de um jeito direto que foi tão incomum quanto preocupante.

"Não tenho que viver com ela", disse ele, "eu quero". Lançou outro olhar para Nathan. "É muito fácil ser crítico."

"Ou não ser", disse Nathan. "É muito fácil não ser, também."

O pub era bem-acarpetado; iluminado pelo fogo de uma lareira. As cadeiras eram fofamente acolchoadas e pareciam emitir um calor próprio. O teto era suficientemente baixo para proporcionar uma sensação de segurança, embora não tão baixo a ponto de ser opressivo. Nathan não se sentia desconfortável. Seu pai parecia suar um pouco. Ele segurou o zíper de sua jaqueta de iatismo e então claramente pensou duas vezes, como se não tivesse estômago para essa batalha particular nesse momento particular.

"Isso não é inteiramente verdade", disse.

"Não quero uma discussão semântica", disse Nathan.

Seu pai talvez não tivesse entendido o que isso queria dizer, Nathan percebeu.

"Sabe qual é seu problema?", disse seu pai.

"Todo mundo parece doido para me contar", disse Nathan.

"Não só você. Todos vocês. Sua geração. A geração do Eu."

"Achei que você fosse da geração do Eu."

"Tanto faz", seu pai acenou com a mão. "Sua turma. Os adolescentes perpétuos. Vocês estão sempre reclamando dos pais, da sociedade, do global isso, global aquilo, e não entendem nem o fato mais básico da vida." Apontou para Nathan. "Vocês não compreendem o mundo enquanto não tiverem filhos", ele disse. "Vocês não param de ser crianças até terem uma."

"Não acho que isso seja verdade", disse Nathan, que tinha pouquíssimas evidências, de um modo ou de outro.

"Claro que não", disse seu pai, virando o resto de sua Vaca Louca. "De todo modo, vamos indo. Sua mãe está na televisão."

* * *

Se alguém pudesse dizer que a mãe de Nathan vivera segundo algum tipo abrangente de credo ou perspectiva, teria sido a preponderância da apresentação sobre o conteúdo e da aparência sobre a realidade. Voltando para casa após outro tenso e sem dúvida inaceitavelmente alcoólico jantar com sua suposta amiga Rita e o antes admiravelmente confiante e agora meramente grosseiro marido de Rita, Tony, a mãe de Nathan comentava que não era a desintegração do casamento deles em si que a incomodava, uma vez que isso, afinal, acontecia nas melhores famílias, mas antes o que ela via como a absoluta determinação dos dois de não disfarçar o fato. Por que, ela perguntava, talvez pela quinta ou sexta vez, Rita e Tony se sentiam compelidos a jogar seus problemas na cara de todo mundo, ficando de fogo e dizendo coisas como *Bem, é claro que isso é uma coisa que Tony nunca entendeu* ou *Pelo amor de Deus, Rita, ninguém está interessado em nada do que você está dizendo*? Era, dizia a mãe de Nathan, inadmissível.

Com o tempo, sua atitude em relação à assim chamada enfermidade de Nathan mudara em linhas bastante similares e o único modo como ela fora capaz de enfrentar isso era criar para si própria a sensação de que, ainda que fosse incapaz de lidar com isso em termos médicos, era ao menos capaz de assumir o controle de sua apresentação perante o olhar público e remodelar sua mortificação em martírio. Pois, como dissera tantas vezes, o que separava o joio do trigo na vida não era o que a vida punha diante de você, já que a vida punha todo tipo de coisa diante de todo tipo de pessoa, mas o modo como você se conduzia nisso, ou, para dizer de outra forma: ter um filho com problemas não era desculpa para começar a se largar.

Assim, foi algo como uma surpresa para Nathan ver, quando as luzes do estúdio se acenderam para revelar o dr. Dave com seu reluzente bronzeado permanente e sua mãe em seu terninho imaculado, sentados lado a lado em um sofá cor de salmão contrastando violentamente com o tom de pele do dr. Dave, que sua mãe completara agora perfeitamente a transição da frustração parental à cruzada autoral e, longe de ficar de algum modo subjugada pela experiência num estúdio de tevê, estava sorrindo com esse tipo de radiância que deriva apenas do perfeito equilíbrio da autoconfiança suprema e de uma completa ausência de autocrítica, expressão tanto absorvida como devolvida dez vezes pelo dr. Dave, que havia, como qualquer um que assistisse com regularidade ao seu programa sabia, completado uma transição própria particularmente especial ao passar, mediante a emotividade da televisão confessional, de picareta caído em desgraça a tesouro nacional.

Mesmo antes de conseguir seu próprio programa de televisão semanal, o dr. Dave fora algo como uma figurinha carimbada na cena do Desenvolvimento. Ele escrevera dois livros (*Emagreça sorrindo* e seu grande sucesso *E.N.E.R.G.I.A.: Esqueça a Negatividade Extenuante e Recupere o Gosto Incansável pela Alegria*) e era uma atração regular do popular programa da tevê vespertina *Na sala da Sally*, apresentado pela sempre interessada Sally Duvall, onde oferecia um bem-ensaiado aconselhamento improvisado para uma "variedade" de telespectadores cuja diversidade, na opinião de Nathan, era gravemente limitada pela demografia do público que ficava diante da tevê e junto ao telefone em plena luz do dia: donas de casa, desempregados, os temporariamente doentes, os permanentemente doentes e os idosos inativos ou incapacitados.

Foi nesse programa que o dr. Dave não só desenvolveu sua teoria da E.N.E.R.G.I.A. como também demonstrou o notório nível de revelações táticas que haviam alçado um psicanalista de tevê e celebridade menor ao panteão dos famosos por seus próprios méritos. O dr. Dave, como foi divulgado pela imprensa sensacionalista, nem sempre atendera pelo nome de dr. Dave. Ele atendera, entre os vinte e os trinta anos, pelo nome de Penetrador, e fora um especialista em certas técnicas de sedução rápida planejadas para levar perfeitas estranhas a dormir com ele em aproximadamente três minutos. Ele aperfeiçoara um andar relaxado, uma controlada ambiguidade de postura. Abordava mulheres de todas as idades, em festas, livrarias, no supermercado, e entabulava conversas calculadamente destinadas a extrair a máxima abertura de pernas no mínimo de minutos possível usando complicadas matrizes de hipnose desperta e sugestão linguística. Ele falava sobre "eleição" de modo que a pessoa a ser programada escutasse, inconscientemente, "ereção". Dizia "viva imaginação" em alguma sentença de modo que seu alvo ouvisse, sem perceber, "vulva em ação". Era, como se noticiou, tão bom nisso que persuadira literalmente centenas de jovens "abertas", muitas das quais mais tarde corajosamente venderam suas histórias por valores não revelados para os ávidos tabloides, a ir para a cama com ele, sem desenvolver um relacionamento com nenhuma delas. Em algum ponto perto dos trinta, porém, ele vivenciara seu Momento de Insight e chegara à conclusão de que seus poderes, por mais impressionantes que fossem, deviam ser usados para o bem, não para o mal. Retomara seu nome verdadeiro, doutorara-se em psicologia comportamental num curso a distância e, como fazia questão de reiterar, fizera um voto de castidade que repudiava não apenas o sexo, mas todo contato com mulheres que pudesse de algum modo ser tido como flerte, incluindo sorrisos calorosos, comentários encantadores e quaisquer conversas remotamente sexuais ou íntimas, a menos, é claro, que ocorressem dentro de um contexto terapêutico reconhecido, e nesse caso a sorte estava lançada. Como o próprio dr. Dave explicara em uma brilhantemente concebida edição especial de *Na sala da Sally* para contenção de crise, dedicada por inteiro à sua própria Luta Pessoal, que atraiu ainda mais telespectadores do que a comovente e premiada entrevista de Sally Duvall com o estuprador e celebridade condenado Timothy "O Terror da Rede BBC" Turner, ex-apresentador de programas infantis transformado em pária social e máquina de fazer dinheiro, os poderes do Penetrador eram tão... (aqui ele lutou para encontrar as palavras)... *poderosos*, que não podiam simplesmente ser "desligados", mas tinham de ser deixados numa espécie de vácuo sexual de modo que nenhum outro mal pudesse sobrevir a alguma jovem impressionável, assunto sobre o qual escreveu em um artigo muito elogiado e várias vezes citado na *Personal Growth Monthly*, intitulado "O pinto no pote: guardando o pênis pelo bem dos outros". Era, até Nathan tinha de admitir, um golpe publicitário de mestre, e no dia seguinte as mesmas colunas de opinião que haviam desdenhado e denegrido suas tendências manipuladoras, suas credenciais fuleiras, sua hipocrisia, como chegaram a dizer, voltavam atrás para elogiar sua honestidade, sua coragem, sua sinceridade. Em seis meses, embora continuasse a aparecer em *Na sala da Sally*, ele ganhou seu próprio programa, que se atinha a uma fórmula rígida e extremamente bem-sucedida de duas partes de aconselhamento ao telefone e uma parte de entrevista inspiradora, este último segmento sendo ocupado nesse dia pela mãe de Nathan.

Tal como a mãe de Nathan e seu recém-descoberto pendor por roupas chiques, a mutação do dr. Dave tinha um componente fashion. Antes de sua revelação (à qual ele só se referia como uma confissão), ele preferia camisas rosa, ligeiramente formais; gravatas de cores chamativas; calças de algodão. O objetivo era passar um ar de profissionalismo. Se ele se vestisse como um médico, assim rezava a filosofia, seria capaz de falar como um também. Às vezes, era visto até com um estetoscópio em volta do pescoço. Após sua decisão de partilhar detalhes íntimos de sua vida com os fãs, porém (a qual nunca era mencionada como algo que ele fora forçado a admitir perante o público por causa da imprensa), passou a preferir jeans e mocassins, camisetas e, o pior de tudo, suéteres com um decote em V muito fundo, sem nada por baixo, revelando um reluzente isósceles de carne depilada, brilhante e bronzeada que Nathan achava muito difícil de olhar, mas pelo qual a mãe de Nathan, nesse momento a apenas um metro ou algo assim de distância, parecia alegremente mesmerizada.

"Olá", disse o dr. Dave para a câmera, com um aceno despreocupado e um sorriso intimista. "Estamos de volta. Não sei quanto a vocês, mas eu estou empolgadíssimo com nossa próxima convidada, porque ela exemplifica com perfeição um assunto ao qual venho dedicando bastante tempo aqui em meu programa ao longo das últimas semanas e sobre o qual vou falar várias vezes nos próximos meses. Por quê? Porque sinto que nessa época difícil é um tema que diz respeito a todos nós, e algo que eu espero, à sua maneira modesta, que possa ser de alguma ajuda para o país. Pois vivemos tempos negros." Balançou a cabeça, como se não tivesse consciência do que estivera prestes a dizer, mas, agora que o dissera, percebesse que concordava alegremente. "Tempos muito negros." Balançou a cabeça outra vez. Ainda concordando. "E em épocas de dificuldade ou oposição ou tragédia ou...", encolheu os ombros como um homem cujas conclusões atingiram tal nível de profundidade que chegaram a ponto de tornar as meras palavras em larga medida insignificantes, "... *maldade*, podemos fazer uma destas três coisas". Ergueu a mão, enumerando-as, claramente instruído a começar pelo dedo mínimo de modo a evitar um eventual gesto inadvertido que pudesse aparecer em fotos pela internet. "Podemos ceder..." Dedo mínimo. "Podemos lutar e sobreviver..." Dedo indicador. "Ou..."

Dedo médio. "... podemos fazer melhor ainda. Podemos pegar essa negatividade, essa tragédia, essa maldade e crescer a partir disso, podemos prosperar, podemos florescer. Sim, é sobrevivência, mas também é algo mais, algo que eu gosto de chamar...", apontou para a câmera com os dois indicadores, enfatizando, "... sobre*vicejar*". Balançou a cabeça; juntou as mãos; então gesticulou na direção da mãe de Nathan. "E deixem-me dizer para vocês, pessoal, essa mulher que tenho aqui comigo hoje é a encarnação do sobreviço. Mas, ei, podem julgar vocês mesmos, pois ela está aqui para lhes contar tudo por si própria. Autora do aguardado livro *Mãe Coragem: a batalha de uma mulher contra a culpa maternal*, fundadora do grupo de apoio on-line Mães que Sobrevivem, senhoras e senhores, Helen Coverley."

A câmera cortou para um close do rosto da mãe de Nathan. Com a deixa, ela sorriu.

"Obrigada, doutor Dave", ela disse. "Estou muito feliz de estar aqui."

"O prazer é todo meu", disse o dr. Dave.

"Eu é que agradeço", disse a mãe de Nathan.

"Continue sorrindo, assim mesmo", disse o pai de Nathan, precariamente aboletado na beira do sofá e esfregando os polegares e indicadores, num movimento meio obsessivo.

A capacidade de transição do dr. Dave entre as expressões faciais era, Nathan observou, incrivelmente fluida. Ele era como um abajur de lava. O sorriso se abria, se iluminava, se dissipava, e uma bolha entusiasmada de simpatia surgia para substituí-lo.

"Então, Helen", disse ele, balançando a cabeça outra vez. "Para aqueles que estão em casa e não sabem, fale-nos brevemente sobre sua jornada."

"Bom, permita-me uma correção aí, doutor Dave, para dizer que na verdade não penso como minha jornada, mas como *nossa* jornada, a jornada das mães de toda parte."

O dr. Dave balançou a cabeça.

"Essa é minha garota", disse o pai de Nathan.

"E na verdade", disse a mãe de Nathan, cruzando as pernas e pousando as mãos no colo, "é também nossa jornada na medida em que eu a partilhei com meu filho, Harry, como o chamo no livro".

Nathan encontrara um fio solto na barra da capa da poltrona e agora o puxava delicadamente.

"Conte-nos sobre Harry", disse o dr. Dave.

"Bem, eu amo Harry. Quero dizer isso muito claramente. Eu o amo de coração. Ele é meu filho querido. Meu único filho. Mas a verdade é que, e acho que muitas mães por aí podem se identificar com isso, ele me magoou profundamente. E levei anos para ser capaz de dizer isso. Quero dizer, literalmente anos. Anos em que fiquei me perguntando: será culpa minha? Anos ouvindo que era *minha* culpa. Sabe, a certa altura, havíamos contratado quatro terapeutas diferentes para conversar com meu filho, todos caríssimos, e só o que eles fizeram foi escutar a versão do meu filho. Você acredita nisso? Era quase como se... como se não estivessem nem interessados em mim. E esse é o equilíbrio que eu quero recuperar no meu livro, porque sei com certeza que há centenas de mães por aí afora passando pela mesma coisa, e tendo os mesmos sentimentos de vergonha e culpa que eu tive."

"Seu filho é um viciado", disse o dr. Dave, cujo balançar de cabeça nesse ponto parecia ter atingido o nível da necessidade fisiológica.

"Ah, não sei por onde começar", disse a mãe de Nathan. "Drogas, tatuagens. A certa altura da vida ele morava num prédio invadido, vendendo drogas, organizando essas... raves, imagino que é como chamam. Ou seja. Era. Simplesmente. Hor. *Ren*do."

O fio solto se revelou bastante longo e Nathan agora enfrentava uma escolha entre continuar a puxá-lo ou simplesmente cortá-lo.

"Sabe", disse o dr. Dave, "quando eu trabalho em minha clínica com pais de filhos moralmente desafiadores, como eu os chamo, a coisa que vive voltando para eles é como se sentem culpados. Isso é algo que você experimentou?"

"Sem dúvida", disse a mãe de Nathan. "Nem se discute. A culpa é enorme e muito difícil de superar se você não for uma pessoa realmente forte. Mas acho que o que eu quero mesmo enfatizar é a vergonha. Sabe, a certa altura, quando ele estava no pior momento, eu na verdade não contava para as pessoas que tinha um filho, porque era muito mais fácil do que tentar explicar."

Nathan optara por continuar a puxar o fio, que estava agora com uns trinta centímetros de comprimento.

"Chamamos isso de despropriedade emocional", disse o dr. Dave. "Uma reação muito comum para o trauma filial. Mas então aconteceu alguma coisa, não foi?"

Nisso o rosto da mãe de Nathan se anuviou habilidosamente com o cúmulo-nimbo da dor. Ela deu um longo suspiro.

"Aconteceu", disse ela com ar destemido.

"E isso é", disse o dr. Dave, inclinando-se para a frente, pondo a mão em seu joelho. "É algo que você se sente capaz de partilhar?"

A mãe de Nathan fez que sim.

"Que sobrevicejante", disse o dr. Dave, admirado.

"Obrigada", disse a mãe de Nathan. "Não é... não é algo sobre o qual realmente falei muito, embora... embora esteja no livro, mas... Bom, depois de *anos*, quero dizer literalmente anos dessa coisa sempre presente, meu filho, meu menino..."

"Estamos ouvindo", disse o dr. Dave.

"Não posso nem descrever o que ele fez consigo mesmo", disse a mãe de Nathan. "Mas ele se machucou. Muito gravemente. E, quando voltamos a vê-lo, ele estava no hospital. Coberto de bandagens. As mãos. Os braços. O peito. E no início ele recebeu muita medicação, obviamente. Mas devagar foi voltando a si. E eu e meu marido estávamos lá, e..."

Nathan se lembrou de seu pai andando pelo quarto particular que de algum modo eles conseguiram no hospital, perguntando-lhe se queria seu jantar e depois o ajudando a terminar, para não desperdiçar.

Deu um puxão forte no fio solto, mas só conseguiu desfiar ainda mais.

"Pare de destruir a mobília", disse seu pai, que havia começado a balançar os joelhos e esfregar as mãos.

"Desculpa", disse Nathan.

"E eu olhei para o rosto dele", a mãe de Nathan ia dizendo.

"Isso mesmo, garota", disse o pai de Nathan. Relanceou Nathan rapidamente. "Desculpa."

"E eu soube que ele finalmente compreendeu. Que foi necessário esse horrível momento para... para..."

"Não quero mais assistir a isso", disse Nathan.

Seu pai olhou para ele.

"Tudo bem", disse. "Mas, hum... vai haver perguntas depois, se você entende o que quero dizer, então..."

Nathan balançou a cabeça. "Pode continuar", ele disse, levantando-se.

No quarto, enviou uma mensagem de texto a Daniel dizendo que iria. Depois de apenas alguns minutos escutou seu pai emitir um longo gemido arrastado. Desceu outra vez e o encontrou assistindo à cena de um carneiro hipnotizado.

"Interrompemos para uma informação urgente", dizia uma voz em off. "A doença previamente conhecida como arrebatamento idiopático bovino pulou a barreira das espécies. O que estão vendo aqui é o primeiro caso registrado de arrebatamento ovino. Os cientistas anunciaram que..."

"Meu Deus", disse Nathan. "Isso é..."

"Nem me diga", disse o pai de Nathan. "Cortaram o melhor momento da sua mãe para isso."

Na ausência de Angelica, e no tempo ocioso antes do fim de semana, Daniel recaiu no tipo de padrão de que se recordava vagamente de seus velhos tempos de solteiro. Na época, ele era um estudante, é claro, e tinha de admitir que nos anos transcorridos entre uma coisa e outra muitos dos hábitos para os quais olhara pelo filtro de certa bruma rosada tinham, falando com honestidade, empalidecido. Havia, por exemplo, tantas pizzas congeladas quanto um homem podia comer antes que uma sensação irreversível de decadência física se instalasse; e, por mais que abastecer a geladeira com cerveja, barras de chocolate e porcarias variadas tivesse parecido deliciosamente transgressivo quando devaneava entre um suco de fruta e uma tigela de granola, chegou a um ponto em que a visão de toda essa obscenidade deixou de ser excitante e passou a ser apenas, bem, obscena. A liberdade, parecia, era superestimada, sobretudo se você não tinha ideia do que fazer com ela.

Tentou se lembrar da última vez que estivera sozinho. Houvera um dia ocasional aqui e ali, talvez um fim de semana, mas períodos de solidão prolongados e decentes tinham sido raros. Katherine costumava ameaçar fazer alguma coisa sem ele, mas raramente fazia, e Angelica nem sequer raramente o ameaçava, levando àquelas conversas meio esquisitas em que Daniel tentava persuadi-la a ir embora ao mesmo tempo em que tentava vivamente não parecer que estava tentando persuadi-la a ir embora.

"Eu realmente acho que você vai gostar", dizia ele a respeito de algum comício, convenção ou reunião deprimente da turma dos dreadlocks. "Você devia ir. Estou falando sério. Vai."

"Ah", ela dizia vagamente. "Talvez, mas você sabe, a gente tem tão pouco tempo junto, só para nós."

"Eu sei, querida, mas fico feliz em compartilhar você com o mundo."

"Oh, Daniel."

"Oh, Angelica."

Ela não ia, é claro, ou, pior, ele acabava indo junto com ela. De um modo ou de outro, ele passara ao menos parte do tempo ansiando por exatamente aquele tipo de tempo para si que sabia que sempre desperdiçara quando o tinha.

As noites se arrastavam. Ele ligava para Angelica. Ela enviava muitas mensagens de texto, mas no telefone parecia distraída e vaga. Sempre dizia: Espera um pouco, me deixa ir para um lugar mais tranquilo, então ia para algum lugar definitivamente barulhento. Dizia que estava tudo bem. Dizia que Sebastian era incrível. Achava que Estavam Fazendo a Diferença. Daniel começou a imaginá-la junto com Sebastian. Isso o deixava com um pequeno nó nas entranhas. Imaginava Sebastian soltando o cabelo, jogando-o para o lado com um gesto de cabeça; tirando seu suéter tricotado e murmurando qualquer coisa pretensiosa sobre adoração. Por algum motivo, Daniel tinha um problema em admitir que não gostava das pessoas. Ele gostava de pensar que estava acima disso, ou que, como a raiva, era uma reação que lhe era injustamente negada em seu papel de mártir da racionalidade. Mas ele não gostava de Sebastian e Sebastian não gostava dele, então talvez fosse hora de começar a aceitar as coisas.

Ligou para seu pai e lhe perguntou: Como vai essa força?

"Estou atolado", disse seu pai. "Completamente atolado."

Às vezes Daniel tentava ser racional, às vezes não. Cada vez menos, para ser honesto.

"Anda muito ocupado, hein?"

"Ah, Deus, nem me fale", disse seu pai.

"Não está conseguindo fazer nenhuma pausa?"

"Você só pode estar brincando, não é? Estou trabalhando mais do que um cavalo. Geoff está fora. Paul não é de ajuda para mais ninguém. Estou levando a equipe toda nas costas."

"Eles iam ficar perdidos sem você."

"E eu não sei?"

Pensou em visitar seu velho, mas rapidamente se deu conta de que não conseguiria enfrentar aquilo. Ocorreu-lhe que sua procrastinação em visitar o pai sugeria que não se desenvolvera de fato tanto quanto gostava de pensar, ou ao menos não das formas como agora pareciam importantes. Ele era novo demais para toda essa velhice, toda essa *coisa*.

Quanto maior ameaçava ser o fim de semana, maiores eram os medos de Daniel. Ele acordou duas vezes na noite, farrapos de uma vergonha inominável ainda se agarrando à sua pele. Lembrou de dizer alguma coisa estúpida na linha de que, se Nathan precisasse de ajuda, ele pediria; lembrou de como fora fácil deixar que Nathan e fosse lá o que estivesse acontecendo com ele simplesmente evaporassem. Andou pela casa e se sentiu constrangido. Nunca, percebeu, convidara ninguém para ir lá. Angelica convidava gente; Katherine convidava gente, ou então as amedrontava; e Nathan tinha um jeito, se não de convidar pessoas diretamente, ao menos de guiá-las na direção de pessoas e lugares que davam conta do recado, e obtendo a química necessária ao longo do caminho. De fato, Daniel e Katherine sempre haviam usado Nathan com exatamente esse propósito: para escapar; para *se divertir*; e agora, numa mudança tornada não menos perturbadora por sua previsibilidade, as mesas estavam horrivelmente viradas e Daniel, que, para falar honestamente, não fizera nem mantivera nenhum amigo desde que fora morar ali, via-se escalado no papel de anfitrião e mestre de cerimônias.

Quando a quinta-feira se aproximava, Daniel sabia o que precisava fazer. Ele precisava, com a maior urgência, comprar algumas drogas.

Ficou ruminando isso no trabalho, considerando inicialmente comprar ecstasy, mas então chegando à conclusão de que a ideia de ficar numa sala chapando a cara de ecstasy talvez não parecesse tão divertida assim para Nathan. Na verdade, ecstasy não era uma ideia divertida para Nathan havia muito tempo, agora que Daniel pensava a respeito. Perto do fim (expressão que Daniel percebeu que precisava parar de usar, haja vista que claramente não era o fim), Nathan passara gradualmente dos prazeres em larga medida puros do ecstasy e do ácido para as mais utilitárias anfetaminas, e depois para o vórtice total da diversão proporcionado pela cetamina e um coquetel de barbitúricos e calmantes, sugerindo que se divertir, fosse lá o que isso pudesse ter representado, já não só não era mais o objetivo de Nathan como também devia ser algo de que ele buscava se isolar. Daniel nunca compreendera o impulso. Já se sentia suficientemente anestesiado pelo dia a dia; por que gastar dinheiro com a experiência? De certa forma, isso tanto aumentava como refletia as abismais diferenças entre eles: Daniel lutando por subir; Nathan se jogando nas profundezas.

A opção óbvia era conseguir um pouco de maconha. Essa era, ele pensou, a solução mais simples para tudo. Velhos amigos, ficando levemente doidões, escutando alguns álbuns clássicos. Como podia dar errado?

A dificuldade, é claro, era que, embora Daniel pensasse em ficar chapado como uma experiência social, o que ele na verdade nunca apreciara na época era o fato de que isso era um produto da experiência social também, uma vez que, por mais que ficar chapado o relaxasse e lhe permitisse conhecer gente, você ainda precisava conhecer pelo menos *alguma* pessoa a fim de conseguir o bagulho, para começo de conversa.

Sua lista de contatos era lamentável. Todo mundo em seu BlackBerry era um colega, um dos amigos de Angelica ou algum profissional qualquer trabalhando com seu pai. Ficou com uma ligeira sensação de pânico. A ideia aliviara tanto sua tensão e com tal rapidez que qualquer consideração de abandonar o plano agora parecia impossível. Era vital, ele pensou, que pusesse suas mãos em um pouco de erva para o fim de semana. Se não fizesse isso, ninguém ia se divertir, e poriam a culpa nele, e a coisa toda seria um desastre tão absoluto que ele se sentiu ligeiramente sem ar só de pensar a respeito.

Pôs os pés em cima da mesa e considerou suas opções. Podia, pensou, perguntar às pessoas no trabalho. Ele estava quase certo, por exemplo, de que tanto Jenssen como Meyer teriam seus canais. Na verdade, considerando a formação deles em pesquisa de safras orgânicas e seu passado na contracultura ecológica, haviam provavelmente cultivado sua própria variedade. Mas, mesmo assim, havia qualquer coisa de decididamente não profissional em perguntar a eles, ou mesmo a qualquer um com quem trabalhava.

Outra opção era passar a noite nas áreas mais barras-pesadas da cidade e esperar pelo melhor. Entrar em um bairro operário qualquer e cruzar com um desses grupos de jovens que podiam ser vistos bebendo cidra em pontos de ônibus afastados.

*Tudo certo, rapaziada*, ele diria. Não, rapaziada não. Rapaziada soava horroroso, como algo saído de um livro de *Biggles*. Jovens, talvez? Parceiros? *Tudo certo, parceiros?* Isso não estava ruim. Ele se aproximaria com as mãos nos bolsos e meio que daria uma fungada e olharia em volta, depois perguntaria se alguém sabia onde poderia descolar uma, como era a palavra, parada? Estava preso inteiramente em outra década. Como a pessoa podia ficar tão desatualizada em tão poucos anos?

Isso era ridículo. Não iria andar de carro em nenhuma área barra-pesada. Nem sequer conhecia nenhuma área barra-pesada. E se conhecesse, e fosse de fato para lá, passaria com o carro direto, sem nem olhar para trás.

Girou em sua cadeira. Do lado de fora, no estacionamento, a manifestação muito reduzida consistia agora inteiramente, na ausência de Sebastian, de três jovens de aspecto suspeito usando botas Doc Martens, nenhum dos quais Daniel reconheceu, mudando o peso do corpo de um pé para o outro e se revezando para segurar as duas pontas de uma grande faixa de modo que um deles pudesse fazer uma pausa para bafejar nas mãos geladas. Era uma opção bem ridícula, pensou Daniel, mas melhor que opção nenhuma.

"Senhores", disse Daniel, aparecendo com três copos de café fresco. "Vocês pareciam com frio, então pensei em abastecê-los com um paliativo."

"Abastecer?", disse o que não segurava a faixa, e que usava uma barba ruiva rala e o que parecia ser um pedaço de cano de cobre no lóbulo da orelha. "O que você acha que a gente é? Carros?"

Os que seguravam a faixa deram risada, mas também estavam de olho no café.

"Não vejo por que não podemos todos ser amigos", disse Daniel. Por que, ele se perguntou, *por que* vivia dizendo essas coisas tão inacreditavelmente estúpidas?

"Isso é café moído?", disse um. "Porque eu não bebo café instantâneo."

"E eu não bebo nada da Nestlé", disse o terceiro, "nem nada que não seja do Comércio Justo".

"Eu sou intolerante a lactose, na verdade", disse o primeiro, distraidamente enfiando o dedo mínimo em seu cano de cobre.

"Estes aqui são cafés pretos certificados pelo Comércio Justo e feitos na cafeteira", disse Daniel, "minha própria cafeteira".

"Como a gente fica, Archie?", disse o segundo porta-faixa, cuja ponta ficara um pouco afrouxada durante a conversa.

"A gente consegue nosso próprio café, muito obrigado", disse Archie, que era claramente o líder.

"Não, não consegue", disse o primeiro porta-faixa, que agora havia abaixado sua ponta da faixa ainda mais do que o colega.

"Cala a boca, William", disse Archie. "Temos os meios de *produção* do café, que é o que conta."

"Temos?", disse William.

"Bom, temos os meios de obtenção", disse Archie.

"Espera aí", disse o terceiro membro do grupo, prendendo a vareta da faixa na frente de sua calça, de modo a liberar as mãos para gesticular. "Esse cara está oferecendo café de graça."

"Mas a gente não precisa do café grátis dele", disse Archie.

"Mas onde a gente vai comprar café?", disse William. "Porque, tipo, a opção mais perto é uma Costa, e os caras são meio que uma multinacional."

Archie admitiu o argumento com um aceno de cabeça. "Mas ele é mais multinacional ainda", disse, apontando para Daniel.

"Eu não sou multinacional", disse Daniel.

"Ele não está *lucrando* com o café", disse o terceiro membro, ajeitando a vareta, aparentemente para não se machucar.

"Mas nós não sabemos com certeza a *fonte*, Henry", disse Archie.

"Ele acabou de dizer a droga da fonte", disse William.

"Não temos nenhuma confirmação", disse Archie.

"Olha", disse Henry. "Eu estou congelando nessa porra e não quero pagar três paus na droga da Costa quando posso muito bem tomar um café de graça agora mesmo."

"Além do mais", disse William, prendendo a vareta da faixa sob o braço, "acho que quando vou à Costa não é só um café, não é?"

"Nunca é só um café", disse Henry com amargura. "Você sempre acha que é só um café, mas depois na verdade é um café, um *wrap* de abacate, um suco para desintoxicar o organismo e uma barra de tâmara."

"É", disse William. "E, quando você vê, já gastou dez paus."

"Aqueles filhos da puta", disse Daniel. "O café está esfriando, a propósito."

"Foda-se", disse Henry. "Vou tomar um café."

"Eu também", disse William.

"Acho que concluímos que não é antiético", disse Archie.

Ficaram ali bebericando seu café, a faixa momentaneamente abandonada no chão.

"Então", disse Daniel. "Sentem muito a falta de Sebastian?"

Eles o olharam de um jeito esquisito.

"Não estamos apaixonados por ele", disse Archie.

"É", disse Henry. "A gente consegue passar um tempo longe."

"Estou falando mais em termos de organização", disse Daniel.

"Não temos um centro de poder fixo", disse Archie, "então somos capazes de nos adaptar às necessidades de qualquer situação".

"A gente se recompõe que nem o Voltron", disse William, balançando a cabeça com seriedade.

"Impressionante", disse Daniel. "Como está o café?"

"Esse café é ótimo", disse William.

"Encorpado", disse Archie. "É moído na hora?"

"Eu peço para moer na hora", disse Daniel.

"Isso faz toda a diferença", disse Henry.

"Preciso comprar um moedor", disse William. "Quer dizer, não me levem a mal. Eu faço um café bom, mas acho que moer é o próximo passo."

Archie balançou a cabeça. "É mais uma droga de aparelho, não é?"

"Não começa", disse Henry. "Você devia ver a merda da sua mesa. Na maior parte do tempo eu não consigo achar espaço nem para comer um sanduíche. Eu vivo dizendo pra Trix: Trix, será que dá pra gente se livrar de algumas dessas porcarias? Mas ela tipo, nah."

Houve um silêncio reflexivo durante o qual Daniel foi ficando cada vez mais impaciente conforme pesava as várias opções para introduzir o assunto das drogas na conversa.

"Então", disse finalmente. "Sebastian pediu para vocês trabalharem no fim de semana também?"

"Nah", disse William. "Pra quê? Não fica ninguém aqui."

"Sabe como é. Se uma árvore cai na floresta e não tem ninguém pra escutar, ela faz barulho?", disse Archie.

"Grandes planos?", disse Daniel.

"Provavelmente só ficar de boa", disse Henry. "E você?"

"Sua cara-metade está fora, não é?", disse Archie, com um sorrisinho que Daniel preferiu ignorar.

"É", disse Daniel. "Eu estava pensando que ia ser uma boa oportunidade pra chamar a rapaziada, sabe como é?"

"Ah, sei", disse Archie. "Boa pedida."

"Na verdade", disse Daniel, "tem uma coisa que eu queria pedir a vocês, rapazes".

"Ah, é?", disse Archie, estreitando os olhos.

"É", disse Daniel, olhando de um lado para outro, à maneira universalmente reconhecida de um homem prestes a negociar uma compra de drogas. "É só que, bom, meu cara não apareceu, sabem do que estou falando?"

"Na verdade, não", disse William.

"Seu cara?", disse Henry. "Que cara?"

"Vocês sabem", disse Daniel. "Como naquela música do Velvet... 'I'm Waiting for the Man'?"

Todos continuaram impassíveis.

"Meu vapor", disse Daniel.

"Ah", disse Archie com um sorriso. "E você achou, por algum motivo, baseado tenho certeza em toda uma série de conclusões que tirou baseado em seus preconceitos quanto à nossa aparência e orientação política, que a gente talvez pudesse ajudar."

"Bom, basicamente", disse Daniel. "É isso."

"No que você está interessado?", disse Henry.

"Henry", disse Archie.

"O que foi?", disse Henry.

"O que vocês têm?", disse Daniel, antes de se dar conta de que, por mais sensato que fosse ocultar suas intenções do mundo em geral, ocultá-las da pessoa para quem ele tentava comunicá-las ia ser meio contraproducente.

"Ninguém aqui está com nada em cima", disse Archie.

"Mas *podemos estar*", disse Henry, passando o dedo na lateral do nariz.

"Ou talvez não", disse Archie.

"Ok", disse Henry. "Com certeza. Mas também *podemos estar.*"

Reanimado com seu sucesso, e agora reelaborando o fim de semana em sua cabeça como uma espécie de sessão de reminiscências entre velhos camaradas, ele ligou para Katherine assim que chegou em casa.

"E aí?", ele disse.

"E aí", disse Katherine. Ela parecia nervosa, pensou, como se estivesse aguardando algum tipo de veredicto. Ele se perguntou se havia, mais uma vez, avaliado mal os monossílabos introdutórios. Disse-lhe que era apenas uma ligação rápida, então se arrependeu na mesma hora.

"Perfeito", ela disse. "Sempre acho ótimo quando a pessoa já vai logo falando isso."

"O quê?", disse Daniel, sabendo exatamente o quê.

"Só uma ligação rápida. Tipo, não fique muito à vontade nessa conversa porque não vai durar muito."

"Acho que está mais para: não se preocupe, isso não vai tomar muito do seu tempo."

"Por que você não deixa que eu decida quanto de meu tempo eu pretendo investir nessa conversa e quando eu estiver sem tempo eu informo? Que tal?"

Daniel examinou suas unhas, então virou a mão para examinar a palma. Periodicamente ele se perguntava se uma das linhas era sua linha de Katherine.

"Como eu disse, isso não precisa realmente ser um bicho de sete cabeças."

"Ok, então tá, eu desisto. Você obviamente quer conversar em tópicos e espera que eu anote com taquigrafia ou qualquer coisa. Vai em frente."

Ele pôde escutá-la acendendo um cigarro: a chama do isqueiro seguida do estalo úmido de seus lábios ao tragar.

"Só liguei para dizer que falei com o Nathan."

"Parabéns", respondeu ela.

"Se você pretende continuar com esse sarcasmo, então talvez seja melhor eu simplesmente mandar um e-mail."

"Desculpa. Pode prosseguir."

"Ok. Então, eu liguei pro Nathan e, sabe, ele não está muito bem."

"Dãh."

"Então. Como eu disse antes..."

"Desculpa. Não consegui me segurar. Por favor, continue."

Daniel pensara um pouco sobre como ele ia se expressar, mas, quando chegou o momento, tudo que pensou pareceu se dissipar numa noção insubstancial de dizer e recuar.

"Quer dizer, resumindo, ele está meio que melhor agora, mas a certa altura ficou realmente muito mal e, ãhn, não tenho certeza, na verdade, se ele tentou se matar, ou se ele se cortou ou qualquer coisa assim, mas, enfim, ele se machucou de alguma forma, e tem ficado longe desde então, passando por algum tipo de tratamento."

"Que tipo de tratamento?"

"Tipo psiquiátrico."

Houve uma longa pausa.

"Faz ideia de por que ele... você sabe."

"Não perguntei."

"Você não perguntou?"

"Não."

"Bom, não é meio que uma pergunta óbvia?"

"Foi por isso que eu não perguntei", disse Daniel, pressentindo que ela ia sair do assunto e já se cansando por antecipação. "Achei que fosse indelicado ou estúpido, ou qualquer coisa assim. Achei que talvez eu devesse ser tipo, ah é, você sabe, isso acontece, em vez de demonstrar uma curiosidade mórbida a respeito."

"Então basicamente você apenas engoliu o que ia dizer, evitou o assunto e falou sobre o tempo ou qualquer coisa assim?"

"Não. Eu o convidei para fazer uma visita."

"Ah", ela pareceu ligeiramente desanimada.

"Está vendo? E de início ele ficou meio relutante."

"Mmmm-*hummmmm*."

"Mas daí ele me mandou uma mensagem de texto e disse que tudo bem, que ele vem. E eu disse tudo bem, ótimo."

"Então quando ele vai?"

Um tom de desconforto se instalou. Daniel não tinha certeza se tentava manter a coisa mais leve ou passava a uma abordagem mais pragmática, de relações pessoais. Afinal de contas, era para ele ser bom nisso.

"Este fim de semana."

"Este fim de semana? Meu Deus, não é lá muita antecedência, não é?"

"Bem, estou com a casa livre."

"Ah. Ela está fora, a como-é-mesmo-o-nome-dela?"

"Angelica. Está."

"Está tudo bem?"

"Muito *beeeeeem*, obrigado. Ela está fora numa, âhn, manifestação."

Dessa vez sua pausa foi para obter efeito. Ele podia imaginá-la na outra ponta, jogando a cabeça para trás, virando ligeiramente para fitá-lo com o canto do olho, um sorrisinho de satisfação já começando a se insinuar.

"Uma manifestação? Contra o quê?"

"Olha, isso não vem muito ao caso, sabe?"

"Não, não. Estou interessada. Contra o que é a manifestação?"

"Um protesto contra a matança do gado."

"*Sééééériiiiioooo*?"

"Você vai começar a criticar?"

"De jeito nenhum. Acho admirável. Eu sempre disse, as pessoas deviam se importar mais com o meio ambiente e os animais e essa coisa toda. Sabe, o planeta é um só, a gente só tem uma chance, a teia da natureza e toda essa coisa. Paz."

"Podemos continuar?"

"Não estou acreditando em como você está tão melindroso com isso. Não sente orgulho dela?"

"Claro que sinto orgulho dela", ele disse, indiferente. "Enfim, acho que podemos encerrar por aqui."

"Acho maravilhoso que você está abraçando mais seu lado hippie. É uma coisa que sempre esteve aí. É como se você estivesse soltando a franga."

"Falou, então se cuida..."

Ele conseguiu tirar o fone do ouvido e chegar perto de pôr no gancho antes que a voz dela levasse a melhor.

"Ei, espera aí. Como vamos combinar?"

"Combinar o quê?"

"O *fim de semana*? Eu nem sei onde você mora."

"Ah. Sei."

"Ah, *sabe*?"

"Ééé..."

"Eu estou convidada, é claro?"

"Bem, não é que você *não* esteja convidada..."

"Ok. Vai se foder."

"Ei, calma aí."

"Não, não, tudo bem, tanto faz. Não interessa que ele na verdade ligou para *mim* e que depois *eu* liguei para *você*. Não interessa que ele é *meu* amigo também, provavelmente na verdade mais meu amigo do que seu, se a gente pensar bem. Não, vai em frente e faz o que você quiser fazer e que se foda todo mundo. Está ótimo."

"Posso falar?"

"Ah, não me venha com esse negócio todo de perguntar se você pode falar, como se eu estivesse falando tanto que você não consegue nem abrir a boca. Claro que você pode *falar*, caralho. Na verdade estou bastante interessada em ouvir o que você tem a dizer."

"Ok."

Nenhum dos dois disse coisa alguma por vários segundos. Daniel se perguntou se Katherine podia ouvir seu cérebro funcionando conforme as engrenagens de seus pensamentos, motivações e horríveis conflitos se moviam umas contra as outras.

"Bom, então fala alguma coisa", ela disse.

"Eu *já vou* dizer uma coisa, se você me der a chance. *Meu Deus.*"

Ele a escutou rindo lugubremente na outra ponta do telefone, feliz por tê-lo levado a perder a calma. Voltou a esquecer o que acabara de decidir dizer.

"A gente não se vê faz um ano", disse ele devagar.

"Isso não é culpa minha."

"Não estou dizendo que é sua culpa. Não estou dizendo que é culpa de ninguém. Mas é um fato."

"Isso vai levar uma eternidade, não vai?"

"Não. O que eu estava dizendo?"

"Que a gente não se via faz um ano."

"Isso. A gente não tem se visto faz um ano, na verdade não teve nenhum tipo de contato. Não se falou ao telefone..."

"Eu já sei de tudo isso", ela disse. "Embora precise lembrar que você ainda assim mandou um cartão de Natal para minha mãe, coisa que vou pedir para não fazer outra vez."

"Certo, pode deixar." Daniel fez um gesto de *anda logo* com a mão livre, embora Katherine não pudesse vê-lo. "Continuando, a gente não manteve nenhum contato um com o outro, e agora que estamos tendo contato, vamos ser honestos, nenhum de nós dois está gostando muito."

"Eu não disse que não estava gostando."

"Bom, você está agindo como se não estivesse."

"Eu? E você aí com esse ar de eficiência? Se é uma conversa franca que você quer, tenta desligar sua voz de escritório e ser discernivelmente humano por um período discernível de tempo."

Katherine estava esquentando, ele pensou, encontrando seu ritmo, calibrando a mira. Ele também estava esquentando, embora num sentido menos metafórico. Passou a mão na testa e enxugou na perna da calça.

"Isso porque você não está escutando", ele disse.

"Como você pode dizer que eu não estou escutando quando eu respondi tim-tim por tim-tim tudo que você disse? Estou totalmente alerta. Captando cada palavra. Sou toda ouvidos."

"A gente não manteve contato", ele começou outra vez, empregando seu tom de voz mais vagaroso, mais calmo, coisa que sabia que a irritava, mas que ele sempre acabava fazendo, de qualquer maneira. "Agora a gente entrou em contato e não está se dando bem."

"Por que você diz que a gente não está se dando bem?"

"Isso é uma pergunta séria?"

"É. Quer dizer, tá bom, tem um pouquinho de atrito..."

"Um *pouquinho* de atrito?"

"É. Mas isso não quer dizer..."

"Ok, tanto faz. A questão não é essa. A questão é q..."

"Qual é a questão?"

"Eu estou DIZENDO qual é a questão."

"Ok. Não deixe que eu te interrompa."

"A questão é, a gente vai querer mesmo jogar tudo isso em cima do Nathan? Essa é a questão."

O silêncio dela foi veemente. Era seu jeito de afirmar: não acredito na bobagem que você acabou de dizer.

"Ok...", ela disse.

"Viu o que eu estou falando?"

"Não."

"Ele não precisa disso. Ele não andou bem."

"Então agora ele é feito de vidro?"

"Bom, vamos pôr de outra forma: *ninguém* precisa disso. Eu não preciso disso. Você não precisa disso."

"Acho que o que eu não preciso é de você me dizendo do que eu preciso e do que eu não preciso, que tal?"

"Isso não está ajudando ninguém. Não vai fazer ninguém feliz."

"Ah, claro, esqueci, a gente precisa ser feliz o tempo todo."

"Olha, a questão é q..."

"Para de dizer *isso*. Para de dizer qual é a merda da questão o tempo todo, como se eu fosse estúpida demais para entender o que a questão é ou deixa de ser ou como se a única questão que importasse fosse *a sua*. *Eu vou* dizer qual é a questão. A questão é que Nathan ligou *pra mim*, e tentando ser *adulta* eu liguei pra *você*, e agora você resolveu bancar o dono da verdade e agir de forma unilateral nessa situação, que é o que você *sempre* faz porque você é obcecado por essa ideia de que só tem um jeito de lidar com tudo. Você me jogou para o escanteio sem nem ter uma discussão sobre isso porque você não quer uma discussão porque você é um covarde e você sabe que você ia *perder* qualquer discussão que a gente tivesse não só porque você está errado e você sabe disso, mas também porque você está tão decidido a *não* ter uma discussão nem criar problema nem nada assim que você só acaba dando pra trás o tempo todo, e você sabe disso, então você só tenta fazer as coisas sem discutir nada com ninguém."

"Como alguém pode *perder* uma discussão? Só você, Katherine, pra encarar uma discussão como uma coisa que a gente tem que ganhar ou perder."

"Por favor, não me venha com essa filosofia barata de Confúcio pra cima de mim, Daniel, porque é incrivelmente sem sentido e irritante. Claro que dá para perder uma discussão. Você mais do que ninguém devia saber disso, porque você perde o tempo todo."

"Como quiser. E eu não joguei você para o escanteio. Nathan ainda pode me visitar e depois visitar você."

"E que tal você apenas me dizer quando e onde eu posso ir encontrar vocês?"

"Cristo do céu."

"Eu consigo descobrir, de qualquer jeito."

"Você está me ameaçando?"

"Você está com medo?"

"Não, não estou com medo", disse Daniel, que estava com medo. "Por que estaria com medo?"

"Bom, para de agir como se estivesse com medo."

"Estar com medo não tem absolutamente nada a ver com isso. Eu só acho que Nathan realmente não precisa do incômodo de estar presente quando a gente se vir sabe lá Deus depois de quanto tempo, só isso."

"Ah. Ok. Bom. A solução é bastante óbvia então, não é?"

"É?"

"Vamos nos encontrar antes. Daí não vai ser a primeira vez, vai?"

Daniel considerou isso, ou antes tentou considerar uma resposta a isso que garantisse que não aconteceria, ao mesmo tempo também garantindo que ele não ficasse parecendo um filho da puta insensível. Ele se perguntou por que estava tão preocupado com o que ele podia parecer o tempo todo, particularmente para alguém de quem tinha bastante certeza de que não gostava.

"Não acho que seja uma boa ideia", ele disse.

"Você não acha."

"Eu não acho."

"Você não acha uma boa ideia."

Cada vez que ela o fazia repetir isso o nível de sua dúvida subia mais alguns graus.

"Realmente acho que não é uma boa ideia", ele disse.

"Por quê?"

Ela estava, é claro, determinada a perguntar isso, mas, no momento em que perguntou, isso se tornou a única coisa que ele se sentiu incapaz de responder. Ele imaginou qual seria a melhor resposta, e lhe ocorreu que, se pudesse desligar suas tentativas automáticas de encontrar a resposta correta e simplesmente oferecer sua verdadeira resposta, fosse ela qual fosse, então todo o processo seria muito mais fácil.

"Eu, ah, eu acho que é cedo demais", afirmou ele terminantemente.

"Sei, então quando seria o momento certo? Me diz, Daniel, qual é a quantidade *apropriada* de tempo?"

"Bom..."

"Não precisa ter pressa para responder."

"Não acho que dê pra medir", ele disse, insistindo. "Está mais para uma sensação. Sinto que não é um bom momento."

Ela fungou, acendeu outro cigarro.

"Tudo bem", disse. "Ótimo."

"Sério?"

"Claro. Se você realmente é tão imaturo, medroso e patético, então não tem nada que eu possa fazer a respeito."

Tudo que ele precisava dizer, pensou, era: *sou mesmo*, e então não teria de vê-la.

"Porque essa é uma reação realmente madura", ele disse.

Ela não respondeu. Estava fumando de um jeito incrivelmente ruidoso.

"Só estou tentando ser sensato", disse ele debilmente.

Sem resposta.

"Muitas pessoas apressam isso", ele disse. "E depois descobrem que é cedo demais."

Pelo som, parecia que ela limpava os dentes.

"Eu não vou voltar atrás só porque você quer alguma coisa."

"Um café", ela disse. "Só um café. Quero ver você dizer não."

Daniel parecia sentir alguma dificuldade em dizer não.

"Quer dizer, eu *posso*", ele disse. "Claro que eu *posso*, a questão é se isso é sensato."

"Você tem toda a razão", ela disse. "Precisa ser sensato. E, ei", acrescentou, "não se preocupe com o Nathan, também. Ele vai entender perfeitamente".

"Entender o quê?"

"Ele vai entender perfeitamente que a gente não podia se encontrar como duas pessoas racionais por ele. Você sabe, ele vai apreciar as dificuldades."

Giggles entrou na sala, se contraiu brevemente, então regurgitou no chão um punhado de biscoitos para gato semidigeridos.

"Merda", disse Daniel, olhando para a sujeira. "Gato maldito."

"Você tem um gato?", disse Katherine rapidamente.

"É, a gente tem um gato. Olha, do que você está falando? Eu vou ver o Nathan. Estou me comprometendo a ajudar. Você pode se encontrar com ele se quiser. A gente está fazendo todo o possível."

"Você não acha", ela disse, "que, depois de tudo que ele passou, o que ele realmente quer é pôr o papo em dia com os amigos, como nos velhos tempos, sem ter que se submeter a algum bizarro sistema de direitos de visita? Não acha que ele ia gostar de simplesmente aparecer, e ver nós dois e conversar sem precisar lidar com todos os *nossos* problemas, que comparados aos dele são insignificantes? Mas não esquenta. Ele te conhece. Sabe que você não consegue separar as coisas. Você tem razão. Pode obrigá-lo a ir de um lado para outro. Fazê-lo se sentir como se ele fosse o incômodo, assim você pode fugir de qualquer coisa que pareça difícil".

Giggles olhou para Daniel com uma expressão levemente tímida, depois começou a ensaiar umas lambidas na pilha de vômito.

"Ok", disse Daniel finalmente. "Você venceu."

Pausa.

"Eu venci?"

"É, você venceu."

"O que eu *venci*?"

"Você venceu, só isso. A gente pode se encontrar."

Outra pausa.

"Bom, não precisa fazer isso se não quiser."

"Ai, pelo amor de Deus."

"Não, sério. Não quero que você faça nada que não queira fazer. Vamos esquecer isso."

"Não, não vamos esquecer. Cristo do céu, Katherine, será que dá pra parar de tornar tudo tão difícil?"

"*Eu?*"

Ele afundou o rosto na mão, derrotado.

"Vamos tomar um café", disse, desanimado. "Vai ser ótimo ver você. Onde quer me encontrar?"

"Bom", disse Katherine. "Já que pergunta..."

Por vários minutos, talvez até uma hora depois de terminar a conversa com Daniel, Katherine foi tomada por uma esquisita sensação de decepção. Talvez, ela pensou, fosse o velho problema da necessidade, da coisa que ela queria evoluindo para algo que era empurrado para ela. Mas era mais do que isso, também. Era, ela pensou, uma sensação de finalização indesejada, até de repetição, e foi apenas depois de uma hora fumando e segurando uma caneca de café entre as palmas das mãos que ela percebeu exatamente qual era o problema: ela imaginara uma saída onde na realidade não havia nenhuma. Qualquer que fosse a porta que tivesse se aberto por sua conversa com Daniel, levava apenas para dentro, de volta a lugares que não tinham mais nenhuma utilidade. Ela passara dias se sentindo aprisionada, imaginando uma libertação, mas, quando a libertação veio, trouxe apenas mais um encontro com a finitude, com os limites do que ela estava preparada para ser. Ela queria, muito de repente e tristemente, ligar para Daniel outra vez, perguntar-lhe coisas. Não eram nem ao menos, pensou, coisas em que estava particularmente interessada, mas ao ouvi-las alguma coisa seria conquistada. Ela queria lhe perguntar sobre ele mesmo; seu emprego; sua namorada, e queria lhe perguntar não porque realmente quisesse saber, mas porque queria que ele soubesse que ela perguntara, que sentisse que ela queria saber. Ouvira amputados dizerem que ainda sentiam coceira no membro faltando. Era assim que se sentia. A irritação de um vazio familiar. Ela pegou seu celular e tocou na foto dele para fazer a ligação. Ele não atendeu. Pensou brevemente se deixava um recado de voz, então desligou, incomodada porque agora ele veria a chamada perdida em seu telefone e sem dúvida interpretaria injustamente como carência ou aborrecimento, ou ambos. Ela se permitiu chorar um pouco, depois meio que trocou a tristeza pela raiva dizendo a si mesma que poderia ter lhe perguntado essas coisas, mas que ele não a deixara porque era um babaca. E era *mesmo* um babaca. Verdade. Afinal de contas, o que ele realmente lhe perguntara? Que expressão de preocupação ou cuidado, por menor que fosse, chegara a mostrar? Mas, também, era difícil dizer. Ela não lhe dera muita chance.

Foi apenas após um considerável período de tempo, durante o qual Katherine continuou a ficar com as mãos em torno da caneca do café agora frio e olhando pela janela para a penumbra invernal cada vez mais espessa, que a compreensão se cristalizou dentro dela de que ia de fato ver Daniel. Não conseguia lembrar muito bem por que quisera vê-lo, e por que, especificamente, quisera forçá-lo a fazer isso, mas parecera desesperadamente importante que o fizesse. Agora que conseguira, ficava surpresa de se ver incomodada pelo medo. Como exatamente *esperava* que sentassem juntos e conversassem? Não era capaz de determinar por que ou em que altura seu equilíbrio delicadamente mantido havia desmoronado. Não houve, afinal, nenhuma transgressão definitiva. Talvez, pensou, esse fosse exatamente o problema. Sem a certeza do imperdoável, eles tinham sido forçados a lidar com a ambiguidade do irreconciliável. Talvez um dos dois devesse simplesmente ter saído e trepado com alguma outra pessoa, pensou, assim ao menos teriam odiado um ao outro apropriadamente. Mas Daniel, é claro, nunca teria feito isso.

O pensamento levou naturalmente a pensamentos de sexo, sobre o qual ela continuava dividida. A ideia a repelia, mas a repulsão era sedutora. À noite, na cama, suas entranhas se contorciam de vida e fome. Em seus sonhos, minúsculas mãos cutucavam os cantos de seu rosto. Não tinha certeza se estava em condições apropriadas para encontrar Daniel. Seu desespero era pulverizado em múltiplas direções. Considerou uma trepada de segurança, então se perguntou onde poderia conseguir uma, agora que Keith estava supostamente curado. Pensou em Claire Demoines com sua meia-calça desesperada e sentiu fortes ganas de magoá-la. A ideia de transar com Keith era revoltante, e exatamente aquilo de que ela precisava.

Ficou à sua espera perto da escada, no trabalho; segurou o pulso dele e puxou o elástico.

"Au", ele gemeu, esfregando o pulso.

"Banheiros quebrados", ela disse. "Cinco minutos."

"Você é maluca", disse Keith.

"Cinco minutos", ela disse, passando a mão em seu pau. "É meter ou correr."

Ela ficou no banheiro quebrado e esperou. Deu-lhe quinze minutos, depois se masturbou e começou a chorar.

De volta à sua mesa, tinha dois novos e-mails, ambos de Debbie.

*Meu Deus, sou só eu ou K é de dar pena?*, dizia o primeiro.

*Desculpe*, dizia o segundo. *Enviei para você por engano.*

O dia em que se encontraram estava frio e muito brilhante. Daniel chegou cedo e, a despeito do ar gelado, pegou uma mesa do lado de fora, para que Katherine pudesse fumar. Combinaram um lugar com o qual nenhum dos dois era particularmente entusiasmado. A neutralidade era crucial. Nenhum deles queria estar em um lugar onde o outro pudesse parecer muito à vontade, ou em um lugar onde ambos houvessem ficado à vontade juntos. Tudo, pareciam concordar, devia ser o mais prosaico possível. A conclusão, de comum acordo, mas nunca discutida, era que iam tentar passar uma duração de tempo razoável sem magoar um ao outro.

Havia uma sensação de segurança em ficar ao ar livre. Ele não se sentia coibido. Sentia que o conceito ideal de "ir embora" era algo que existia a apenas dois passos de distância, sem portas ou obstáculos para se interpor entre eles. Estava usando seu casaco preto de lã, um lenço de caxemira e uma camisa rosa-claro que normalmente reservava para reuniões importantes, mas Katherine não a veria, porque Daniel não pretendia tirar o casaco.

Ele estava, percebeu, flertando com a nostalgia da maneira como geralmente flertava com a doença. Havia alguma coisa nostálgica acontecendo ali. Gostava da ideia, mas não queria se deixar afetar por completo, e não queria que ela se provasse cativante. Algumas coisas, porém, vinham sem ser solicitadas. O primeiro encontro deles, na verdade em nenhum momento descrito como tal, fora para tomar um café. Katherine devotara duas dissimuladas semanas a fazê-lo se sentir desconfortável, culminando com ela aparecendo de forma inesperada em sua mesa e dizendo: "Olha, sei que você quer me convidar para tomar um café, então talvez seja melhor resolver isso logo." Ele não questionara se queria convidá-la para tomar um café até muito depois de convidá-la para um café. Assim era Katherine, pensou. Você fazia coisas, se tornava coisas em incrementos, até finalmente ser reconhecível apenas para ela.

Exatamente dez minutos após o horário combinado ele a avistou vindo pela rua, alguma coisa em seu andar transmitindo nervos à flor da pele. As pessoas abriam espaço sem perceber, afastando-se para o lado enquanto ela seguia em linha reta. Parecia diferente, mas movia-se do mesmo jeito. Seu rosto não acusou o mínimo sinal de reconhecimento nem quando o viu e caminhou em direção à sua mesa. Como costumava fazer, começou a falar antes até que sua voz estivesse ao alcance dele. Tinha uma tendência a aparecer e desaparecer. As pessoas se juntavam a ela no meio de uma frase, era a impressão que passava, e nos termos dela. Estava com novo penteado, ele notou, e um *ethos* ligeiramente menos extravagante no que dizia respeito à maquiagem, como se ocultação, não expressão, fosse agora a principal força motivadora. Ele atribuiu isso à idade. Sob a maquiagem, pensou, ela estava mais velha, e desse modo a base era em um grau infinitesimal mais grossa, como os anéis concêntricos de uma árvore envelhecendo.

"Estou diferente?", ela disse, sentando numa cadeira e pondo as mãos sobre a mesa.

"Não", mentiu ele.

Ela ajeitou o cabelo. "Sério? Você continua o mesmo de sempre, claro."

Ele foi incapaz de dizer se essa afirmação carregava alguma rispidez. Decidiu presumir que tudo que ela dissesse carregava rispidez.

Ela lhe perguntou se pedira alguma coisa para ela. Ele disse que não.

"Será que eu quero um *latte*?", ela disse, olhando por cima do ombro para sabe-se lá o quê.

"Não faço ideia."

Ela recostou na cadeira, acendeu um cigarro e lhe disse que ia querer o mesmo que ele. Ele sinalizou para a garçonete e pediu, com um olhar ligeiramente arregalado, que esperava que proporcionasse um efeito cômico, que trouxesse dois cafés pretos. Então a garçonete se afastou, e Daniel voltou a olhar para Katherine, que estava agora tragando seu cigarro e pestanejando os cílios de um modo estranhamente ameaçador. Ele tinha, percebeu, esquecido esses detalhes a seu respeito. O nível de antipatia que emprestava ao ato de fumar, por exemplo; a facilidade com que podia reverter um sorriso em uma ameaça, um bater de cílios ao começar uma discussão.

"Por que você faz isso?", ela disse.

"Isso o quê?"

"Faz essas coisas com pequenos gestos."

"Que pequenos gestos?"

"Tipo você arregala os olhos ou ergue as sobrancelhas ou qualquer coisa assim, como se eu fosse completamente louca ou difícil e você quisesse comunicar para a garçonete ou sei lá quem que você tem consciência de que eu sou louca ou difícil mas está tentando me manter numa espécie de equilíbrio então por favor só fique sabendo. Ou tipo você diz café preto com essa expressão meio dando a entender que *a gente vai precisar*, como se a experiência toda fosse incrivelmente exaustiva. Somos só dois velhos amigos se encontrando para um café, sabe? Não estamos arregaçando as mangas para um trabalho chato nem nada assim."

Ela parou, rolou os olhos e ergueu a mão.

"Desculpa", disse. "Vou me esforçar mais."

O café chegou. Daniel tomou o cuidado de não fazer contato visual com a garçonete. Katherine tomou o cuidado, ele notou, de não prestar atenção se ele fazia contato visual com a garçonete.

"Você ainda fuma", ele disse.

Ela soprou fumaça por sobre o ombro. "Me poupe da sua piedade", ela disse.

"Ok."

"Gostei do seu cabelo."

"Sério?" Ele passou a mão pelo cabelo. "Não sei se está bom."

"Sabe, sim", ela disse. "É só que você sempre fica com um pouco de vergonha de gostar de algo que encara como superficial."

"Me pegou", disse ele.

Ela entrecerrou os olhos, chegou mais perto, manteve-se nessa posição por uma fração a mais do que seria confortável. Ele experimentou o olhar dela sobre ele como uma sensação física, como um hálito contra a penugem de cabelos em sua nuca.

"Eu me enganei", ela disse categoricamente. "Você mudou."

"Como assim?"

Ela sorriu, bebericou seu café, fez com que esperasse.

"Você está feliz", disse, como se fosse um diagnóstico.

Daniel pensou sobre isso com um grau de paranoia que esperava que não fosse patentemente óbvio. Não tinha certeza exatamente do que deveria dizer e assim apenas sorriu e balançou a cabeça e encolheu um pouco os ombros, como que dizendo: *Ei, o que eu posso fazer?* Então ele sentiu seu rosto mudar de um jeito que sem dúvida era patentemente óbvio, porque ele viu o rosto dela mudar quando ela viu isso.

"O que foi?", ela disse.

"Nada", disse ele. "Acho que estou."

"Feliz?"

"É. Até certo ponto."

Ela sorriu.

"E você?", ele disse.

Ela inclinou sua xícara para um lado e para o outro, franzindo o rosto. "Esse café é meio medíocre, não é?", disse. "Como se estivesse tentando ser um bom café, mas sem conseguir."

Daniel se perguntou mais uma vez se isso era alguma espécie de cutucada. Tudo parecia anormalmente pesado. Ele sentiu como se ela estivesse passando afirmações para ele através da mesa e lhe pedindo para pesá-las nas mãos a fim de ver se eram verdadeiras.

"Acho que passou um pouco do ponto, na hora de tirar", disse.

"Você acha mesmo?"

"Um espresso deve levar entre dezoito e vinte e um segundos pra ser tirado. Menos que isso fica muito aguado. Mais que isso, muito amargo."

"Isso é café de coador."

Daniel olhou para sua xícara.

"E não é que é?", disse, mortificado.

Katherine deu sua risada que era uma imitação de risada. Daniel disse: "Enfim."

"Enfim", ela disse, olhando para o lado e para longe, do outro lado da rua, onde uma criança de calças largas parecia estar fazendo uma birra daquelas. "Que inferno. De *onde* vêm eles todos?"

"Quem?"

"As crianças. Quem anda tendo todos esses filhos? E por quê?" Ela realizava o equivalente conversacional de alguém puxando o freio de mão. "Porra, você não está pra ter filhos, está?"

"Não que eu saiba."

"Você quer ter?"

"Um dia", ele disse.

Do outro lado da rua, a mãe do menino fazia o velho teatro de dizer que ia embora para casa e que o menino podia ficar ali se quisesse, mas que ela esperava que ele soubesse o caminho de casa, porque ela ia embora e ele teria de achar o caminho sozinho.

"Continua no mesmo trabalho?", disse Daniel.

"Continuo. Vi que você subiu na vida."

"Anda me pesquisando no Google?"

"Vi você no jornal."

Ele se contorceu na cadeira. "É. Isso acontece periodicamente."

"Você parece estar se saindo muito bem."

O café de ambos havia acabado, mas eles continuavam pegando suas xícaras e bebericando.

"Eu vivo tendo esses sonhos", disse Daniel. "Eu acordo achando que fui descoberto, que todo mundo percebeu a fraude que eu sou."

"Como assim, tipo que você não é realmente bom no seu trabalho?"

"Tipo que eu sou na verdade horrível nele."

Ela balançou a cabeça; olhou para ele de um modo surpreendentemente equilibrado. "Mas você é bom no seu trabalho, não é?"

Ele ficou brevemente aturdido; deu outro gole em coisa alguma. "Sou", disse. "Certamente não sou ruim."

"Eu queria fazer alguma outra coisa", ela disse.

"Então faz."

Ela rolou os olhos. "Estou naquele lugar", disse. "Vou dormir dizendo amanhã procuro outra coisa, daí acordo de manhã e só o que eu consigo fazer é sair para trabalhar e continuar na mesma."

"É", disse Daniel, observando a criança levar três segundos para sair correndo atrás da mãe, que caminhava muito devagar pela rua. "Todo mundo já passou por isso." Ele ergueu a xícara. "Mais um?"

"Quer comer qualquer coisa?" Ela examinava o cardápio, parecendo de algum modo interessada e desinteressada ao mesmo tempo.

"Eu podia beliscar alguma coisa, com certeza."

"Que tal dividir uma dessas porções?"

"Tipo o quê?"

"Tipo uma dessas tábuas que vêm com pão, azeitona e azeite e algum patê misterioso. Você sabe. Estou com vontade de pedir uma, mas não consigo comer uma inteira."

"Por mim parece bom."

"Não precisa pedir só porque estou pedindo."

"Não. Parece bom. Estou mesmo com uma certa larica."

"Sempre achei essa palavra engraçada. Larica."

"Vem do latim, *laricus*, significa disponibilizar uma pequena área da barriga para um patê misterioso."

Ela ficou impassível. Era questão de orgulho não rir das piadas alheias.

"Vamos precisar de um barco maior, Roy", ela disse.

Ele deu uma gargalhada. Lembrou que encontrar algo em coisa alguma era algo de que ambos haviam sido adeptos um dia, para o bem ou para o mal. Parecia pertinente, ele achava, rir de uma coisa que não tinha o menor significado quando era dito por alguém a quem um dia ele atribuíra significado em excesso.

Katherine chamou a garçonete, acenando e dizendo oi.

"Acho que ela escutou", disse Daniel.

"Ótimo", disse Katherine. "Odeio quando a pessoa te ignora."

A garçonete parou um pouco acanhadamente junto à mesa deles. Katherine pediu mais dois cafés e uma tábua de pães e patês. Daniel sentiu vergonha de estar com frio, como se isso fosse de algum modo uma admissão de fraqueza. Do outro lado da rua uma mulher de idade numa abundância de roupa acolchoada estacionou seu carrinho de feira ao lado de um banco e baixou cautelosamente até conseguir sentar. Daniel percebeu que estava se sentindo um pouco furtivo. Ele ficava checando os rostos dos demais fregueses quando chegavam e saíam, temendo ser reconhecido.

"Como vai sua vida amorosa?", ele disse, sem o menor motivo.

Ela lhe deu uma fuzilada em lugar de uma resposta.

"Bem assim, hein?"

"Não fique se achando", ela disse.

"Desculpa", ele disse. "Não estava."

"Então por que pediu desculpa?"

"Tipo, desculpa se eu dei essa impressão."

"Você é mestre em falsidade, sabia?"

Ele decidiu presumir que isso não exigia uma resposta.

"Homens", disse Katherine categoricamente. "Que se fodam."

"Às vezes eu sinto falta de estar solteiro", disse Daniel. Não fazia ideia se isso era uma afirmação honesta.

"Claro que sente", ela disse. "Isso é o que acontece quando a pessoa é feliz."

Daniel ficou com aquela sensação paralisante outra vez. Piscou.

"O que foi?", disse Katherine.

"É o jeito de você dizer", ele disse, sem ter muita certeza de que isso não levaria a uma discussão.

Ela deu aquela pestanejada de cílios outra vez, puro gelo. Então abriu seu pequeno sorriso sutil que de algum modo deixava de envolver os olhos, como que o convidando educadamente a irritá-la.

"Como devo dizer?"

"É só que nunca conheci ninguém que pusesse tanto desprezo na palavra feliz", ele disse. "E nunca consegui me decidir por que era assim: se você simplesmente não acredita no conceito todo ou se é mais que você odeia a ideia de outras pessoas experimentando algo que você não consegue sentir."

Ele ficou quieto enquanto suas entranhas passavam por um movimento tectônico.

"Quero ir logo dizendo que isso não soou tão ruim assim na minha cabeça", acrescentou.

"Não", ela disse, "tudo bem. É um comentário justo".

Ele queria dizer, com alguma incredulidade: *É?* Pensou duas vezes e não abriu a boca.

"Quer dizer, eu entendo, claro", ela disse, entrecerrando os olhos ligeiramente, como se pudesse ver a distância o que queria dizer e estivesse tentando pôr em foco. "Eu entendo por que as pessoas querem isso, mas, sei lá. É insuficiente pra mim."

"Felicidade é insuficiente pra você? Isso é uma afirmação séria?"

"Você já me viu alguma vez fazendo uma afirmação que não fosse séria?"

"Bom, tenho que admitir que não."

"Ok, então não pergunte."

"Tudo bem."

"Enfim", ela disse. "Tenho pensado ultimamente que toda essa tentativa de ser feliz torna as pessoas meio que infelizes, então estou experimentando não tentar ser feliz."

"E como tem funcionado?"

Ela arqueou uma sobrancelha. "Tem seus momentos." Passou a mão pelo ar, como que varrendo a conversa da mesa. "Sei lá", ela disse. "Você parece feliz de verdade, e isso é bom."

"É", ele disse, após uma pausa diplomática. "Acho que é."

"É a coisa hippie que faz você feliz?", disse Katherine, com um sorriso que não era inteiramente desprovido de hostilidade.

"Em parte", ele aquiesceu.

"Você não parece muito hippie", ela disse.

"Isso porque não sou."

"É uma situação tipo Romeu e Julieta? A família dela não te aprova porque você usa terno?"

"Os pais dela são ótimos."

Katherine pestanejou. Daniel se perguntou se ela tomara seu comentário como uma insinuação sobre a mãe dela. Perguntou-se se devia esclarecer, mas também um esclarecimento seria arriscado, porque ela talvez não tivesse pensado nisso de forma alguma até ele ter tentado esclarecer, e nesse momento ela pensaria na mesma hora. Considerou o que julgou ser uma sutil mudança de assunto.

"Como está sua mãe?", ele disse.

"Sutil", respondeu Katherine.

"Não tive intenção de..."

"Ela continua como sempre, vamos pôr dessa forma."

"Ok."

"Imagino que eu meio que me preocupe com ela agora", disse Katherine. "Eu ainda fico irritada com ela e tudo o mais, mas às vezes apenas percebo que fico triste por ela e espero que esteja bem."

Daniel balançou a cabeça.

"Como vai seu pai, falando nisso?", disse Katherine.

"Vai e volta", respondeu Daniel.

Foi a vez de Katherine balançar a cabeça. Estavam ambos, notou Daniel, fazendo um bom esforço em se mostrar pessoas compreensíveis.

"Ele lembra de você?", disse Katherine.

"Na maior parte do tempo."

"Acha que ia lembrar de mim?"

Ela parecia franca, um pouco temerosa. Tinha um problema com ser esquecida. Todo mundo, pensou Daniel, tem um problema com ser esquecido. De muitas maneiras era por isso que estavam agora, na hora do almoço, trocando futilidades.

"Não", ele disse, honestamente.

"Isso é horrível."

Ele riu. "Eu *sei*", disse, com grande afetação. "Toda aquela fabulosa Katherinedade perdida."

"Não foi isso que eu quis dizer", ela disse.

"Eu sei. Só estou provocando."

A comida e o café chegaram. Eles ignoraram. Na rua, do outro lado da corda que demarcava a área do restaurante, pessoas como eles iam e vinham. Daniel ficou imaginando que tipo de coisa as preocupava conforme caminhavam: os telefonemas que não tinham feito; os telefonemas que não tinham recebido; as minúsculas decepções de um dia normal. Um casal jovem passou uma câmera para um casal idoso e pediu que tirassem uma foto. A garota usava um moicano azul; a mulher velha tinha o cabelo azulado. Momentaneamente, foi como se o jovem casal estivesse dando a câmera para seus futuros eus. Daniel olhou para Katherine, essa mulher que ele conhecia tão bem. Bem demais, na verdade, para agora conversarem. Ele queria lhe dizer que ela era sortuda, de certa forma, por estar em uma posição em que ainda podia aspirar a mais coisas, em vez de simplesmente recear a perda do que já possuía.

Ela deu um gole em seu café e o observou por cima da borda da xícara. Por um segundo ele a observou observando-o. Sentiu um desconforto indefinido e ficou com vontade de ir embora.

"Então", ele disse. "Nathan."

"Ah, é. Nathan."

Dizer seu nome soou como uma conquista.

"Qual é o plano?", disse Katherine.

"Como eu vou saber?"

"Bom, você é o planejador."

"O que isso quer dizer?"

"Você planeja. Você faz planos. Sei que nunca age sem planejar."

"A gente precisa mesmo de um plano?"

Ela ergueu as mãos. "Ei, você me conhece. Se o plano é que a gente não precisa de um plano, então por mim tudo bem. A questão é: e você?"

"Preciso", disse Daniel. Isso acabou soando como uma pergunta.

Ficaram em silêncio outra vez.

"Merda", disse Daniel depois de algum tempo. "Puta que pariu."

"Bem", disse Katherine. "Não é a verdade?"

"Eu fico pensando", disse Daniel.

"Naturalmente."

"Sabe."

"Tenho certeza de que não tinha nada que a gente pudesse ter feito."

Daniel se sentiu espreitado outra vez; ensombrecido. Alguma coisa inominável e quente roçava suavemente sua nuca e enfiava um dedo aracnoide por seu umbigo, dentro de sua barriga. Era o tipo de horror que o despertava à noite e o fazia sair do quarto e descer ao andar de baixo antes de amanhecer. Seu pai ia esquecer tudo e morrer.

"Essa é a frase", ele disse. "Essa é a frase que não para de me ocorrer. Se não tinha nada que a gente podia ter feito, então será que tinha alguma coisa que alguma outra pessoa podia ter feito?"

"Por que a gente vai se preocupar com isso? Sempre tem alguma coisa que alguma outra pessoa podia ter feito."

"Mas e se só significar que a gente devia ter sido outra pessoa?"

"Hein?"

"Deixa pra lá", ele disse. "Acho que eu não quero pensar nisso, de qualquer maneira."

Começou a explorar os petiscos. Alguns eram crocantes; outros, semilíquidos. Katherine deixou seus dedos pairando acima do patê, depois aparentemente mudou de ideia.

"Eu sei o que você quer dizer", ela disse.

Daniel balançou a cabeça. "Acho que a gente teve essa conversa na época."

"É. Não tem nada realmente novo a ser dito, tem?"

"Eu fico pensando", disse Daniel.

"Olha", disse Katherine. "Talvez não houvesse como ajudar, sabe? Ele estava numa pior. Ele sempre teve essa propensão ou sei lá o quê. Merda. Não consigo lembrar quantas vezes ele ficou esquisito. Não é? Quer dizer, não me leve a mal, mas não vou ficar me rasgando de culpa só porque o Nathan tentou se matar." Ela pegou um pão sírio. "Sei muito bem que essa última frase não caiu muito bem", disse, mastigando.

"Ele diz que não tentou se matar", disse Daniel.

"Tanto faz. Se matar. Se cortar. Dá na mesma."

Um homem na mesa ao lado desdobrou um jornal. A manchete dizia: EXERCÍCIO DIÁRIO DIMINUI RISCO DE MORRER.

"Isso não tem gosto de nada, né?", disse Daniel, referindo-se à comida.

Katherine deu de ombros.

"Então", disse ela. "Toda essa história das vacas. Isso afeta você?"

"Bom, as pessoas acham que sim, então, para todos os propósitos, sim. Isso que é bom em relações públicas. Não interessa se você fez alguma coisa errada ou não. É o que as pessoas pensam que conta."

"A loucura do povão e esse tipo de coisa."

Daniel fez que sim. "Um trabalho dos diabos, tentar manter a racionalidade do povão."

Katherine rolou os olhos. "Que herói", disse.

"Só estou dizendo. Falando nisso, e você? Ser gerente de instalações não é basicamente o mesmo? Você não precisa reequilibrar as percepções equivocadas de risco das pessoas?"

"Basicamente. E escutar as reclamações."

O mecanismo da conversa deles entrou num ritmo mais lento. Eles beliscaram os petiscos, olharam um para o outro e em torno até que um dos dois fosse capaz de voltar a dar corda. Era estranhamente confortável. O silêncio nunca fora de fato um problema entre eles. Eram todas as coisas que diziam que constituíam o problema. Todos aqueles clichês estúpidos sobre coisas permanecendo sem serem ditas, pensou Daniel. Os ingleses empertigados, conservadores, e seu jeito reprimido. Alguma parte disso ainda era realmente verdade? Parecia-lhe que havia muito pouco que ele e Katherine não tinham dito um para o outro a certa altura, sendo esse o motivo pelo qual seus silêncios tendiam a ser confortáveis. Chegou um ponto em que era um alívio não dizer nada.

Mas então o alívio passou, e houve apenas, outra vez, a pressão de falar.

"Mas a gente pode apenas ser normal, certo?", disse Daniel.

"Por que não seríamos?"

"É o que estou dizendo pra mim mesmo, na verdade", disse Daniel. "Não sei por que disse em voz alta. Eu... É esquisito. Tudo é esquisito."

"Isso é esquisito?"

"Um pouco."

"Mas você sempre presumiu que a certa altura a gente se encontraria para pôr o papo em dia? Não é?"

Daniel encolheu os ombros. "Sei lá. Quer dizer... Talvez não. Sabe como é... Águas passadas, essas coisas."

"Você não estava curioso? Nunca pensou, ei, o que será que a Katherine anda fazendo?"

"Eu teria mandado um e-mail."

"Um *e-mail*?"

"Qual é o problema disso? Meu Deus."

"Nada", ela disse. "Problema nenhum."

"Não diga que não é nada quando é alguma coisa. Você sabe que eu odeio isso. Se tem alguma coisa, diz."

"Não é nada."

"Ok, tudo bem, não é nada."

Daniel estava morrendo de frio, e fazendo um péssimo trabalho em ocultar como estava sentindo frio. Ele percebeu que Katherine estava gostando de vê-lo tremer. A coisa toda era fútil, ele pensou, completamente fútil. Sempre fora fútil e continuaria sendo fútil até finalmente ambos desistirem de fingir que era outra coisa além de fútil. Isso não era uma revelação que ele apreciava. Por algum motivo, o significado lhe escapava, queria que isso, tudo isso, tivesse algum tipo de razão de ser.

"Enfim", disse Katherine. "Vamos só ser nós mesmos."

"Perfeito", disse Daniel.

Katherine inspecionou a tábua.

"Acho que pra mim já deu", ela disse.

"É", disse Daniel, olhando o relógio. "Acho que é melhor eu..."

"Preciso passar no banheiro antes de ir", disse Katherine, ficando de pé. "Tchauzinho." Ela pegou sua bolsa.

"Não, não", disse Daniel. "Eu pago. Pode deixar."

"Vamos rachar, pelo menos."

"Não, sério. Essa é minha."

"Bom, obrigada."

"De nada."

"Enfim", ela disse. "Foi legal."

Daniel balançou a cabeça. "É mesmo. Foi bom ver você, Katherine."

"Bom ver você, Daniel."

Ela se curvou para a frente e o beijou na bochecha. Ele segurou seu ombro brevemente, desajeitado. Nunca sabia se devia tentar a outra bochecha também. Aconteceu de esse ser um beijo de uma bochecha só.

"A gente se vê no sábado", disse Katherine.

Daniel fez que sim. "Se cuida", disse.

Ela entrou no restaurante e ele recostou na cadeira, beliscando distraidamente da tábua quase intocada, o mundo ao mesmo tempo irreconhecível, estranho; a sensação de nostalgia à qual ele antes se recusara a sucumbir de repente muito atraente. Podiam ter conversado sobre os velhos tempos, pensou. Podiam ter rido juntos. Até mesmo ter gritado um com o outro teria sido mais reconfortante.

Ele pegou o celular e ligou para seu pai.

"Pai", disse. "Como estão as coisas?"

"Hum...", disse o pai. "Não sei."

Daniel decidiu ignorar isso e foi em frente. "Só liguei pra dizer, adivinha quem eu acabei de encontrar?"

O pai de Daniel pensou por algum tempo. "Não sei", disse.

"Katherine", disse Daniel. "Lembra da Katherine? Ela mandou um beijo."

"Quem é Katherine?", disse o pai de Daniel.

"Katherine", disse Daniel. "Você lembra da Katherine, não lembra? Ela foi minha namorada, mas depois a gente se separou. Você sempre achou que ela era divertida. Ela tinha..."

Parou, se perguntando agora se isso não seria desnecessariamente cruel. Pensando pelo bem de quem ele estava realmente ligando, afinal?

"Enfim", disse. "Ela mandou um oi. Só liguei pra dizer isso."

"Oi", disse o pai de Daniel.

"Oi", disse Daniel, e desligou.

Aqui estamos todos, pensou, esquecendo uns aos outros.

Viu Katherine deixando o restaurante. Precisava mijar antes de ir, mas não quisera voltar a encontrá-la ali dentro.

Deixou algum dinheiro sobre a mesa e atravessou o restaurante até o banheiro. Havia apenas um. Entrou e ficou ali por um momento, perturbado em ver como ainda cheirava ao cocô de Katherine. Isso, ele pensou, era o odor de uma vida juntos; o cheiro dos corpos e do tempo. Trancou a porta. Quanto mais aspirava o ar, menos conseguia sentir o cheiro. Abaixou a calça e sentou na privada, vendo que ainda estava quente. Ali, em um banheiro público, absorvendo o cheiro da merda de sua ex-companheira, ele pensou muito claramente em seu pai; nas coisas que estavam acabando e sumindo; nas coisas em que esperamos nos agarrar mesmo quando podemos sentir que as deixamos escapar, e soluçou, e inspirou profundamente, e soltou o ar pelo nariz e mijou.

Katherine deixou o restaurante andando rapidamente, mais leve por ter vomitado e feito cocô, mas ainda se sentindo um pouco estufada e pesada. As pessoas não estavam saindo da sua frente. Ela deu um encontrão de ombros com duas e escapou de uma terceira por muito pouco.

Queria saber qual fora a sensação de ver Daniel outra vez. Embora não tivesse sido capaz de dizer, de antemão, como se sentiria, havia naturalmente presumido que teria clareza da sensação depois do acontecido e que isso iria, por sua vez, deixar mais claras as coisas que sentira desde que se separaram. Na realidade, porém, tudo foram trevas e escuridão.

No escritório, ela prendeu o casaco na porta giratória. Quando chegou à sua mesa, sentiu como se tivesse levado uma prensa de capangas. Foi ao banheiro e ajeitou a roupa. Sentiu os olhos carnudos. Curvou-se sobre a pia, com ânsia, mas nada veio. Ela e Daniel, não conseguia parar de pensar, tinham sido felizes. Estava certa disso. Não tinham? Não tinham sido felizes? Se tinham, ela não conseguia lembrar como, ou exatamente quando.

De volta à sua mesa, decidiu-se por um treinamento de incêndio. Saiu para o corredor e enfiou sua chave no sistema de alarme. A sirene foi agradável. As pessoas resmungavam quando passavam.

"Mais uma vez com isso?"

"Regulamento."

"A gente fez um na semana passada."

"Agora estamos fazendo um esta semana."

"Em geral é na quinta."

"Não é uma simulação se você sabe quando vai acontecer, não é?"

Lá fora, os funcionários batiam papo e fumavam em grupos, encolhidos de frio, mudando o peso do corpo de um pé para o outro e se apresentando com outros andares. Katherine os deixou ali fora pelo maior tempo possível enquanto inspecionava o prédio. O tempo de reação fora pobre. Metade teria morrido. Havia, ela pensou, alguma coisa auspiciosamente darwiniana em treinamentos de incêndio.

Ela saiu e anunciou com grande satisfação que metade deles estavam mortos.

Depois, encontrou Keith diante do armário de almoxarifado, escolhendo um novo elástico.

"Para quem você contou?", ela disse.

"Ei", disse Keith. "Devagar com a hostilidade, hein?"

"Para quem você contou?"

"Ninguém. Minha terapeuta. Claire."

"Estou grávida", ela disse. "É seu. Vou matar com minhas próprias mãos."

Ele ficou olhando para ela com ar apalermado, balançando-se ligeiramente. Então deu risada. Então olhou para o rosto dela e parou de rir.

"Merda", disse.

Ela o deixou ali, os elásticos de três tamanhos diferentes pendendo frouxos de seus dedos, ignorados.

Para Nathan, a sensação de sair era ao mesmo tempo bizarra, desconfortável e estranhamente sedutora. Ele "saíra" antes, é claro — perambulando pelas ruas perto da casa de seus pais; parando no Rover para uma Guinness —, mas chegar ao centro de uma cidade era um novo tipo de exposição. Ele se esquecera do temperamento incontrolavelmente desagradável do consumidor médio de fim de semana: a determinação férrea misturada ao compromisso constante, penoso. Pais e mães paravam diante de lojas de departamento para gritar com seus filhos e cônjuges. Homens e mulheres de idade moviam-se com cuidado em meio a um campo minado de pedintes de instituições de caridade, pregadores itinerantes, sujeitos maltrapilhos vendendo papagaios em miniatura, titereiros, artistas de rua, mulheres imóveis pintadas de prateado, mendigos, barracas de comerciantes e jovens de olhar entediado distribuindo folhetos de liquidações.

Nathan nunca enxergara o valor dos produtos ou do procedimento pelo qual eram adquiridos. Da última vez que saíra para fazer compras, fora sob coerção, pouco antes de se retirar para seu tratamento. Sua mãe o levara à John Lewis para renovar seu guarda-roupa. Ela liderara o ataque no departamento de roupas masculinas, puxando cardigãs e calças de veludo cotelê das araras; pregando o evangelho das camadas enquanto segurava suéteres diante de seu peito e entrecerrava os olhos. Tudo o deixava com uma aparência pálida. Quando terminaram foram buscar o pai de Nathan na lanchonete e começaram o ritual de desembainhar o Mastercard, reunindo-se junto à máquina de cartão com a relutância grave mas digna que seria de esperar de dois líderes mundiais prestes a inserir seus códigos nucleares. Imaginando que a oportunidade pudesse não se apresentar novamente, e talvez já visualizando um momento em que a informação seria útil, Nathan observara seu pai conforme digitava, devagar e com excessiva deliberação, cada um dos quatro números da senha do cartão de crédito. Só o fato de saber o código, Nathan se lembrava agora, lhe dera uma sensação de possibilidade.

Sentiu que precisava prestar muita atenção aonde estava indo. Não se enfiava numa multidão desde a última festa. Rostos inchavam diante de seus olhos; ameaçavam colidir; depois sumiam. Ele se lembrou de ter caminhado até o centro da muvuca de gente dançando depois de ter conversado com Katherine, vagamente ciente de tapinhas nas costas e congratulações, sentindo-se de repente profundamente incapaz de se mexer e desse modo apenas ficando ali parado, sentindo que tudo e todos se moviam ao redor dele e se afastavam.

Tentou se lembrar da última vez que estivera ali. Nenhuma memória isolada veio à tona. Aquelas visitas, e as noitadas em torno das quais estavam centradas, sempre haviam sido muito parecidas. Katherine cozinhava e Daniel arrumava a mesa. Em geral, já estavam a um copo ou dois de vantagem quando Nathan chegava. Podiam ser engraçados, ele se lembrava. Podiam estimular um ao outro ou derrubar o astral um do outro. Num dia bom, valiam-se de uma energia em comum. Num mau dia, lutavam pelo ar rarefeito. Às vezes Nathan achava que estava sobrando. Frequentemente, sentia-se como um público muito necessário. Daniel gostava quando Nathan trazia drogas. Ficavam bêbados ou chapados antes mesmo que a comida tivesse ido para o forno. Mais tarde, Daniel apagava e deixava Nathan e Katherine sozinhos, conversando até tarde da noite, um tentando ser mais profundo do que o outro. Tornou-se uma espécie de centro de gravidade, Nathan lembrava. Seus sentimentos foram moldados com visitas sucessivas. Ela se esparramava no sofá e abria o coração, sua cabeça virando ocasionalmente na direção dele, seus pés descalços batendo suavemente ao ritmo da música no aparelho de som. Nathan começou a assumir um maior controle do resultado da noitada. Enchia o copo de Daniel sem que ele pedisse; passava o baseado mais vezes a Daniel, para que ele ficasse mais chapado. Observava suas pálpebras ficando pesadas, sua cabeça baqueando, o sangue sumindo de seu rosto. Não era algo de que se orgulhava.

A livraria ficava numa travessa da praça central. Nathan parou diante da vitrine e examinou um display com o livro de sua mãe. Tinham feito um pôster com a imagem da capa. Lá estava ela, sua mãe, inflada numa escala antinatural, olhando sabe lá Deus para o quê, com uma expressão semelhante à de mulheres em anúncios de creme vaginal: ferida, ligeiramente aflita, porém aliviada de uma irritação que atormentava a sua vida.

Ele entrou, pegou um exemplar e levou ao balcão.

"Quantos desse você tem?", perguntou à atendente.

"Quantos?"

"Quantos exemplares?"

"Ãhn", ela pareceu prestes a fazer mais perguntas, mas Nathan exibiu uma expressão facial que a dissuadiu. Ela escaneou o código de barras e verificou o estoque em sua tela. "Treze exemplares na loja", disse. "Mas estão vendendo rápido. O senhor já leu?"

"Vou levar todos os treze, por favor", disse Nathan.

"Como é?"

"Por favor, pegue todos os treze exemplares que você tem nesta loja e me traga aqui para que eu possa comprar."

Ela obedeceu, então lhe perguntou como queria pagar.

"Cartão de crédito", disse ele, com extrema satisfação.

Dada a postura abstêmia com o cartão, pensou, levaria semanas para que seus pais olhassem na gaveta da escrivaninha e percebessem o sumiço.

Ele guardou os livros em quatro sacolas de plástico e as carregou pelo centro da cidade. Estava imbuído de um senso de propósito que era quase sagrado. Visualizou a sensação de não mais carregar os livros e inchou um pouco por dentro.

Parou na Tesco para comprar vinho. Cada item isolado na loja parecia ser parte de algum tipo de oferta. Ele se deu conta de que não fazia a menor ideia de como escolher uma garrafa de vinho. Facetas inteiras do mundo pareciam fora de alcance, incognoscíveis. As pessoas comiam andando pela loja. Quando seus filhos começavam a chorar elas os encorajavam a comer. Em cada corredor havia pelo menos uma criança soluçando guturalmente entre os restos murchos de um Snickers.

Comprou um branco e um tinto, então levou as garrafas ao sistema de autoatendimento, que lhe pediu para esperar enquanto alguém verificava sua idade. Uma adolescente surgiu do grupo de atendentes, mediu-o de cima a baixo e digitou um código na tela. Ocorreu a Nathan com certa convicção que ele não era mais um jovem.

Foi com os livros, os vinhos e sua bolsa de lona para a rua e atravessou a cidade até o rio, onde começou a tirar os livros, um a um, das sacolas e a arremessá-los nas profundezas turvas. Eles boiavam brevemente entre equipamentos de pesca e sacolas anônimas de plástico que passavam flutuando. Depois de três ou quatro livros terem caído na água, começou a arrancar as páginas antes de jogá-los. Viu parágrafos de seu passado sendo levados pelo vento, para longe.

Percebeu que seu telefone tocava. Olhou para a tela e atendeu, porque é claro que ela ligaria agora, bem quando estava fazendo aquilo.

"Nathan", disse sua mãe.

"Mãe", disse ele arremessando meio livro quase até a outra margem do rio.

"Nathan. Onde você está?"

"Eu saí. Falei para o papai."

"Mas quanto tempo você vai ficar fora?"

"Não faço ideia."

"Isso tem a ver com o programa de televisão? Você está nervoso, Nathan? Porque eu fico nervosa de achar que você está nervoso. Fico mesmo."

"Não estou nervoso."

"Não quero que fique nervoso."

"Não estou."

"Quer dizer, Nathan. É realmente importante para mim. Odeio pensar que você está ficando nervoso."

"Não tem nenhuma necessidade de achar que estou nervoso."

"Sério, Nathan? Porque a gente fica preocupado, seu pai e eu. Acho que é muito injusto você deixar a gente preocupado desse jeito."

"Vocês não deviam se preocupar."

"Era para a gente estar cuidando de você."

"Eu sei."

"Como a gente pode cuidar de você se você sai andando por aí e a gente não sabe onde você está?"

Ele enfiou o celular sob a orelha de modo a conseguir arrancar mais facilmente a capa do último livro.

"Não podem", disse. "Não espero que façam isso."

"Bem, com o devido respeito, Nathan, suas expectativas não são a questão aqui."

Ele encerrou a conversa; desligou o telefone. Rabiscara o endereço de Daniel num pedaço de papel e rumou para lá.

Quando chegou a hora combinada, Daniel estava prostrado no sofá, após vivenciar o que só podia conceber como uma crise de maturidade. Ele se dera conta de que não tinha ideia de como fazer aquilo, ter gente em volta dele, e se pegara, a meio caminho numa tática de terra arrasada da faxina doméstica, desejando muito fortemente que Angelica estivesse ali. Não era tanto que ela teria sabido o que fazer, era antes que teria feito o que fosse necessário ser feito sem nem pensar a respeito.

Os arranjos não seguiram de acordo com o planejado. A limpeza da casa, que entrara num estado de decadência nos poucos dias que ele a ocupara sozinho, levara muito mais tempo do que pretendera, e no fim do processo, ao guardar o esfregão e o aspirador de pó e considerar se pegava uma cerveja, lembrou que não arrumara a cama do hóspede, e, após ter feito a cama, percebera que não pensara sequer por um segundo nos bebes ou, falando nisso, nos comes. Será que eles esperavam que cozinhasse? Não mencionara comida, especificamente, mas é claro que convidar pessoas a sua casa para uma reunião ou, no caso de Nathan, para passar a noite (meu Deus, ele pensou subitamente, Katherine não estava achando que ia ficar a noite toda, estava? Não, ele seria firme. Se necessário, chamaria um táxi para ela) basicamente significava que precisavam ser alimentadas. Não havia, pensou ele, a menor possibilidade de que cozinhasse, não só porque sua comida não era grande coisa, como também porque achou que cozinhar para Katherine e Nathan parecia encerrar uma gravidade e pressão — para não mencionar uma atmosfera de surrealismo — tão esmagadoras a ponto de possivelmente fazer soçobrar toda a precária noitada.

Ele conseguira passar no supermercado e comprara vinho e cerveja e um sortimento de petiscos que cobria toda permutação possível de batata: frita; processada; com maionese. Então voltara; se trocara; desempacotara as compras e estabelecera uma posição de relativa calma no sofá, bem a tempo de tirar as questões logísticas da cabeça e se dedicar ao negócio sério de se preocupar com todos os demais aspectos da noite com os quais conseguira bastante exitosamente não se preocupar, ao estrategicamente se preocupar com outras coisas, como fazer o banheiro cheirar melhor e se, nos tempos modernos, as pessoas podiam de fato se sentir confortáveis com um vinho de tampa de rosca.

Em volta dele, pensou, pela rua e no mundo afora, outras pessoas, outros adultos, estavam fazendo tudo isso com uma facilidade funcional, quase ritualística: acendendo velas votivas, servindo tigelas de petiscos japoneses crocantes, encontrando um volume apropriado para a música eletrônica que não atrapalhasse e ficasse no meio-termo, e esse mero pensamento fez Daniel se sentir basicamente como se estivesse na virginal idade de dezessete anos, quando costumava andar pela cidade e olhar para os adultos de todas as formas, tamanhos e níveis de atratividade e pensar: *Todas essas pessoas, até aquela velha enorme com as sacolas de compras, em algum estágio da vida já fizeram sexo.*

Estava preocupado, tinha de admitir. Pairava no ar uma sensação de eventos e pessoas se abatendo; uma comoção de chegadas indesejadas. Ele podia, é claro, ter se recusado a qualquer envolvimento, mas fazer isso teria sido contra sua percepção de estar fazendo a coisa certa, e teria feito com que se sentisse culpado, e a coisa não parecia valer a pena. Lembrou-se de outras ocasiões em que Nathan o visitara: sempre ligeiramente desajeitado, um pouco decepcionante, mas também, à luz do isolamento cada vez maior de Daniel e Katherine, tão necessário. Daniel passava a maior parte daquelas noites tentando não parecer muito distante, ao mesmo tempo querendo estar completamente distante, o que em geral o levava a se retirar mais cedo para a comparativa segurança do quarto, a fim de se concentrar mais detidamente na natureza elíptica da órbita do teto. Nathan nunca o provocou abertamente, mas o julgamento estava claramente ali. Daniel nunca pôde captar sua essência e, no que dizia respeito a Nathan, isso era algo como uma barreira para a verdadeira empatia.

Pobre Nathan. Daniel não conseguia deixar de pensar isso, e queria pensar isso algumas vezes antes de Nathan chegar, na esperança de que pudesse ser capaz de tirar isso de seu organismo. *Pobre Nathan*. Daniel supunha que com qualquer outro haveria as questões usuais, os comos e porquês, mas com Nathan tais incertezas pareciam até certo ponto discutíveis. Claro que o que acontecera acontecera. Era, Daniel pensou, parte do motivo de que estar ao lado dele havia sido estimulante: a sensação de viver uma sobrevida; de inevitabilidade iminente. Não dava para viver indefinidamente como Nathan vivia. Todo mundo sabia disso. Todo mundo podia perceber. Quase certamente, Nathan também percebia. Era provavelmente por isso que fazia aquilo. Mas mesmo assim. Pobre coitado.

Devia haver, Daniel pensou, um modo apropriado de lidar com isso. Ele teria adorado saber qual era.

Antes de tocar a campainha, Nathan passou cerca de quatro minutos parado no pequeno jardim de Daniel, fazendo uma verificação não muito diferente do procedimento ritualístico de acionar interruptores que um piloto faz quando está prestes a decolar. Ele alisou a frente da jaqueta; puxou para fora os punhos da camisa sob as mangas; ingeriu uma bala de hortelã; respirou fundo três vezes; alongou os ombros; endireitou a postura e apertou o pequeno botão redondo com um movimento vagaroso, deliberado, que, assim esperava, ocasionaria um toque forte, confiante, de campainha. Infelizmente, a campainha de Daniel parecia estar quebrada e o resultado foi mais na linha de um defeito computadorizado ou a imitação sintetizada de um carrilhão, dando a sua chegada exatamente o tipo de hesitação que ele esperara evitar e exigindo um novo pressionar do botão, por ficar preocupado com a possibilidade de que o som estrangulado não tivesse sido audível, o que, como ele veria, fora, pois Daniel abriu a porta no preciso instante em que Nathan tirava o dedo do segundo toque, surpreendendo-o perto demais da porta com o dedo erguido e o pegando de guarda baixa apenas o suficiente para levar seu olá a ser ligeiramente alto demais e a um diálogo desconfortavelmente malogrado em que Daniel e Nathan caíram numa sincronia desajeitada e momentaneamente inquebrável.

"E aí", disseram ambos. "Como você está? Que bom. Estou bem. Como você está? Que bom."

Então Daniel esticou o braço para pegar a bolsa de Nathan, que Nathan equivocadamente interpretou como Daniel saindo de lado para convidá-lo a entrar, levando a um momento de confusão mútua em que Nathan avançou na direção de Daniel, que então pareceu bloquear sua passagem.

"Desculpa", disseram ambos. "Não, tudo bem."

"Entra", disse Daniel com firmeza.

A sala cheirava fortemente a incenso, como se palitos fossem acesos com tanta frequência que seu aroma tivesse impregnado os pisos de madeira. A julgar pelo tanto de couro deixado à mostra, os dois enormes sofás eram caros, mas ambos estavam cobertos por pesadas colchas tricotadas de retalhos com as cores do arco-íris, sobre as quais se via uma variedade de almofadas de todos os tamanhos e tecidos. Um grande espelho na parede fora enfeitado com um padrão intrincado de contas.

"Muito bonito", disse Nathan.

"E aí", disse Daniel, abrindo os braços. "Obrigado."

Abraçaram-se desajeitadamente. Daniel parecia relutante em exercer alguma pressão.

"Você parece bem", disse Daniel quando ambos deram um passo para trás.

"Você também", disse Nathan. "Sua casa combina com você."

"Ah", disse Daniel, com um aceno rápido de mão. "Foi tudo a Angelica."

Nathan sorriu. "Mesmo assim", disse.

Daniel apontou a bolsa de Nathan. "Você vai ficar no quarto de hóspedes", ele disse. "Quer levar isso lá pra cima? Quer tomar um banho ou qualquer coisa assim? Como foi o trajeto? Está cansado? Com sede? Deve estar precisando de uma bebida. O que vai querer?"

"Tudo bem", disse Nathan. "Estou bem. Uma cerveja, pode ser?"

"Claro." Daniel apontou para Nathan como se ele tivesse acabado de dar a resposta correta na classe. "Pode sentar. Eu já trago."

Nathan ignorou a instrução e seguiu Daniel. Estava com medo de sentar, por algum motivo. Gostava da ideia dos dois de pé por algum tempo, talvez apoiados contra um tampo de mesa ou no espaldar das cadeiras. Esperava que Daniel pusesse um pouco de música.

Passaram por uma sala de jantar. A mesa, para alívio de Nathan, não fora posta. A cozinha, semivisível por uma passagem em arco, era longa e estreita e estava brilhantemente iluminada por uma variedade de spots cromados, todos em tal ângulo de modo a fazer com que sua luz parecesse inescapável. Daniel foi até a geladeira estilosa de cantos arredondados e voltou com duas garrafas de Pilsner.

"Vamos dar início aos trabalhos, hein?", disse.

Nathan sorriu. Bateram uma garrafa na outra.

"Bom ver você", disse Daniel.

"Bom estar aqui", disse Nathan, no momento em que o sorriso de Daniel ficou fracionalmente enviesado.

"E então ela me largou", disse o motorista do táxi, com ar infeliz. "Sem mais nem menos. Mudou com ele pro apartamento do lado."

"Sério", disse Katherine, olhando resolutamente pela janela, esperançosa de conseguir fazê-lo parar de falar.

"Dá para ouvir os dois transando", prosseguiu ele. "Tenho feito turnos triplos só pra não precisar ficar em casa."

"Inacreditável."

"Estou muito sozinho, sabe?"

"Mm-humm."

"E você? Tem namorado?"

Katherine olhou demoradamente para ele, com firmeza. "Fico constrangida quando as outras pessoas fazem coisas constrangedoras", ela disse.

Uma expressão vazia cruzou o rosto do taxista.

"Eu me chamo Al", disse.

"É um nome lindo, Al."

"Como você, né?"

Katherine acendeu um cigarro e baixou sua janela. "Você não faz ideia", disse.

"É proibido fumar aqui", disse Al.

"Eu não conto se você não contar", disse Katherine.

Al pareceu nervoso. Deixar as pessoas nervosas fazia Katherine ficar menos nervosa. Ela entrara naquele estágio da embriaguez que passava por sobriedade absoluta. Ele encontrou o olhar dela no retrovisor e percebeu sem sombra de dúvida que aquela era uma mulher com quem não devia se meter a besta.

"Até onde é para ir?", disse Al.

"Provavelmente até o lugar onde fica o endereço", disse Katherine, jogando o cigarro pela janela.

"Sei", disse Al. "Claro."

O que ia acontecer, pensou Katherine, era que Daniel definitivamente diria qualquer coisa para irritá-la, e então ela definitivamente iria acabar com ele. Repassou uma lista de todas as possíveis coisas que ele podia dizer e fazer e, quanto mais as enumerava, mais prováveis pareciam. Não ia ficar furiosa, pensou. Ia se manter fria como gelo e devastadora em sua precisão.

"Você costuma sair bastante?", disse Al.

Katherine o fitou demoradamente até ele passar o dorso da mão na testa.

"Eu tento sair", disse ele, insistindo.

"Me diga uma coisa, Al", disse Katherine. "O que você faria se eu lhe dissesse para parar o carro agora mesmo e me comer?"

Al deixou de desacelerar numa lombada. Os dois pularam duas vezes em seus bancos.

Al disse: "V..."

"Eu fico aqui", disse Katherine, infinitamente reanimada.

"O quê?"

"É aqui que eu desço. A casa. O endereço."

Al parou o carro.

"Quanto é?", disse Katherine.

"Seis", disse Al.

"Vamos deixar por cinco", disse Katherine, jogando para ele uma nota surrada de cinco libras e batendo a porta ao sair.

Daniel não tinha certeza do que devia dizer a Nathan e assim ficara reduzido a uma série de sons pré-verbais destinados a comunicar prazer, nostalgia, conforto e afeto. Dava um gole em sua cerveja e dizia *Mmmmmmmmhhmhmhmhm*. Esticava os braços acima da cabeça e dizia *Aaaaahhhhhhmmmmmmuuuuuuhhhh.*

Balançava a cabeça, e seus acenos não guardavam qualquer relação com o que ocorrera ou fora dito, principalmente porque nada fora dito. Ficava tentando olhar para Nathan quando Nathan estava distraído, mas, como nada estava acontecendo para distraí-lo, isso se revelava difícil. De forma desconcertante, Nathan continuava com o casaco, embora tivesse retirado suas luvas e Daniel tivesse conseguido não torcer o nariz nem comentar sobre o estado de suas mãos. Elas pareciam queimadas, pensou Daniel. Será que havia tentado se matar com algum objeto quente? Seria um método aceito de suicídio? Cristo do céu, havia de fato algo como um método aceito de suicídio? Definitivamente, havia cicatrizes também em seu pescoço. Enforcamento, talvez? Mas isso não explicava as mãos.

"Então", disse Daniel. "Quanto tempo faz que você está em casa?"

"Umas semanas", disse Nathan.

"Certo. Legal, legal", disse Daniel. "E, ah, tipo, que tal?"

"O quê?"

"Estar em casa."

"Ah. Você sabe."

"Sei."

Ambos balançaram a cabeça.

"Uma pena você e a Katherine", disse Nathan.

"Ah", disse Daniel. "Foi melhor."

"Ela vem, né?"

"Vem." Daniel olhou seu relógio. "Deve estar chegando."

"Espero que isso não, meio que..."

"Ah, não", disse Daniel. "Sem problema. A gente, você sabe..."

Nathan balançou a cabeça. "Puxa, isso é bom", disse. "Porque um monte de gente só..." Deu de ombros.

"Parte de mim se pergunta se na verdade a gente não é capaz de funcionar muito melhor como amigos do que quando a gente estava junto", disse Daniel, que parecia, como tantas vezes, fazer declarações nas quais não punha absolutamente nenhuma fé.

"Isso às vezes acontece", disse Nathan, que, Daniel já suspeitava, podia estar perdendo o interesse. Que fardo era isso, pensou Daniel, receber pessoas. Ele se perguntou como acabara virando o agregador da ocasião toda. Provavelmente porque era sempre o maldito agregador, pensou, dando um gole, taciturno, em sua garrafa de cerveja.

Percebeu que estava desesperado pela chegada de Katherine. Não por questões românticas ou nostálgicas, mas simplesmente porque sempre houvera momentos em que a obsessão galopante dela por ser o absoluto epicentro da existência proporcionava a Daniel a bem-vinda oportunidade de pôr os pés para cima, enxugar uma cerveja atrás da outra e se livrar de qualquer sensação de responsabilidade social. Às vezes, naturalmente, deixar que Katherine fosse Katherine podia se provar constrangedor ao extremo, mas, após anos se encolhendo por dentro enquanto a mulher que ele se sentia às vezes bastante relutante em descrever como sua namorada discorria teimosamente sobre tópicos diversos como secreção vaginal, molestamento infantil, os benefícios do adultério e quaisquer possíveis pontos nevrálgicos parcialmente ocultos que fosse capaz de localizar, como alguém com um detector de metais passeando na praia, em um de seus convidados ou no grupo como um todo, ele descobrira que era na verdade muito mais fácil simplesmente se desligar e apreciar o fato de que ninguém dava a mínima para o que ele achava ou dizia, contanto que Katherine continuasse com sua típica performance. Era, ele percebeu, estranhamente libertador e até, às vezes, surpreendentemente benéfico para seu ego, enquanto mantinha um olho em Katherine e outro nos relances apiedados dos convidados, e veio a perceber que iriam voltar para suas casas de carro ou a pé e, durante a usual autópsia da noitada, descrevê-lo como *resignado* a ponto do heroísmo. Inspecionando a tundra pós-apocalíptica de silêncio e constrangimento entre ele e Nathan agora, Daniel sentiu que um pouco de heroísmo viria a calhar, independentemente de onde viesse.

"Mais uma?", disse, acenando com sua garrafa vazia para Nathan.

"Ainda trabalhando nessa aqui", disse Nathan. "Mas não se abstenha por minha causa."

"Não", disse Daniel, levantando de sua cadeira rangente e fazendo aquele pequeno ruído esquisito que aparentemente começara a fazer sempre que tentava se levantar de algum lugar onde estivesse sentado. O que, se perguntou, estava acontecendo com ele? Seria coisa da idade?

A campainha tocou, depois voltou a tocar, três segundos mais tarde. Após mais dois segundos, a voz de Katherine berrou para que ele abrisse a porra da porta. Graças a Deus, Daniel pensou, atravessando a sala de jantar com o braço esticado, que ela estava ali para quebrar o silêncio.

"Katherine", ele disse, abrindo a porta e afetando um sorriso que, assim esperava, preencheria o espaço. "Vamos entrando."

Porém o convite transmitiu um quê de inadvertida ironia, uma vez que ela já entrara, girando duas vezes nos calcanhares para observar o ambiente, relanceando-o enquanto o fazia.

"Adorei o que você fez com o lugar", ironizou. "Você deve ter gastado semanas escolhendo a colcha perfeita."

Daniel entrecerrou os olhos, mas foi poupado de responder, pois Nathan surgira no vão que comunicava o vestíbulo com o restante da casa. Estava com as mãos às costas e a cabeça pendendo para o lado. Parecia sem jeito, pensou Daniel com uma pontada de dó, talvez até constrangido: um homem ainda com a dor de um tapa recente.

"Oi, Katherine", disse Nathan.

Ela parou e olhou para ele, a expressão levemente zombeteira, um pouco na defensiva. Estava sorrindo, notou Daniel, de modo a sugerir que ela escolhera o sorriso muito deliberadamente de um rol de outras expressões possíveis.

"Bom", ela disse. "Você não parece tão mal."

Nathan balançou a cabeça. "Não estou tão mal", disse.

"Mentiroso", ela disse, dando um passo à frente para abraçá-lo. "É ótimo ver você", disse em seu ouvido.

"É ótimo ver você também", disse Nathan no dela.

"Puta que pariu", ela disse, recuando. "O que aconteceu com seu pescoço?"

Nathan levou a mão à lateral do pescoço para cobrir a mistura de cicatrizes e corvos desfigurados. Katherine esticou o braço e agarrou a mão, passando o polegar pelas bordas de pele cicatrizando. Voltou a erguer o rosto para ele.

"Seu idiota do caralho", disse.

"Puta merda, Katherine", disse Daniel. "Pega leve."

"Tudo bem", disse Nathan. "Já ouvi isso antes." Ele sorriu para Katherine. "Todo mundo tem seus momentos de loucura, imagino."

"Pode ser louco quanto você quiser", disse Katherine, "mas sem brincar com objetos afiados".

"Pode deixar", disse Nathan.

"Certo", disse Katherine. "Bom, algumas coisas com certeza não mudaram, porque estou aqui há mais de cinco minutos e esse palhaço ainda nem me ofereceu uma bebida."

"O que você vai querer?", disse Daniel, o calor em sua própria voz deixando-o surpreso.

"Qualquer coisa", ela disse, marchando pela sala de jantar, os saltos batendo ruidosamente nas tábuas do piso e sem dúvida, pensou Daniel, deixando marcas horríveis na madeira. "Cerveja. O que vocês estiverem tomando. Posso fumar?"

"Se precisa... Mas será que dá pra tirar o sapato?"

Ela girou quase num único salto agulha, como que dando mais ênfase ao estrago, então chutou os sapatos, primeiro um, depois o outro, no canto, piscando para Nathan ao fazê-lo.

"Estou sendo supercomportada", disse, sorrindo. "Não é divertido?"

O primeiro pensamento de Nathan ao ver Katherine foi que aparentava estar tão maravilhosa quanto adoentada. Seu andar orgulhoso, seu *timing* e estilo geral estavam todos ali, mas ao que parecia a certo custo. Seu sorriso se abria com grande esforço no canto do rosto. Estava pálida e magra. Sua pele se enchera de brotoejas. Era tudo, ele pensou, meio precário, meio imprevisível. Quando a abraçou, ficou com uma sensação de delicadeza, que não era uma palavra que alguém em geral associava a Katherine. Estava tentando corresponder às próprias expectativas, sentiu Nathan, ficar à altura de sua própria aura, e pela primeira vez ele sentiu um lampejo de reconhecimento do esforço que devia ser.

Mas estava feliz de vê-la, e não só porque Daniel se mostrava um anfitrião tão desajeitado. Quando ela o abraçou, quando piscou, ele sentiu uma tristeza familiar, uma pequena pontada de remorso. Ela estava bem viva, pensou, e se a interação com outras pessoas normalmente levava Nathan a se debater com certos fatos de sua própria existência, como se a mera realidade de estar vivo fosse algo com que devesse se reconciliar, a presença de Katherine só o fazia desejar que estivesse tão vivo quanto ela. Ele nem sequer sentiu o velho desconforto quando ela examinou seu pescoço, embora sempre ficasse a pergunta de até que ponto ela sabia, e quão responsável talvez se sentisse, coisa que pretendia abordar mais tarde, quando com alguma sorte Daniel já teria apagado.

"Olha só para isso", ia dizendo Katherine a Daniel. "Você parece um adulto."

Daniel voltara à geladeira.

"Nathan", exclamou. "Toma mais uma."

"Muito bem, meninos", disse Katherine, puxando uma cadeira e cruzando as pernas ao sentar, exibindo uma boa área da coxa antes de puxar a barra de seu vestido. "Espero que não tenham feito planos de me deixar bêbada para tirar vantagem de mim."

Daniel recuou de volta à sala de jantar para estreitar os olhos em sua direção.

"Vamos manter a compostura, ok? Nathan. Uma bebida."

"Tudo bem", disse Nathan, sentando diante de Katherine e procurando sorrir.

Katherine revirou os olhos para Nathan, sorriu e acendeu um cigarro.

"Daniel", chamou. "Cinzeiro."

Nathan tirou seu tabaco e enrolou um cigarro, enquanto Katherine ficava boquiaberta ao ver seus dedos. Daniel voltou para a mesa com três cervejas.

"Um brinde", disse Daniel, passando as garrafas. "A Nathan."

"Ah", disse Nathan, sentindo um forte constrangimento. "Não, quer dizer..."

"É bom ver você, bróder", disse Daniel, erguendo a garrafa.

"E um brinde a Daniel não dizer bróder outra vez", disse Katherine. Inclinou sua garrafa na direção de Nathan. "A você", disse.

"A todos nós", disse Nathan, se atrapalhando um pouco com as palavras.

"Enfim", disse Nathan, entrando rápido no espaço esquisito que se segue a um brinde. "Como você está, Katherine?"

"Ah, fantástica", disse Katherine. "Ainda presa no mesmo emprego, na mesma cidade. Ainda solteira." Tragou o cigarro e deu um gole na cerveja. "E você? Daniel disse que está morando com seus pais."

"É." Ele não tinha certeza sobre o que deveria dizer, não só a respeito disso, mas também de qualquer coisa.

"Deve ser uma merda."

"É."

"Você não sente falta de Londres? Não *odeia* viver longe da cidade? No meio do nada?" Ela recostou em sua cadeira e fez uma careta. "Eu, sim."

"Você diz isso há anos", disse Daniel. "Por que não volta pra lá?"

"É só voltar, ele diz." Ela revirou os olhos para Nathan outra vez. Cada momento conspiratório parecia ao mesmo tempo espantoso e maldoso. "Nathan, me ajuda aqui. Eu pedi ou não pedi para o Daniel um milhão de vezes para a gente se mudar de volta?"

"Ah, não o arraste para antigas discussões, pelo amor de Deus", disse Daniel. "E, de qualquer forma, aonde você quer chegar? Você não precisa me pedir isso agora, precisa?"

"Eu não precisava pedir na época", ela disse.

"Então por que pedia?"

Ela voltou a dirigir sua atenção para Nathan, que começava a desejar tanto que ela parasse de lhe conceder atenção especial como também que de algum modo lhe concedesse atenção especial de uma maneira mais definitiva. "Porque sim", ela disse. "E você? Quanto tempo aguenta ficar com a família?"

Ele encolheu os ombros. "Eu, ah..." Enfiou sob o rótulo de sua cerveja o pouco de unha que lhe restara no polegar. O canto levantou com surpreendente facilidade. "Sei lá. Eles estão bastante determinados e eu meio que estou em dívida, então..."

"Em dívida pelo quê?", disse Katherine, exibindo uma expressão mais adequada a um cheiro ruim do que qualquer outra coisa.

Nathan também podia, ele percebeu, desenhar listras na condensação de sua garrafa.

"Bom, é..." Franziu o rosto. "Quer dizer, eu causei um bocado de problemas para eles, e eles pagaram minha internação naquele lugar..."

"E daí?", disse Katherine. "Você é obrigado a ficar com eles?"

"Que tal a gente poupar o Nathan do interrogatório, hein?", disse Daniel. Sentou perto de Nathan e deu um tapinha em seu ombro de uma maneira que fez Nathan sentir vontade de chorar. "Não esquenta com ela", disse.

"Ah, vai se foder", retrucou Katherine. "Para de tentar se exibir. Bancar o condescendente não faz de você uma pessoa sensível, viu? Só estou dizendo que o Nathan é um adulto e que não deveria se sentir culpado, nem fazer nada baseado em um senso distorcido de lealdade."

"Tenho certeza de que ele está se sentindo ótimo agora que você o libertou do peso da culpa."

"Bom, qual é sua contribuição?"

"Eu me sinto mesmo culpado, na verdade", disse Nathan. "Tipo, muito."

Daniel pareceu ao mesmo tempo surpreso e um pouco indignado. Katherine pareceu satisfeita.

"Claro que ele se sente culpado", disse Katherine.

"Por quê?" Daniel virou para Nathan, a mão outra vez no ombro e outra vez deixando Nathan aflito. "Por que se sentir culpado, cara?"

Parecia que as bordas do rótulo da cerveja saíam mais facilmente do que o centro, resultando que Nathan agora tinha uma maçaroca esfarelada como rótulo que não descolaria nem mais um pouco. Ele se perguntou se conseguiria se livrar da situação deixando a sala e voltando quando tivessem passado a outro assunto.

"Ele se sente culpado", disse Katherine, "por causa do que tentou fazer".

"Mas não tem nada do que se sentir culpado", disse Daniel, que parecia falar no abstrato, mais do que se dirigindo a alguém diretamente.

"Não estou dizendo que ele *deve* se sentir culpado", disse Katherine. "Só estou dizendo que é inevitável que ele se *sinta*, só isso. Para de falar coisas tão óbvias e tentar fazer com que pareçam insights profundos."

"Eu me sinto mesmo culpado", disse Nathan. "Eu basicamente fiz merda e deixei os dois preocupados. Eles são muito preocupados e fiz os dois se preocuparem mais ainda."

"Mas você não estava bem, estava?", disse Daniel. "Quer dizer, era um sintoma, não? Você não era você mesmo. Não pode se sentir culpado se não era você mesmo."

"Eu meio que era eu mesmo", disse Nathan. "Não tenho intenção de me absolver simplesmente dizendo que não estava sendo eu mesmo."

"Como assim, você não tem intenção?", disse Katherine.

"Não é parte do meu tratamento", disse Nathan. "Eu devo confrontar, mais do que negar."

Katherine o examinava intensamente, curvando-se para a frente em sua cadeira, pestanejando com a fumaça de seu próprio cigarro. Nathan enrolou outro cigarro, de modo a ter alguma coisa para onde olhar.

"Você fez terapia de eletrochoque?", disse Katherine. "Ouvi dizer que ainda fazem isso."

"Katherine", disse Daniel. "Puta que pariu."

"O que foi?", disse Katherine.

"Tudo bem", disse Nathan. "Não tem problema. Não, não fiz eletrochoque. Era tudo muito mais na base da conversa."

Era ou não era sexy e até empolgante ser paquerada por alguém que tentara se matar? A questão, que, Katherine teria sido a primeira a admitir, não era moralmente a mais previsível que deveria ter lhe ocorrido, tornara-se um desses eventos mentais recalcitrantes que resistiam em ser descartados enquanto não fossem satisfatoriamente respondidos. Havia outras questões também, é claro, muitas das quais giravam em torno de Daniel, mas estas não eram exatamente divertidas de considerar, ao passo que toda a área da atratividade de Nathan com referência a seu recentemente muito aumentado ar de imprevisibilidade e à complexidade geral do risco versus fascínio e tragédia versus empolgação versus pena era exatamente, parecia, onde sua cabeça queria ficar após algumas cervejas e o que ela via como um esforço absolutamente admirável de sua parte de fazer esse encontro decolar, pois quando pisara ali dentro ela sentira como que um despertar e tivera de mobilizar todo o seu arsenal social só para corrigir o que fosse lá que Daniel houvesse feito para a atmosfera.

Nathan parecia ao mesmo tempo bem e mal, combinação que Katherine achava bastante eficaz. Assim como ela gostava das íris esquisitas de Keith e de suas inferências sombrias sobre seu passado movido a heroína, igualmente ela achava o volume físico coberto de cicatrizes de Nathan, combinado a seu acanhamento desajeitado e tranquilo, bastante atraente. Estava tudo ali antes, é claro, mas um ano antes a justaposição soara desajeitada, ao passo que agora era fascinante. Ele parecia, ela achou, tanto quebrado como consertado, como se estivesse *do outro lado* de alguma coisa, como as pessoas diziam, e contudo não conspurcado pela usual piedade que, Katherine achava, com tanta frequência acompanhava o desdobramento de tais experiências. Ela não conseguia sequer começar a somar todas as mulheres no escritório capazes das homilias mais clichês que, graças às terapias ordinárias e catarses religiosas baratas, elas genuinamente acreditavam constituir puro ouro espiritual e emocional. Deixavam-na com ânsia de vômito, e mais do que um pouco insultada, todas essas pessoas, *melhores agora*, curadas ou iluminadas da maneira que por acaso lhes fosse mais conveniente, andando por aí e olhando para todo mundo com o nariz empinado só porque a pessoa não fora *sortuda* o bastante para ser traída pelo marido, ter ficado gravemente doente ou visto Deus através de um miasma de produtos de limpeza. Era nauseante, mas não havia nada disso em Nathan.

Ela queria, é claro, saber tudo. O que acontecera; o que ele fizera; por quê; por qual tratamento passara; o que ia fazer agora; como estava se sentindo. Mas é claro que Daniel, operando como sempre sob o princípio de que qualquer coisa difícil deveria permanecer sem ser dita, estava em modo de suspensão de conversação. Ele sem dúvida era o pai chato do grupo às vezes, pensou Katherine, o que reconhecidamente poderia ter sido bastante sexy num bom dia com o vento por trás, a menos é claro que a pessoa de fato dormisse com Daniel, caso em que um bocado de sex appeal acabava sumindo da fantasia. Será que ele sempre fora tenso desse jeito? Basicamente, sim. Será que Katherine muitas vezes apreciava elevar a tensão em alguns graus? Com certeza.

"Então, o que vamos comer?", ela perguntou a Daniel. Não estava com a menor vontade de comer, é claro. O pensamento de comer na frente deles nesse instante parecia estranhamente próximo do pensamento de todos eles ficarem nus juntos, mas ela suspeitava fortemente de que Daniel não havia preparado nada ou, se havia, que seria alguma coisa pavorosa ou, melhor ainda, que daria toda a esperança de ser boa, mas então seria estragada por ela ao deixá-lo todo confuso.

"Comer?", disse Daniel.

"É", ela disse. "Aquilo que a gente faz com a boca."

"Ok", disse Daniel.

O truque, ela pensou, era fazer Daniel se sentir terrivelmente culpado e inadequado sem pressioná-lo demais a ponto de ele realmente lhes oferecer uma refeição, porque nesse caso ela seria obrigada a não comer (o que podia, agora que pensava a respeito, ser bem engraçado) ou comer e depois programar uma ida ao banheiro.

"Você tem alguma coisa de comer, Daniel?"

"Bom, você sabe. Para beliscar."

"Beliscar?"

"É, Katherine. Beliscar, porra."

"Por mim tudo bem só beliscar", disse Nathan.

Katherine ergueu seus dedos indicador e médio, o toco do cigarro soltando fumaça furiosamente entre os dois. "Bom, Nathan", disse. "Uma coisa que precisa ficar bem clara. Você precisa parar de ser tão bonzinho com o Daniel."

Daniel despejou algumas formas cilíndricas de batata processada numa tigela de salada, enfiou um punhado na boca e depois andou pela cozinha apreciando a breve imagem mental de enfiar um saca-rolha na cabeça de Katherine e desarrolhar seu cérebro, momento em que se deu conta de que conseguira de alguma forma localizar um saca-rolha e abrir uma garrafa de vinho tinto sem ter o menor envolvimento consciente com o que estava fazendo. Era assim que um assassinato acontecia, pensou, olhando para a garrafa aberta. Lá estava você, andando pela cozinha e procurando alguma coisa, e quando menos esperava uma hora desaparecera de sua vida e você confeccionara um colar de orelhas decepadas.

Ele deu um gole no vinho. Era agradável misturar as bebidas. Sentiu em seu bolso o volume reconfortante do skunk embrulhado em papel-alumínio. Em que altura da noite era apropriado mencioná-lo? Já?

"Bróder", ele disse, voltando à sala de jantar e pondo as bebidas na mesa. "Tenho um presente pra você."

"Ah é?", disse Nathan.

Daniel enfiou a mão no bolso e, não sem orgulho considerável, tirou o pequeno pacote aluminizado, apresentando-o a Nathan na palma da mão, como se oferecesse uma maçã a um cavalo. Cantarolou um pequeno arremedo operístico também, que segundo julgou acrescentava tanto solenidade como uma certa graça autorreferente a todo o momento levemente complicado. Tentou não sorrir; então, quando Nathan fez uma diagonal com a boca, tentou não vacilar.

"Ah", disse Nathan. "Isso é..."

"É do bom", disse Daniel. "Imaginei que devia fazer um tempo."

"Faz", disse Nathan. "Mas acho que vai fazer mais ainda."

"Ah", disse Daniel. Continuava com a mão estendida. Seu cérebro já estava entrando no modo emergencial de limitação de constrangimento, pelo qual o instruía a falar alto, rir inapropriadamente e assumir uma postura ligeiramente lânguida, como que para demonstrar o quanto estava literalmente relaxado. "Puxa, quer dizer, beleza, cara, saca? A gente pode queimar mais tarde ou..."

"Não", disse Nathan, com firmeza surpreendente. "Estou falando que é pra sempre. Tipo, não posso fazer isso nunca mais."

"Ok", disse Daniel, balançando a cabeça. "É, quer dizer, claro, tipo..."

"Retardado", disse Katherine, em júbilo.

"É só que..." Nathan parecia genuinamente desconfortável, o que estava deixando Daniel desconfortável, o que por sua vez estava fazendo os sistemas de controle de crise em sua cabeça se esforçarem ainda mais para fazer com que parecesse confortável. A essa altura, perdera quase por completo o tônus muscular. Pendurou-se casualmente no espaldar de uma cadeira; passou a mão pelo cabelo; afastou-se da cadeira; fez menção de dizer alguma coisa e desistiu; alongou-se e bocejou.

"Normal", disse. "Normal, normal."

"Mas vai fundo", disse Nathan. "Estou legal."

"Ok, pode ser", disse Daniel, que começava a se sentir claramente em pânico. "Quer dizer, não costumo fazer isso sempre, mas..."

Nathan balançou a cabeça. Na mente de Daniel, uma vasta máquina diferencial relacionada a drogas lutava por computar. Todo o seu mecanismo de enfrentamento para lidar com a noite fora, bastante obviamente, ficar bem louco. Na verdade, todo o seu mecanismo de enfrentamento para a semana transcorrida centrara-se de muitas formas nisso. Ele olhou seu relógio. Era cedo: terrivelmente, aterrorizadoramente cedo. O que em nome de Deus era para fazerem agora? Conversar uns com os outros? Sobre o quê? Estava parado, pensou, na beira de um poço de compostagem existencial. Afundou em sua cadeira e se perguntou qual era a melhor saída dali. Sua solução foi tão previsível quanto, talvez como resultado direto da previsibilidade, tranquilizadora: devia continuar dentro do programado.

"É", disse, desembrulhando o pequeno pacote. "Acho que vou fumar só unzinho, beleza? Vai aí, Katherine?"

"Acho que não", ela disse. "Mas não esquenta com a gente, manda ver."

Nunca tendo "se aberto", como se dizia, com ninguém antes daquela noite em que, talvez imprudentemente, se abrira com Katherine, Nathan não só nunca soubera como era a sensação de contar para alguém uma coisa honesta e secreta sobre si mesmo, como também, talvez mais crucialmente, nunca soubera qual era a sensação de reencontrar a pessoa com quem você tivera essa conversa particular, antes de mais nada. Era, ele pensou, muito como a sensação de remover um Band-Aid velho da ponta dos dedos. Toda vez que Katherine olhava para ele, era como tocar novamente algo com esse dedo recém-machucado, sempre se perguntando até que ponto de fato estava curado, quanto tempo seria razoável esperar que a ferida durasse, porém também se admirando de quão real e frágil cada toque era agora.

Sua concentração ia e voltava, porque às vezes ele tinha de verificar consigo mesmo como andavam as coisas. Ficava apalpando suas próprias áreas mais sensíveis, tateando para ver se sentia dor. No tempo em que estivera com a cabeça longe, Daniel começara a enrolar um baseado usando o tabaco e os papéis de Nathan, e Katherine obviamente perguntara a Daniel sobre o trabalho, pois ele agora o explicava de uma maneira que sugeria que tinha orgulho do que fazia, embora também estivesse acostumado a se defender.

"Mas o que eles estão pesquisando?", Katherine ia dizendo. "Quer dizer, o que eles fazem?"

"Basicamente, fontes de alimento sustentáveis", disse Daniel, colando diversos papéis de fumo de uma forma que lembrou a Nathan seu pai tentando tirar a jaqueta: um homem constrangedoramente subjugado por forças aparentemente elementares. Por um breve instante, Nathan sentiu um rubor súbito de vergonha ao perceber exatamente quão idiota ele queria que Daniel parecesse.

"E isso quer dizer o quê?"

Às vezes, e essa era uma dessas ocasiões, Katherine olhava na direção de Nathan quando dirigia uma pergunta ou afirmação para Daniel, transmitindo uma sensação de cumplicidade que, como tanto do que Katherine fazia, empolgava e frustrava em igual medida.

"Quer dizer exatamente o que diz", ia dizendo Daniel, esmagando os papéis com a lateral do punho, depois descascando-os delicadamente da mesa, à qual haviam aderido, e descobrindo que, em todo o seu entusiasmo pela superfície da mesa, eles na verdade haviam deixado de aderir uns aos outros. "Alimentos que são sustentáveis. Que papéis são esses, Nathan?"

"Como por exemplo?", disse Katherine.

"Rizla", disse Nathan, rápida e desajeitadamente afastando seu olhar da face esquerda de Katherine.

"Como por exemplo comida que não acaba", disse Daniel, parecendo não notar. "Deve ser um pacote ruim."

"Como a comida pode acabar?", disse Katherine.

"Bom, com o excesso de consumo, o excesso de cultivo, o excesso de pesca e blá-blá-blá."

"Certo", disse Katherine. "E?"

"E? O que você quer dizer com *e*?"

"Quero dizer *e daí*. E daí? Um dia toda a nossa comida vai acabar e a gente vai... sei lá, comer alguma outra coisa, não? Quer dizer, não vamos todos estar vivendo de algum tipo de comida em pó a essa altura, de qualquer maneira? Ou, tipo, cápsulas de calorias ou injeções de vitamina ou maçãs que se reproduzem sozinhas na cesta de frutas?"

"Bom, na realidade, não", disse Daniel, que à pura força de saliva conseguira juntar os papéis de enrolar e estava agora esfarelando pedaços de fumo e derrubando as migalhas na abertura, uma operação em certa medida estorvada por seus dedos pegajosos. "A questão é..."

"Quer que eu...?", disse Nathan, apontando para a bagunça que Daniel fazia sobre a mesa, seu júbilo com a incapacidade de Daniel em realizar a tarefa sem dúvida tanto óbvio como excessivo.

"Então todo mundo ia *morrer de fome*? É isso que você está dizendo?", perguntou Katherine.

"Ãhn, na pior das hipóteses, é. Mas também tem a ver com o desenvolvimento de fontes de alimentos e técnicas de cultivo que não prejudiquem o ecossistema, e com a criação de plantações que consigam suportar um período de seca e... Você sabe, et cetera et cetera." Daniel empurrou seus esforços de manufatura sobre a mesa na direção de Nathan. "Salvou minha vida. Não faço ideia de qual é o problema com esses papéis."

Katherine balançou a cabeça, aparentemente pensando a respeito. "É só que é tudo tão distante", ela disse. "Quer dizer, *eu quero* me importar. Quero mesmo, mas..."

Desviou o rosto, encolheu um pouco os ombros.

"Mas o quê?", disse Daniel.

Katherine lançou a Nathan outro olhar difícil de decodificar. Nathan relanceou seus próprios dedos quando começavam a enrolar um baseado arruinado e grosso, admirando-se com sua própria capacidade para a falta de culpa.

"Sei lá", disse Katherine. "Esquece."

"Não", disse Daniel. "O que te impede?"

Nenhum dos dois olhava para Nathan nesse ponto, embora Nathan, por uma combinação de polidez e desconforto, estivesse olhando para eles. Também terminara de enrolar o baseado, que Daniel pegou e acendeu.

"Eu me impeço", disse Katherine. Ela abanou a cabeça. "Como a gente veio parar nesse assunto? É um tédio total."

"Bom, desculpe se meu trabalho *entedia* você, Katherine." Daniel tragou profundamente o baseado. "Eu... Ai, caralho."

Ele parou por um momento para tossir. Nathan respirou fundo e não sorriu, então moldou seu rosto naquele exato simulacro de preocupação que vira, agora se dava conta, tantas vezes estampado no rosto de sua mãe, percebendo com que facilidade isso lhe vinha, e quão desprezível isso o fazia se sentir.

"Puxa", disse Daniel. "Esse troço... isso é bem forte, sério mesmo. Uuuf." Afundou de volta na cadeira e arregalou os olhos, como se as pálpebras estivessem subitamente ficando no caminho.

O celular de Katherine tocou. Ela olhou para o aparelho, praguejou, pousou-o com o visor para baixo sobre a mesa, depois claramente pensou melhor e o pegou.

"Onde fica o banheiro?", disse.

Daniel apontou e ela foi para lá, atendendo enquanto andava, deixando Nathan sorrindo constrangido para Daniel, tentando esquecer o tremor muscular que notara no rosto de Katherine quando olhou para ver quem estava ligando.

"O que você quer?", disse Katherine, sentada no banheiro e falando ao celular com um sussurro ríspido. "Estou ocupada. Não posso conversar."

"Onde você está?", disse Keith. "O que está fazendo?"

"Isso não é da sua conta. O que você quer?"

"Olha, gata. Com o devido respeito, tá? Mas você está carregando nosso filho."

"Não fala uma coisa dessas. Você está bêbado?"

"Sinto como se eu estivesse vendo o mundo, tipo, qual é a palavra, *renovado*, saca?" Fez uma pausa. "Estou um pouco balão, pode crer."

"Ai, Deus."

"Sabe, às vezes sinto que você não me leva a sério."

"O que te deu essa impressão?"

"Bom, é só meio que uma sensação incômoda de que você não..."

Katherine recostou na parede e olhou para o teto por um momento.

"O que você quer?", ela disse.

"Eu estive pensando."

"Então coisa boa não pode ser."

"Eu estava em casa. Sabe? O de sempre. Vendo um pouco de tevê. E estava assistindo às notícias, certo? Saca, o noticiário nacional, tipo o que está acontecendo e coisa e tal."

"É isso que eles falam no noticiário? Eu não fazia ideia."

"Daí eu estava vendo todas aquelas vacas, saca, e fiquei pensando, tipo, e se todo mundo pegar esse troço? Como eles estão dizendo? E se for, sei lá, tipo, já era?"

"Já era o quê?"

"Já era. Esse negócio que é sei lá o quê. Essa coisa. E se isso for o fim da civilização?"

Katherine apoiou a testa na mão.

"São só umas vacas, Keith", ela disse.

"E ovelhas, agora", disse Keith, num tom de pânico. "Agora são também as ovelhas. E se a gente for o próximo?"

Katherine não tinha uma resposta afiada para isso, então ficou em silêncio e se distraiu examinando o banheiro de Daniel. Ou ele adquirira hábitos mais higiênicos desde que tinham morado juntos, pensou, ou Angelica era algum tipo de dínamo doméstico.

"E daí eu pensei, o que estou fazendo? O que estou fazendo aqui? E o que todos nós estamos fazendo aqui? Qual é o sentido disso?"

"Sei lá", disse Katherine, ainda avaliando a cintilação das superfícies e o brilho geral da atmosfera de um ambiente que agora se sentia muito tentada a macular de maneira indescritível. "Qual é o sentido?"

"E eu estava, tipo, olha só pra você, Keith. Olha só pra você. Olha você aí no sofá. Sentado aí. Vendo tevê. Com os pés pra cima. E a camisa aberta. Segurando uma breja. Parecendo, certo, talvez não tão mal assim, considerando, mas também não tão bem. Porque eu não sou cego, saca? Eu tenho espelho. Sentado aqui. Vendo tevê. Com meu elástico no pulso só pro caso de, você sabe, alguma apresentadora ser meio que gostosa. E eu disse, olha pra você, Keith. Olha só pra você. Sentado aí. Vendo tevê. Qual é o sentido disso? O que você quer? É nesse lugar que você quer estar daqui a cinco anos? Daqui a dez? Sentado aí? Vendo tevê?"

"Isso... Posso imaginar que deve ter sido uma revelação", disse Katherine, diplomaticamente. "Mas preciso desligar agora."

"Não. Me escuta, ok? Só me escuta. Porque eu percebi... eu percebi que, não, não é onde eu quero estar daqui a dez anos. Eu... Onde eu quero estar daqui a dez anos é sentado aqui, vendo tevê, *com a minha família*. Entendeu?"

Katherine não sabia realmente por onde começar, e decidiu nem tentar.

"Não quero morrer sozinho, gata", disse Keith. "Não quero ir dessa pra melhor nem pra pior com as pessoas dizendo: Ah, olha pra ele, olha só pro Keith, o que ele fez? Nada. Simplesmente ficou ali sentado..."

"Vendo tevê."

"Exato! Exato! Eu sabia que você ia entender. Ah, Katie, gatinha..."

"Katherine."

"Você aceita?"

"O quê?"

"Você aceita ser minha? Na alegria e na tristeza? Até que a morte nos separe, ou até todo mundo morrer desse negócio horrível da vaca, o que vier primeiro. Tenho sido tão estúpido. Eu te amo. Você vai ter nosso bebê. Sei que parece loucura, trazer uma criança pra um mundo como esse, mas, você sabe, isso é o que eu estava pensando. E se for nossa responsabilidade seguir com a civilização? E se for a gente, Kate?"

"Katherine."

"E se *a hora for agora*? O grande momento. A hora H. E for pegar ou largar, caralho. Pegar. Ou. Largar. Estou perguntando pra você, gata. Vamos pegar? Vamos? Ou vamos..."

"Largar?"

"Exato. Meu Deus, como você me entende, princesa. Você realmente saca qual é a minha. Ninguém me saca como você, saca?"

"E a Claire Demoines? Parece que ela saca você."

"Ah, Claire. Claire. Ela que se dane. Ela não é nada. Você não entende? Toda a minha vida, eu... eu... eu não sei o que andei fazendo, na verdade. Realmente não sei. Mas eu... eu vi a gente, saca? Eu vi a gente no futuro. Sentado bem aqui. Com nosso bebê."

Ele ficou em silêncio, depois exalou profundamente. Os olhos de Katherine encerraram seu passeio pelo ambiente e terminaram fixos no linóleo creme e na inútil ferradura de tapete em torno da privada. Em algum lugar, no meio de tudo, Keith se tornara tão irrelevante que ela nem tinha interesse mais em atingi-lo.

"Keith", disse ela gentilmente.

"O que foi, gata?"

"Keith. Não vou ficar com o bebê. Lamento, mas decidi tirar, e é assim que vai ser."

Houve um longo silêncio, então Keith disse: "Você não quis dizer isso, princesa. São só os hormônios."

"Não, Keith", disse Katherine. "Quis dizer isso mesmo. Não é o que eu quero para minha vida."

"Mas..." Katherine podia praticamente ouvir o tremor no lábio inferior de Keith, o triunfo do pensamento independente agora tragicamente derrotado. "Mas..."

"Vamos, Keith", disse Katherine. "Vamos ser práticos."

"Você podia dar ele pra mim", disse Keith. "Eu ia cuidar dele, juro."

"Eu sei", disse Katherinc. "Mas mesmo assim eu precisaria ter, não é?"

"Eu sei o que você pensa", disse Keith. "Sei o que você pensa de mim. Sei que eu não fiz nada direito. Mas pensei sobre o bebê e isso mudou tudo. Isso não muda tudo?"

"Não", disse Katherine. "Não muda. Lamento."

"Ok", ele disse.

"Tchau, Keith."

Ela encerrou a ligação; desligou o celular. Ficou sentada por alguns minutos, não tanto pensando, mas deixando que seus pensamentos acabassem. Então se levantou, lavou as mãos e voltou a sair, e lá fora descobriu que mais uma vez Daniel parecia ter conduzido toda interação para um lugar de polidez glacial. Era, ela pensou, mais como os velhos tempos do que até os velhos tempos tinham sido.

Daniel deixara três quartos do baseado no cinzeiro, claramente tendo atingido seu limite até mesmo antes de ter começado. Ela pegou e acendeu, dando uma tragada profunda, escutando o crepitar agradável à medida que queimava.

"Certo", disse. "Vamos agitar essa porra de festa. Quem quer outra bebida?"

"Eu estou legal", disse Nathan.

"Não, não está", disse Katherine.

"Está, ele está, sim", disse Daniel.

"Ah, que se foda", devolveu Katherine. "Vamos estabelecer uma regra. Ninguém está legal. Nenhum de nós está legal. Todo mundo precisa de mais uma bebida."

Ela pegou a garrafa de vinho e esvaziou o restante em sua taça.

"Está tudo, ãhn, está tudo bem?", disse Daniel, sorrindo ligeiramente, o ãhn obviamente para efeito sardônico.

"Supimpa", disse Katherine através da taça de vinho. Ela queria ser atingida por um raio se não ia ficar alto-astral diante do rolo compressor de alto-astralidade de Daniel.

Agora o celular de Daniel, que ele deixara sobre a mesa diante de si, começou a vibrar. A imagem de uma loirinha patética brilhou na tela, e sob a foto o nome: Angelica. Daniel fez menção de pegar, mas foi tarde demais. Katherine agarrara o aparelho e o levava ao ouvido.

"Katherine, não", disse Daniel.

"Alô?", ronronou Katherine. "Celular do Daniel."

"Eu... Ah... É... Quem está falando?"

Katherine pôde ouvir o som abafado de um motor de carro, o ronco distante do tráfego em movimento. A voz era agradável e parecia ter sido pega desprevenida. Katherine pensou no banheiro imaculado; nas toalhas dele e dela. Daniel levantara de sua cadeira e pairava mais acima, ameaçando uma força que nunca usaria de fato. Ela pestanejou em sua direção várias vezes, então lhe passou o telefone com cuidado ostensivo.

"É pra você", disse.

Ele o pegou com um olhar reprovador ao qual ela só pôde reagir com uma risada e então subiu a escada rapidamente, falando enquanto andava.

"Eu... não, não... ninguém. Depois eu explico tudo. Onde você está?"

Katherine deu um longo e profundo suspiro e massageou os músculos de seu pescoço. Nathan olhava para ela de uma maneira que estava se tornando previsível.

"Oi, alô aí", ela disse, reacendendo o baseado. "Costuma vir sempre aqui?"

Marchando pelos degraus com o celular, ofegante e prestes a sentir tontura por causa do fumo, algo que teria sido capaz de conter caso continuasse sentado, mas que, à luz da recalcitrante reação de seu corpo à mistura súbita de adrenalina e esforço, agora parecia que ia terminar onde tantas pirações do passado haviam terminado — no chão, a respiração curta, sem enxergar nada a não ser uma nevasca espessa de luz branca onde antes houvera um quarto —, Daniel deu um jeito de aguentar as pontas, a despeito da forte sensação de empolgação e alívio com a perspectiva de não aguentar as pontas.

"Alô?", estava dizendo Angelica na outra ponta do telefone. "Alô? Daniel? Quem era aquela? Você está aí?"

"Eu só... eu... eu só estou subindo a escada", conseguiu arfar Daniel conforme adernava dentro do quarto e desabava pesadamente sobre a cama, amassando um canto do travesseiro em seu punho na vã tentativa de desacelerar um pouco as coisas. "Espera um minuto."

Ele estava furioso, e furiosamente chapado. Como era típico de Katherine, pensou, simplesmente *emergir* da estratosfera e começar a foder com sua vida sem nenhum outro motivo além do fato de que ela não gostava da própria vida e desse modo se ressentia de qualquer um — especialmente ele — que gostasse da sua. Ela nunca quis que ele fosse feliz. A infelicidade dele sempre fora mais importante para ela do que a própria felicidade. Era *parte integrante* da felicidade dela, em muitos aspectos. Sua perspectiva era o exato oposto de todos esses casais que Daniel odiava porque vinham perguntar como ele e Angelica *estavam*, coletivamente, como se fossem uma unidade, como se a pessoa nunca pudesse experimentar uma emoção que não fosse compartilhada pela outra. Para Katherine, felicidade era um recurso finito. Eles nunca poderiam ser ambos felizes. Um dos dois tinha de abnegadamente ofertar a própria felicidade, como um doador de rim, para o outro. Agora, ainda que estivessem distantes, ela continuava parasitando o que ele tinha; continuava se comportando como uma criança de quatro anos, constrangendo-o em público, arruinando obstinadamente tudo que estivesse ao alcance dele, mas não dela. Ia cuidar de Angelica, pensou, içando o corpo na cama e voltando o olhar para o teto, tentando e não conseguindo afastar a sensação desconcertante de que deixara metade de seu rosto preso no travesseiro, e então ia descer e *soltar os cachorros* em cima de Katherine, e isso ia ser fantástico, porque dessa vez, talvez como nunca antes, ele estava sem a menor sombra de dúvida coberto de razão. Não haveria escapatória moral. Atender seu celular foi absolutamente errado, e ela teria de pedir desculpa, e seu pedido de desculpa seria glorioso e ele o sugaria até o talo.

"Daniel?", disse Angelica. "Daniel?"

Ele estava bravo também com Angelica. Porque onde estava Angelica? *Onde*, pensou ele sonoramente, estava Angelica? Vagando pelo país? Com *Sebastian*? Defendendo um punhado de *vacas*? Talvez, pensou, devesse lhe reservar uma anca do que fosse lá que estivesse preparando para quando fosse desancar Katherine. Exceto, é claro, que com Angelica haveria tanta coisa mais a perder. Com Katherine, podia agora ficar tão furioso quanto quisesse e as consequências seriam essencialmente mínimas. O único trunfo que ela sempre teve sobre ele — de que o largara antes que ele reunisse coragem de largá-la — era agora pouco mais que uma lembrança desconfortável. Era maravilhoso, de certa forma, voltar a vê-la, ter essa oportunidade de dar vazão à raiva livre do medo das consequências. Na verdade, ele chegara com efeito a imaginar uma oportunidade exatamente como essa muitas vezes, tanto depois que ele e Katherine tinham se separado como, para ser honesto, antes.

Mas esse não era o caso com Angelica. Com Angelica, pensou, ainda havia muito a perder. A situação era arriscada. Seria apressado ser inteiramente ele mesmo.

"Alô", disse.

"Daniel", disse Angelica. "O que está acontecendo? Onde você está?"

"Onde você está?"

"Estou voltando para casa. Onde você está?"

"Estou..." Ele se perguntou se devia mentir, mas lhe ocorreu que Angelica não dissera de fato a que distância estava, e isso significava que podia aparecer na porta da frente a qualquer minuto e pegá-lo ali quando dissera que estava fora. "Estou em casa."

"Bom, então quem foi que atendeu o telefone?"

"Katherine", ele disse.

Houve um silêncio momentâneo enquanto Angelica processava isso; um momento durante o qual Daniel sentiu outra pequena onda de empolgação. *Toma essa*, imaginou-se dizendo. Porém, durou aproximadamente um segundo, pois, assim que Angelica tomou fôlego e falou, ele percebeu exatamente como estava magoada, e como foi estúpido ter causado essa mágoa.

"Ah", ela disse. "Eu..."

Angelica não estava com raiva, pensou Daniel, com uma péssima sensação. Como ele podia ficar com raiva se ela não estava com raiva? Sentiu-se de repente inseguro e patético, e ainda mais furioso com Katherine.

"Não é o que você pensa", disse Daniel, meio que em vão. "Quer dizer, Nathan está aqui também."

"Quem é Nathan?"

"Nosso amigo, você sabe, de antes."

"Amigo seu e de Katherine."

"Isso. Um velho amigo."

"Quem mais está aí?"

"Ninguém."

"Então são só vocês três."

"Isso."

"Só sentados conversando."

"Basicamente isso, é."

"Você e Katherine. E Nathan."

"É, mas falando assim parece que..."

"E isso foi meio que uma coisa espontânea ou já estava combinado fazia um tempo?"

"Faz uns dias, na verdade", disse Daniel. "Eu ia te contar."

"Você ia me contar e de repente alguma coisa te impediu?"

"Não. Eu ia te contar e daí..."

Ele parou, incapaz de determinar exatamente por que não lhe contara ou, mais especificamente, em que medida seus motivos para não lhe contar iriam, se expressados, solapar completamente o que restava de sua situação.

"Tem alguma coisa rolando aí?", disse Angelica, a voz atemorizada. "Porque se tiver é só você me dizer."

Daniel sentou na cama. "Não tem nada rolando", ele disse, e foi apenas ao dizer isso que ele se deu conta de que era verdade. "Sério mesmo, não tem nada rolando."

"Então por que você..."

"Nathan tentou se matar", disse Daniel. Não tivera intenção de dizer isso. Sentiu-se acuado. Ele o dissera, embora mal fosse capaz de se levar a admitir, para se defender.

"Ai, meu Deus", disse Angelica. "Puxa vida, que droga. Quando foi? É recente?"

Daniel levou um momento para responder. Em meio à bruma do fumo; de sua raiva; de sua culpa, bruxuleou o pensamento difuso de que estava fazendo algo que exigiria uma quantidade considerável de raciocínio tortuoso e desonesto para se defender até perante si mesmo.

"Faz um tempo", ele disse. "A gente não sabia, na época. A gente achou que ele tinha se mandado para algum lugar. Ele voltou a ligar e pediu pra gente se encontrar."

"Ai, amor", disse Angelica. "Como ele está agora?"

"Bom...", disse Daniel. "Não sei dizer, na verdade."

"E você? Como está? Deve ser uma coisa tão difícil de processar."

"Hum... Pois é", disse Daniel. "É..." Será que ele ia dizer isso? Ia, ele pensou. Ia de fato. "Tem sido meio duro de absorver."

"Que droga", disse Angelica. "É horrível. Mas acho realmente incrível você não ter fugido disso. Sabe? Tipo, um monte de gente teria tentado manter distância, mas você o convidou pra ir em casa, assim na maior, e você obviamente teve que deixar de lado um monte de merda com a Katherine, para vocês dois conseguirem ajudar. Estou tão orgulhosa de você. Desculpa mesmo por ter entendido errado."

"Tudo... Tudo bem", disse Daniel. "Desculpa não ter te contado."

"Sem problema", disse Angelica. "Sério. Eu entendo. Olha, eu chego em casa logo, tá? Mas se vocês precisarem de um pouco de espaço..."

"Não, não", disse Daniel. "Sem problema. Sério. Está tudo bem com você? Eu te amo."

"Estou bem", ela disse. "Também te amo e senti saudade."

"Eu também senti saudade", disse Daniel, percebendo ao dizer que sentira de fato.

"A gente se vê daqui a pouquinho", disse Angelica.

"Ok", disse Daniel.

Pôs o celular de lado, sobre o edredom, e esfregou as têmporas. A adrenalina varrera a maior parte dos efeitos do baseado, e agora ele sentia apenas uma espécie de fadiga vaga. Estava, pensou, se afundando sob aquilo. O que dizia, o que pensava, tudo não passava de mais um peso no fardo cada vez maior de mentiras, imperfeições e medos que transportava por aí diariamente, minuto a minuto, e que continuamente tentava passar adiante para alguma outra pessoa, qualquer um que aparentemente fosse estúpido o suficiente para carregá-lo. Estúpido, não. Bondoso. *Bondoso* o suficiente para carregá-lo. Angelica não era estúpida, ela era bondosa, e, quanto mais bondosa era, menos ele sentia que a merecia, e, quanto menos sentia que a merecia, mais tirava vantagem de sua bondade, esperando o tempo todo que ela fosse ceder e vacilar e provar que ele tinha razão sobre sabe Deus o quê.

Ergueu-se vagarosamente da cama, de repente muito pouco disposto a descer e encarar Nathan, cujo sofrimento ele acabara de hipotecar para cobrir suas próprias triangulações e seus equívocos; o pensamento de sentar ao lado de quem agora o enchia exatamente desse mesmo autodesprezo que ele outrora sentira quando driblava a aproximação afetuosa de Katherine a fim de entrar logo no chuveiro e lavar a culpa por ter trepado com Angelica uma hora antes.

Ele não merecia bondade, pensou.

"Chega", explodiu Katherine. "Vai em frente, pode encarar."

Nathan sentiu uma pontada brusca em alguma área entre seu coração e sua garganta. Não havia percebido que estava encarando, mas agora que Katherine o encarava de volta ele se deu conta de que seus olhos haviam se imobilizado num estado ocioso apontando diretamente para o rosto dela.

"Eu... desculpa", ele disse. "Eu estava a anos-luz de distância."

"Estava mesmo, é?", disse Katherine.

"É, só, você sabe." Girou um dedo na lateral da cabeça. "Pensando."

Katherine deu um tapa no baseado e examinou Nathan através da fumaça azulada, estreitando os olhos, ou porque estava afetando algum tipo de expressão, ou porque a fumaça estava irritando sua vista, Nathan não soube dizer.

"Eu odeio isso", ela disse. "Você não?"

"O quê?"

"Os pensamentos. É melhor nem ter, não acha?"

"É inevitável", disse Nathan. "Mas você não precisa deixar que durem."

Ela torceu o lábio. "Ensinaram isso pra você na terapia, não foi?"

Ele balançou a cabeça, depois olhou para a mesa.

"Doeu?", disse Katherine, usando o exato tom de voz que, segundo Nathan lembrava, fora usado pelo médico que primeiro o examinara naquela noite, dando tapinhas em partes de suas pernas e seus braços, verificando suas sensações. Dói? *Consegue sentir alguma coisa?* Naquela situação a dor era boa, explicara o médico. Significava que não houvera danos aos nervos. Seu terapeuta teria dito que a dor nessa situação era um bom sinal também, mas Nathan não estava convencido.

"Vou viver", disse Nathan.

"Ele me odeia, não é?", disse Katherine, não mais sorrindo.

"Quem?"

"Daniel."

"Não", disse Nathan. "Eu não acho isso."

"Sei o que você está pensando", disse Katherine.

"O que eu estou pensando?", disse Nathan.

"Você está pensando: Que diferença faz? Que diferença faz se ele me odeia ou não?"

Nathan deu de ombros.

"Mas faz", disse Katherine. "Faz diferença."

"Tudo bem", disse Nathan.

Havia uma hesitação na voz dela e Nathan sentiu isso refletido no próprio rosto. Um pequeno soluço no "a" do *faz*;

um pequeno movimento súbito no alto de sua bochecha, em resposta, e depois o sorriso mais minúsculo se insinuando no canto da boca de Katherine, como reação a isso. Ele se deu conta outra vez de que ela não ligara para ele. Ela escutara seu recado, e ligara para Daniel. Que estupidez, pensou, ter vindo até ali, fazer esse papel de bobo só para que os dois pudessem colocá-lo entre eles, como sempre tinham feito.

"Você acha que foi errado eu ter feito isso?", disse Katherine.

"Feito o quê?"

"Pegado o telefone dele. Você acha que foi mal?"

"Pra ser honesto, não sei", disse Nathan. "Tenho certeza de que está tudo bem."

"Você tem certeza, é? Tem certeza absoluta de que está tudo bem?"

"Não."

Ela revirou os olhos. *Põe de volta a porra da sua máscara*, Nathan a escutou dizendo em sua cabeça. Sentiu como se alguém tivesse acabado de empurrar sua cadeira num penhasco.

"Não sei por que estou perguntando para você, de qualquer jeito", disse Katherine, olhando para outro lado, aparentemente falando consigo mesma.

Nathan enrolou um cigarro, sem tirar os olhos de seus dedos. A atenção de Katherine, que apenas cinco minutos antes ele fizera todo o possível para atrair e manter, agora parecia um grosso suéter de lã num escaldante dia de verão. Ele decidiu não responder, por medo de, se não exatamente revelar seu desconforto, que deve ter sido óbvio, então ao menos exacerbar seus efeitos. Concentrou-se em fazer um cigarro perfeito: livre de vincos e saliva excessiva. Queria outra cerveja, mas não queria muito os efeitos de outra cerveja. Balançava o calcanhar suavemente no chão, aliviando o desejo de se levantar e se afastar. Quando pareceu que vários minutos haviam se passado e Katherine não dissera mais nada, decidiu arriscar um olhar em sua direção. Quando ergueu a cabeça, descobriu seu próprio olhar sendo devolvido, não meramente no sentido de que Katherine estava olhando para ele no mesmo instante em que decidiu olhar para ela, mas também no sentido de que o tom do olhar parecia semelhante, de algum modo familiar, triste da mesma maneira, como que expressando um desejo de fugir *para* e *de* todos os mesmos lugares.

"Desculpa", disse Katherine.

"Tudo bem", disse Nathan.

"Você também me odeia agora?", ela disse. Não havia vulnerabilidade em sua voz, ele observou, apenas uma espécie de resolução amortecida.

"Não", disse Nathan.

O sorriso dela, pensou Nathan ao observar o delineamento dele em seus lábios, foi espectral: algo morto regressando ao lugar onde um dia vivera.

"Não", disse ela. "Você, nunca, não é?"

Abalada por sua conversa com Keith e, embora jamais fosse admitir, já arrependida de sua interferência nos assuntos de Daniel, Katherine começou a se perguntar se, por toda a noite e durante os muitos dias que levaram até lá, não estivera equivocada em tudo que pensara. Nem bem meia hora antes estivera sentada nessa mesmíssima cadeira contemplando a atratividade de Nathan em função dos extensos danos que sofrera e perguntando-se se poderia encontrar algum modo de se sentir atraída por ele, já que ele estava tão obviamente atraído por ela. Agora lhe ocorria que a verdadeira pergunta era na verdade uma que fizera a si mesma não muito tempo antes, em Malta, quando ficara sentada na esplanada observando aquela cidade esquisita, esparramada, e considerou o fardo que era ser amada, receber a oferenda dessa emoção pequena e vulnerável carente de nutrição. O que ela devia estar se perguntando, pensou, não era se se sentia atraída por alguém, ou se eles a odiavam, mas se, nesse estágio da vida, queria que alguém se sentisse atraído por ela. Porque, por mais agradável que devesse ter sido sentir que ela era desejada, talvez até amada, isso não parecia lhe trazer felicidade alguma, e parecia despertar nela pouco mais do que o desejo perverso de machucar, que era seguido por sua vez exatamente pelo tipo de arrependimento que ela adorava dizer às pessoas que nunca sentia.

Ela se curvou para a frente e cutucou a borda da taça de vinho com a ponta da unha, fazendo reverberar uma nota solitária e harmoniosa pelo ambiente.

"A hora, senhores", disse.

Nathan franziu o rosto.

"Que horas são?", ele disse.

Ela olhou para seu relógio e suspirou. "Nem perto de ser tão tarde quanto parece."

"Ah", disse Nathan.

"Sem querer ofender", disse Katherine. "Mas acho que estou meio que percebendo que não queria estar aqui."

Ela notou a óbvia decepção dele, mas não permitiu que seus próprios pensamentos ficassem pairando no ar.

"A gente sempre foi desse jeito?", ela disse.

"Quem? Você e eu?"

"Eu e Daniel."

"Ah." Ele recostou na cadeira, franziu os lábios e bateu neles com o polegar. "Em que sentido?"

"Ai, meu Deus", ela disse. "Não é possível que você tenha sido sempre desse jeito, vou te falar."

"Desse jeito como?"

"Como o senhor não-é-comigo, desse jeito. Esse tempo todo que a gente se conhece, não consigo lembrar de uma vez você me perguntar o que eu quis dizer, sabia disso? A gente costumava conversar por horas. A gente costumava ficar completamente bêbado e conversar até desmaiar e nenhum de nós falava coisa com coisa, mas não lembro de você me perguntar o que eu queria dizer. Você sabe o que eu quero dizer. Para de perguntar o que eu quero dizer."

Ele balançou a cabeça. "Sempre", ele disse, seu tom de voz carregado de você-pediu-por-isso. "Vocês sempre foram assim."

"Eu queria que você dissesse que não", ela disse.

"Me passou pela cabeça a ideia de dizer que eu na verdade não lembrava", respondeu Nathan. "Mas você não ia me deixar pular fora só com isso."

Não fosse pela certeza de que Nathan iria consolá-la, e de que esse consolo teria deixado tudo ainda mais confuso, Katherine sentiu que poderia perfeitamente ter chorado. Em vez disso, foi até a geladeira e pegou duas cervejas, que abriu com deliberada firmeza na beirada do balcão de Daniel, deixando duas nítidas marcas de crescente na madeira.

"Não", disse, voltando a sentar. "Eu não teria deixado você pular fora desse jeito." Ela lhe passou a cerveja por cima da mesa com força suficiente para fazê-lo se atrapalhar ao pegá-la, antes de deixar que caísse em seu colo. "Puta que me pariu", disse ela, puxando uma cadeira ao lado e descansando os pés em cima, parando por um segundo para admirar suas pernas com certo grau de satisfação antes que o pensamento de tornozelos inchados e veias varicosas a forçasse a prosseguir. "Mas pra que você ia lá em casa?"

Nathan riu. "Não era tão ruim assim", disse ele.

"Até parece", disse Katherine.

"Se quer saber a verdade", disse Nathan, aparentemente dirigindo-se à sua garrafa de cerveja, "eu ficava agradecido por ser convidado. Ninguém nunca me convidou pra fazer uma visita, que eu me lembre, e com certeza nunca fizeram jantar para mim. As pessoas vinham falar comigo para comprar droga ou vender droga; trocavam uma ideia comigo nas festas ou qualquer coisa assim, mas eu não era convidado de verdade para um jantar".

"Bom", disse Katherine. "Se a gente soubesse disso, também não teria convidado você."

Nathan riu. "Foi exatamente por isso que eu não contei."

Katherine cobriu o sorriso irônico com a garrafa, aliviada por ser capaz de se expressar mediante sua postura predileta de cinismo farpado e irreverência aparente. Livrai-nos, Deus, ela pensou, dos profundos e solenes.

"É como nos velhos tempos, não é?", ela disse. "Você e eu falando merda e você-sabe-quem chapado e fora do ar no banheiro."

"É como você via? A gente falando merda?"

Katherine lançou-lhe o olhar que tendia a usar como o equivalente facial de um tiro de advertência.

"É", disse. "Era assim que eu via, e era assim que eu gostava."

Nathan ergueu a mão, aceitando, depois ficou em silêncio por um momento, então pareceu tomar fôlego e reunir um grau de resolução que, ao sugerir, como o fazia, todo tipo de coisas possíveis que talvez estivesse prestes a dizer, imediatamente abaixou a temperatura na espinha de Katherine para aproximadamente a mesma de sua garrafa de cerveja.

"Olha...", ele disse. "Eu só queria dizer q..."

Ela mirou dois dedos na direção dele, como se apontasse uma arma no espaço entre seus olhos.

"Ãhn-ãhn", disse, abanando a cabeça. "Você não quer, não."

Ele parou. "Talvez ainda seja um pouco cedo pra isso."

"É muito cedo pra isso", ela disse, permitindo-se respirar outra vez. "Fecha essa boca."

Ele balançou a cabeça. Katherine recostou e deixou o silêncio no ar. Escutou os passos de Daniel na escada e esperava que estivesse furioso. Ele que venha me xingar, pensou. Estava pronta. Ele que venha aqui embaixo e comece uma porra de uma briga.

Daniel desceu os degraus a um ritmo consideravelmente mais vagaroso do que os subira. Isso era em parte porque estava cansado, em parte porque não queria de fato chegar ao andar de baixo (seria possível, imaginou, descer os degraus a um passo tão letárgico que todo mundo tivesse ido embora quando chegasse lá?) e em parte porque, na pequena sequência de segundos transcorrida entre se levantar da cama e caminhar até o topo da escada, ficara confuso sobre seu próprio estado emocional e o modo como ia lidar com qualquer conversa ou confrontação que porventura o aguardasse na sala de jantar. Considerou, brevemente, desistir e voltar para a cama, mas seus pés já haviam soado nos degraus de madeira e ele tinha certeza de que Katherine o teria escutado se aproximando e assim saberia imediatamente se ele topara com sua velha conhecida covardia na escada e fizera meia-volta, de modo que quando finalmente descesse ela farejaria o sangue na água e partiria para o abate. O que precisava fazer, pensou, era descer os degraus com vagar suficiente para lhe permitir ensaiar sua fala de abertura, que ele na verdade devia ter ensaiado enquanto continuava no quarto, mas não fazia sentido agora, pensou, chorar sobre o leite derramado, e ao mesmo tempo com ruído bastante para comunicar a mensagem de que, embora estivesse descendo os degraus vagarosamente, isso na verdade nada tinha a ver com estar se sentindo hesitante e tudo a ver com o fato de que estava tentando *se segurar*, tão feroz e descontrolada era sua raiva.

O que teria sido ótimo, caso sua raiva fosse realmente feroz e descontrolada. Na realidade, a única coisa que podia com efeito ter sido considerada feroz e descontrolada era seu medo entranhado de que, não ficando suficientemente furioso com o fato de ter sido feito de bobo (uma fraqueza que atribuía a sua cabeça chapada), ele estava sendo desgraçadamente fraco e patético, embora felizmente o pensamento de Katherine achando-o fraco e patético de fato o deixava um tanto furioso, e isso significava que tinha de algum modo de se agarrar à sensação de sua própria inadequação a fim de ficar suficientemente furioso para mostrar exatamente quão adequado ele de fato era.

*Tump, tump, tump.* Imaginou seus passos nos degraus ecoando na sala de jantar embaixo, gelando o sangue de Katherine conforme ela se encolhia toda à espera de uma descompostura.

A melhor coisa, ele pensou, seria sabotar a cena. Isso iria quebrar suas pernas. Ela já teria escutado a raiva em seus passos e se encolhido e então ele a pegaria no contrapé, sentando ao seu lado calmamente e explicando-lhe no tom mais educado que o que ela fizera com seu celular simplesmente não era aceitável. *Dessa maneira*, pensou, ele teria a satisfação de insinuar sua raiva assim como a satisfação ainda maior de ter se mostrado mais maduro do que Katherine. Porque ele era, hoje em dia, muito mais maduro. Veja só que conversa honesta e aberta acabara de ter com Angelica. Veja só o fato, pensou, de que ele *tinha* Angelica. O que, ou quem, Katherine tinha? Nada. Ninguém.

Por que era mesmo que ele estava furioso com ela? O celular. É claro. Concentre-se, Daniel, concentre-se. Mais dois passos. *Tump.* Aí vem encrenca. *Tump.*

"Cuidado", disse Katherine da sala de jantar quando ele dobrou a quina da parede. "Lá vem o Jake the Peg com suas três pernas descendo a escada."

Ela estava de costas para ele: os pés em cima da mesa, uma cerveja na mão e o que restava do baseado entre os dedos. Nathan parecia não ter saído do lugar.

Daniel parou assim que entrou no perímetro da sala de jantar e levou dois segundos para arregimentar as forças imensas e contraditórias dentro de si.

"Certo", disse, erguendo um dedo.

"Aí vamos nós", disse Katherine, sem nem mesmo se virar.

"Ok", disse Daniel. "Agora..."

"Sempre precisando limpar a garganta um milhão de vezes", disse Katherine, presumivelmente se dirigindo a Nathan. "Ele faz, tipo, dezesseis afirmações preparatórias e daí esquece o que queria dizer."

"Ok, olha", disse Daniel.

"Certo", disse Katherine. "Ok. Olha. Agora. Certo. Ok. Agora. Katherine. Certo. Isso é. Ok. Certo. Katherine."

"Certo", disse Daniel. "Ok."

"O quê?", disse Katherine.

"Bom, se você puder..."

"Puder o quê?"

"Puder CALAR A BOCA por um segundo", disse Daniel, que estava agora em posição de ficar genuinamente furioso acerca da coisa totalmente errada, o que significava que, em meio à bruma espessa de sua raiva, ele tinha de tentar manter o foco naquilo com que queria ficar furioso, pois a coisa com a qual estava realmente furioso era, até ele podia perceber, um pouco patética, ao passo que a coisa com que queria ficar furioso era perfeitamente razoável, de modo que precisava apostar seu dinheiro no campeão, por assim dizer, em vez de se passar por idiota ficando todo agitado por algo extremamente pueril, pois essa era, Daniel sabia, uma das técnicas mais bem-sucedidas de Katherine: ela o deixava com raiva por alguma coisa séria, depois o deixava com mais raiva ainda por alguma coisa boba, e então, quando ele ficava realmente furioso, dizia não saber por que ele estava tão furioso por uma coisa tão boba, ao que ele respondia que *não estava* furioso por causa da coisa boba, estava furioso por causa da *outra* coisa, e nesse ponto ela invariavelmente o interrompia para dizer que ele *parecia* estar furioso, ao que ele tentava explicar que não estava negando que estava furioso, estava negando que estava furioso com fosse lá que coisa boba ela o estava acusando de ficar furioso, porque ele estava *realmente* furioso com... E então ela dizia que o *timing* de sua raiva parecia coincidir mais com essa última coisa boba do que com a primeira e mais séria, cuja genuína gravidade, para ser franca, ela questionava, de todo modo, dada a facilidade com que esta tinha sido suplantada pela coisa boba, ao que ele tentava interrompê-la e acusá-la de tentar mudar de assunto, ao que ela dizia: Ah, agora cabe a você decidir o assunto, é? E assim ele...

"Certo", ele disse.

"Certo."

"Você está sendo bem infantil", ele disse.

"Desculpa, *paiê*."

"Certo, isso também é uma reação bem madura. *Bem madura*, Katherine. Percebi o que você quis dizer com isso. Ha ha ha. Me chamando de pai. Ah, essa foi muito bem sacada."

"Desculpa, você prefere ser chamado de Jake the Peg?"

Seu sorriso destilava ironia, pensou Daniel.

"Será que dá pra tirar esse sorrisinho do rosto, por favor?", ele disse.

"Ah, claro", ela retrucou. "Simplesmente *vou controlar minhas expressões por sua causa*."

Ela está saindo pela tangente, ele pensou. Eu não deveria ter me deixado distrair pelo sorriso irônico. Erro de criança.

"Certo", ele disse. "Bom, não quero começar uma discussão por causa disso, ok? Eu só queria dizer..."

"Quem está discutindo?"

"Ninguém está discutindo, essa é a questão. Eu só queria dizer, e como já falei, não quero que isso vire uma discussão, mas eu só queria dizer..."

"Toda vez que você diz isso me dá vontade de discutir. É tipo: Ei, não pense esse pensamento que eu acabei de enfiar na sua cabeça."

"Será que dá pra parar de me interromper, por favor?"

"Conversa é assim. Um fala e o outro responde."

"Certo, mas isso não parece um diálogo, não é? Porque você insiste em m..."

"Quem sabe você devia dizer 'câmbio' quando termina."

"Muito engraçado. De novo. Mas se a gente puder tentar manter a seriedade por *um* segundo..."

"Não me diga quando ser séria e quando não ser séria. Eu vou decidir quando quero ser séria, muito obrigada, não preciso de você pr..."

"Ok, o que você fez agora foi me interromper outra vez."

"E você me interrompeu."

"Ok, então vamos combinar: estamos quites."

Ela uivou uma risada. "*Isso*, Daniel. Vamos *combinar* que estamos *quites* na interrupção."

"Isso é mudar de assunto."

"Do que para quê?"

Uma coisa ainda podia ser chamada de mudança de assunto quando o tema central da conversa ainda não fora estabelecido? Seria possível que uma *conversa inteira* nada fosse além de mudanças de assunto do início ao fim, ou isso era o mesmo que dizer que um sanduíche era puro recheio, o que sem dúvida era impossível, porque, sem o elemento pão, tudo que você realmente tinha era geleia em suas mãos. Ou seja lá qual for o recheio. Não precisa ser geleia. Pode ser carne enlatada, por exemplo. Seria possível que Daniel continuasse chapado? Era, ele pensou. Era bem possível. Ele teria de prosseguir com cautela.

"Da questão", ele disse decididamente.

"E qual é a questão?"

"A questão é..."

"Espera aí", disse Katherine. "Rufem os tambores, por favor. Estamos prestes a saber qual é a questão." Ela tamborilou com os dedos na mesa, e continuou tamborilando enquanto Daniel falava.

"Acho que eu preciso tirar água do joelho", disse Nathan. Nem Katherine nem Daniel olharam para ele. Ele não se levantou.

"A questão é, você não devia ter feito aquilo com meu celular", disse Daniel, triunfante. "Você não devia ter atendido meu telefone daquele jeito."

"Ok", disse Katherine, dando de ombros. "Desculpa."

Daniel ficou paralisado. Essa era, ele tinha de admitir, uma jogada retórica inspirada. Dentre todas as coisas que imaginara que pudessem ser ditas no transcurso do que ele assim esperava estaria mais para um sermão digno e lúcido do que para uma discussão desconexa e não muito coerente, um simples pedido de desculpas nem sequer fora protocolado como uma possibilidade. Era brilhante. No tempo em que tinham ficado separados, ele pensou, ela obviamente não só afiara algumas das técnicas mais notórias de enfurecimento incessante e tortura gradativa e contínua, como também desenvolvera capacidades novas e tenebrosas nas artes mais sutis e arcanas de ridicularizar e controlar o anticlímax.

"Muito bem", ele disse devagar. "Isso é ótimo."

"Sem problema", disse Katherine.

"Perfeito", disse Daniel. "Fico feliz que a gente poss..."

"O prazer é todo meu", disse Katherine.

Mas então, nesse breve hiato, Daniel se deu conta de que tudo que Katherine de fato fizera foi fazê-lo soar irracional. Parecendo se desculpar tão facilmente, ela dera a entender que o motivo pelo qual ele ficara tão furioso não tinha a menor importância. Ela podia pedir desculpa por isso, era o que aparentava estar dizendo, sem nem sequer olhar para trás, porque para ela aquilo era nada, o que significava, por extensão, que também devia ter sido nada para ele, o que, haja vista que claramente era alguma coisa para ele, sugeria que estava ficando todo agitado por causa de algo a que ninguém mais dava a mínima, o que era outro jeito de dizer que ele era louco, o que era outro jeito de dizer que Katherine não era louca, o que, em última instância, era outro jeito de ela sair vencedora.

"Mas você entende", ele disse, "por que eu fiquei bravo?"

"Entendo", ela disse. "Claro."

"Quero dizer, você concorda que foi sério."

"Reconheço que foi sério pra você, sim."

"Mas você não acha que foi sério?"

"O quê, atender seu celular?"

"É. Você atender meu celular. Você não acha que foi sério?"

"Não, na verdade, não."

"Ok", disse Daniel. "É disso que eu estou falando."

Agora Katherine fazia sua cara inocente e perplexa, que ela sempre exibia no exato momento em que sabia que Daniel seria incapaz de se explicar, a fim de forçá-lo a não conseguir se explicar.

"Do quê?", ela disse.

"Você não está levando a sério."

"Já pedi desculpa."

"Mas não foi do jeito certo."

"Qual seria o jeito certo de pedir desculpa?"

"Com intenção verdadeira. Se você mostrasse intenção de verdade."

"Mas eu tive intenção."

"Mas você vê o que eu quero dizer? Está vendo por que eu fiquei tão bravo?"

"Não acho que você tenha ficado tão bravo assim", disse Katherine, jogando seu trunfo. "Você parecia bastante calmo. Não estava gritando nem nada." Ela olhou para ele, pestanejando. "Você estava bravo de verdade?"

"Estava, eu estava muito bravo."

"Muito, muito bravo?"

"É. Muito, muito bravo."

"Por quê?"

"Porque..."

"Quer dizer, simplesmente não consigo entender por que você estava tão bravo..."

Daniel sentiu sua cabeça, que até esse ponto quase sucumbira sob o que era, ele tinha de admitir, um nível de estresse bastante ridículo, súbita e irreversivelmente implodir. Uma gigante vermelha de raiva gasosa, ele se curvou na frente de Katherine, seu nariz a meio centímetro do dela, e virou uma supernova.

"ESTOU DIZENDO COMO ME SINTO", ele berrou, seus músculos tensos e tremendo. "ESTOU DIZENDO COMO ME SINTO, *CARALHO*. ESTOU DIZENDO COMO ME SINTO, *CARALHO*, E VOCÊ TEM QUE ESCUTAR, *PORRA*!"

Ele se apoiou de costas na parede, sem olhar para Katherine, passando a mão sobre o rosto, que, agora ele percebia, estava banhado em suor. A fraqueza substituíra a raiva. Houve um momento em que pensou que talvez fosse incapaz de respirar. Quando tirou a mão dos olhos, Angelica estava na porta, o rosto iluminado num sorriso.

"Ai, amor", ela disse, os lábios tremendo. "Isso foi demais. Estou tão orgulhosa de você."

Katherine o encarava com calma exagerada, piscando devagar, sorrindo ligeiramente, afetando, como sempre fazia diante da raiva alheia, uma espécie de interesse antropológico distanciado: uma perplexidade educada e superioridade tranquila; tomando notas sobre a fraqueza da outra pessoa, ao mesmo tempo se congratulando por sua capacidade de tê-la localizado. O objetivo, é claro, era deixar Daniel ainda mais furioso, mas ele estava além disso agora, extenuado, constrangido e tremendo com o esforço. Ele olhou para Nathan, que estava olhando para a mesa, e então de novo para Angelica, que continuava do outro lado da sala, como que à espera de um momento seguro para se aproximar. Todo mundo, ele pensou, todo mundo que conhecia e conhecera, parecia subitamente muito distante, e familiar a ele apenas no sentido mais superficial, mais casual. Ele conhecia as pessoas, mas as pessoas não o conheciam. Voltou a olhar para Angelica e ela o encarou e sorriu. Sua aparência, ele pensou, era horrível. O cabelo estava emaranhado; seu jeans e seu casaco sujos de lama e estrume de vaca. Quando atravessou a sala e a abraçou, sentiu o cheiro forte e úmido de pátio de fazenda e suor de dias.

"Fiquei com saudade", ele disse.

"Eu também fiquei com saudade", disse Angelica. "O que aconteceu? Você está bem?"

"Estou", ele disse. "Não foi nada. Uma coisa besta. Esquece. E você? Como está?"

"Tudo bem. Feliz de estar em casa. Desculpa."

Ela o apertou mais forte.

"Ok", disse Daniel, soltando-se e voltando, como que sob hipnose, para a sala. "Vou preparar o chuveiro e pôr a chaleira no fogo. Vai tirar essas roupas que vou enfiar agora mesmo na máquina."

Angelica balançou a cabeça, liberando-o com certa relutância, então virou para Katherine e Nathan.

"Oi", disse, com um pequeno aceno. "Sou a Angelica."

"Oi", disse Nathan, com quem Daniel estava, para ser honesto, um pouco preocupado, tanto em termos de sua possível fragilidade atual como também pelo fato de que a essa altura quase certamente considerava cair fora dali, embora por que isso pudesse ter alguma importância agora Daniel não sabia dizer. Em muitos aspectos, humilhar-se totalmente só servira para deixar Daniel determinado a ser um bom anfitrião. Ele queria que a reunião terminasse; queria que todo mundo fosse embora, mas se recusava a ser a causa.

Katherine se levantou da cadeira e, sorrindo, atravessou a sala, passou o braço em torno dos ombros de Angelica e a beijou no rosto.

"Prazer", disse.

"O prazer é todo meu", disse Angelica, antes de se virar ligeiramente, inclinando a cabeça para o lado, e fixando Nathan com um sorriso maternal que pareceu a Daniel a um só tempo terrivelmente óbvio e assim possivelmente incriminador, mas também genuíno e portanto bastante afetuoso.

"E você deve ser o Nathan", ela disse, indo até lá para beijar sua bochecha.

"Oi", disse Nathan.

"Quero que saiba", disse Angelica, tocando o ombro de Nathan e inadvertidamente fazendo o estômago de Daniel mergulhar em queda livre em direção a seu reto, "que estamos muito felizes por estar aqui".

Nathan olhou para Daniel, que imediatamente desviou o rosto, apenas para descobrir que agora olhava para Katherine, que lhe devolveu o olhar com desconcertante expressão de zombaria, levando-o a fitar o chão e brevemente desejar que a velha sensação de estar trancado do lado de fora de sua própria vida voltasse, concedendo-lhe meio segundo de descanso da realidade, mas tristemente ele não teve essa sorte. Para onde quer que olhasse, sentia-se sendo olhado, e, toda vez que olhavam para ele, sentia-se exposto.

E então Nathan sorriu e, de maneira um tanto estranha, deu um tapinha na mão de Angelica e disse que estava feliz de estar ali, e lhe agradeceu por recebê-lo em sua casa, e por um instante pareceu a Daniel que alguma coisa, estranhamente a mesma coisa de que ele tentara, sem conseguir, se livrar ficando tão pateticamente furioso, tivesse ido embora.

A primeira impressão que Katherine teve de Angelica foi de que era bonita e portanto uma ameaça. Sua segunda impressão foi de que estava exausta e com a guarda baixa e, desse modo, vulnerável.

Após as apresentações efusivas e confusas, durante as quais Katherine tomou uma decisão consciente de parecer tão normal e amigável quanto possível, de modo a causar desconforto em Angelica, que então teria de ser igualmente amigável e que, assim ela esperava, cederia sob a pressão, Daniel trotou nervosamente atrás de Angelica e pôde ser ouvido do banheiro, entre murmúrios melosos e a agitação conforme ligava o chuveiro e encorajava Angelica a tirar a roupa. Um minuto mais tarde ele passou marchando através da sala de jantar sem prestar atenção em Katherine e Nathan e desapareceu pela escada.

Katherine arqueou uma sobrancelha para Nathan, que passara os últimos cinco minutos observando a textura do tampo da mesa.

"Psst", ela sibilou.

Ele olhou para ela. Seu rosto, antes sem expressão, pareceu lentamente recuperar as feições, dando a Katherine uma sensação fugidia e esquisita de que ela olhava para uma Polaroid se revelando.

"Oi", ele disse.

"O que você acha?", disse Katherine.

"Do quê?"

"*Dela.*"

Nathan deu de ombros. "Parece legal", ele disse.

"Um pouco insossa, não é?"

Outro encolher de ombros.

"Você não tem jeito", disse Katherine, afundando de volta na cadeira com exasperação exagerada e acendendo um cigarro.

Nathan voltou a olhar para a mesa, curvando-se ligeiramente. Daniel desceu a escada carregando roupas limpas.

"Ela adestrou você direitinho, não foi?", disse Katherine.

Daniel, que acabara de passar por ela e estava quase na porta do banheiro, virou e voltou para ficar na sua frente. Pôs as roupas sobre a mesa e ergueu o dedo indicador.

"Nem comece", ele disse.

"O que foi?", disse Katherine.

"Nem sonhe em começar", disse ele. "Você sabe o que eu quero dizer." Virou para Nathan. "Desculpe por tudo isso", disse. "Volto daqui a um minuto."

"Sem pressa", disse Nathan.

Katherine bebeu sua cerveja e levou alguns minutos tentando catalogar a extensão da bondade de Daniel para com ela ao longo dos anos, em relação à bondade que estava demonstrando para com Angelica agora. Ele alguma vez ligara o chuveiro para Katherine? Alguma vez a ajudara a se despir e depois voltara com roupas limpas? Até onde era capaz de se lembrar, não, mas também ela nunca chegara em casa coberta de merda e parecendo vítima de um estupro grupal bovino, então de certa forma era difícil dizer.

Ela se perguntou se a questão era essa, se sempre fora. Muito raramente (se é que alguma vez) dera a Daniel a oportunidade de cuidar dela. Não se mostrara toda desesperada diante de uma tarefa simples. Não telefonara para ele em pânico em horas impróprias. Não deixara claro, talvez, que precisava dele. Veja só esse encontro de hoje, pensou: ela o enfurecera, antes de mais nada, só porque sabia que era capaz de fazê-lo; porque isso confirmaria uma ligação, um conhecimento mais profundo.

Tragou seu cigarro. Será que era isso que os homens queriam, no fim das contas? Uma donzela em apuros? A moçoila precisando ser protegida? Era asqueroso, pensou. Claro que Daniel achava que amava Angelica: ela nunca lhe deu motivo para pensar de outra forma. Ele estava feliz porque nunca era ameaçado, e era devido à visão da vida e do amor grosseiramente limitada de Daniel que o único modo pelo qual ele podia imaginar que alguém o amasse era sendo confrontado a todo maldito momento com quanto *precisavam* dele, quanto *não podiam viver sem ele*, sem jamais dar o mais leve crédito à possibilidade de que talvez o mero fato de que Katherine *não* precisara dele, ou pelo menos não precisara dele de uma maneira tão óbvia, era a melhor evidência possível de que o amava. Afinal, por que outro motivo teria ficado com ele? Mas, não, claro que Daniel não enxergava dessa forma, porque isso deixava de se encaixar em qualquer um dos clichês que ele confundia com verdades. Ele não desejava ser desejado; necessitava ser necessário, e a única espécie de necessidade que compreendia era a do tipo mais óbvio, do tipo que caía em seu colo com o cabelo emaranhado e o rosto sujo e dizia *eu te amo. Me ajude.* Pelo amor de Deus.

Ela olhou para Nathan, que claramente estivera apenas olhando para ela. Pensou outra vez no fardo disso tudo; a responsabilidade. Pensou em Daniel e Angelica, e quão fútil soou seu orgulho de deixar Daniel furioso tendo em vista a capacidade de

Angelica de fazer com que cuidasse dela, e como pareceu bonito, na verdade, estar aos cuidados de alguém, saber que você podia chegar a uma situação de necessidade e que alguém iria ajudar você, abraçá-la, cuidar de você. E pensou em todas as manhãs em que acordara triste. Ela *estava* triste, pensou. Era uma coisa triste ter de admitir, mas era verdade. Ela era uma pessoa triste; uma pessoa *solitária* e, longe de atrair alguém para perto, empurrava todo mundo para longe porque não podia suportar o pensamento de precisar que alguém estivesse por perto, e ia se tornar mais triste, e mais solitária, e então ia fazer um aborto, e não haveria ninguém para contar, assim ficaria de molho por fosse lá quanto tempo precisasse ficar de molho, sem companhia, sofrendo, e ninguém prepararia uma ducha para ela, ou pegaria roupas limpas, ou poria a chaleira no fogo, porque ninguém saberia que tinha de fazer isso, ninguém sentiria que precisava fazer isso, e isso seria, ela pensou, de fato muito triste. Seria a vida de uma pessoa triste, porque ela era uma pessoa triste e essa era a vida que concebera. Assim, e daí se Nathan tinha seus grilos? Não era como se ela não tivesse seus próprios grilos, pelo amor de Deus. E todo aquele negócio sobre atração física, a que se resumia de fato, no fim das contas? Isso não era uma preocupação para os vinte e poucos anos? Não era algo que devia passar com a idade? Ele *gostava* dela, pelo amor de Deus. Fique com isso, pensou. Era tão fácil. Fique com isso e seja feliz.

Exceto, é claro, que era fácil demais. Como, ela pensou, olhando para Nathan e esperando que percebesse seu olhar, algo que ele certamente faria, poderia um dia confiar em uma coisa assim tão fácil? Como ela algum dia saberia de fato *quão* dedicado ele era? Ele entraria em sua vida, ela pensou, sem ter sido testado, com exatamente o tipo de facilidade que, embora empolgante a curto prazo, se calcificaria em uma desconfiança muda apenas alguns meses depois. Não, pensou ela. Você tinha de fazer as pessoas darem duro, fazê-las lutar. Você tinha de *saber*, e nunca encontraria nada simplesmente se atirando nos braços de alguém.

Ele a encarou, desviou o rosto. Angelica passou lepidamente embrulhada numa toalha.

"Daniel subiu?", chilreou.

"Acho que sim", disse Nathan.

"Desço num minuto", disse Angelica. "Vocês dois estão bem servidos, bebidas et cetera?"

"Claro", disse Nathan, "está ótimo".

"Tudo bem, obrigada", disse Katherine.

Ela observou Angelica saindo, depois voltou a dirigir sua atenção a Nathan. Talvez não tivesse sido capaz de romper com os próprios padrões, pensou, mas ao menos sabia quais eram.

"Ok", disse, quase, mas não muito, experimentando um tangível clique em seu íntimo quando uma parte velha e profundamente integral de seu mecanismo travou em seu confiável e bem azeitado encaixe. "Pode falar agora."

Nathan não entendeu.

"Você ia me dizer alguma coisa agora há pouco", disse Katherine. "Resolvi que agora é um momento tão bom quanto qualquer outro."

"Ah", disse Nathan. "Não tem importância."

"Tem, tem, sim", disse Katherine. "O que foi?"

"Não, sério", disse Nathan. "Não é nada."

"Sério?", disse Katherine.

"É."

"Então me diga de qualquer maneira."

"Por quê?"

"Estou curiosa."

Ele recostou em sua cadeira e suspirou.

"A gente não precisa fazer isso", disse.

"Não", suspirou Katherine, pondo os pés de novo na cadeira ao lado. "Mas vamos, de qualquer maneira."

Nathan observara a exibição de Katherine e Daniel com uma sensação não só de desconforto, como também de feroz e absoluta decepção, o que por sua vez ampliara o desconforto a um ponto em que ele se sentiu tão desconfortável que foi incapaz até de se levantar e ir embora, e assim apenas continuou sentado rigidamente em sua cadeira, desejando que tudo aquilo acabasse. Ele era um monte de coisas, pensou; fora um monte de coisas ao longo dos anos e era o primeiro a admitir que nem todas elas haviam sido positivas, mas não era estúpido, e não estava tão desconectado da humanidade a ponto de não perceber que quando

Katherine parecera prestes a começar uma discussão com ele, mas depois claramente pensara duas vezes, ela o fizera por pena, e pena, se é que valia alguma coisa, nunca podia se igualar a fosse lá o que levasse ela e Daniel a enlouquecerem um ao outro.

Assim ele decidira ir embora. Não enquanto a discussão estava rolando, é claro, mas imediatamente depois, antes que Katherine pudesse ir, ou que alguém pedisse desculpas ou a discussão pudesse avançar ainda mais em um território do qual houvesse ainda menos esperança de volta. Ele não devia ter vindo, pensou. Devia ter sugerido um café com Katherine, ou nem ter ligado, para começo de conversa, ou, melhor ainda, não ter tido aquela conversa estúpida com ela um ano e meio antes, que o tinha, e ele podia admitir isso agora porque sentia que estava por aqui disso tudo, levado a toda essa situação, antes de mais nada.

Mas então Angelica chegara, e, embora fosse impossível que soubesse (apesar de que Daniel, muito obviamente, dissera alguma coisa para ela), ela na verdade disse a única coisa que Nathan vinha querendo escutar desde o dia em que encerrara seu tratamento e voltara para casa: *Estamos felizes por você estar aqui.* E isso tornara ainda mais difícil ir embora, e havia qualquer coisa no fato de que ele, naquele mais simples dos momentos cotidianos, *decidira* ficar um pouco mais, o que significava que não estava mais enredado, e que por sua vez significava que, já que agora se achava no centro exatamente da atenção que passara a noite toda tentando conseguir, mas que, agora que a tinha, não estava mais certo de que de fato a queria, a sensação de estar pregado na cadeira ia embora, e ele se sentia aberto e estranhamente calmo.

"Bom", ele disse. "Eu ia..." Parou, pensando. "Eu só ia falar sobre a última vez que a gente se viu, na verdade, e perguntar como você se sentia sobre isso agora."

"Me sentia sobre o quê?", disse Katherine.

"Sobre o que eu disse na época. Naquela noite."

"Que parte do que você disse, especificamente?"

Nathan respirou fundo, permitindo-se um momento para refletir. Não havia agora nenhuma necessidade de fazer isso, como ele dissera, mas havia talvez algum sentido em fazê-lo, em ir até o fundo e dar por terminado.

"Bom, não consigo lembrar exatamente como eu falei", disse, "mas acho que a mensagem básica era que eu estava apaixonado por você".

Katherine arqueou uma sobrancelha. "Foi mesmo?", ela disse.

Era, Nathan pensou, bem tolo de sua parte ter pensado que Katherine poderia ajudá-lo de algum modo, ou revelar algum sentimento antes que ele o fizesse, ou na verdade fazer qualquer coisa para tornar essa experiência alguma outra coisa que não a provação que ela parecia querer que fosse.

"É", ele disse. "Acho que em essência era isso."

"Engraçado", ela disse. "Eu não peguei essa parte. Só o que ouvi foi um monte de coisas sobre você. Sobre como você era sozinho. Sobre como achava que eu era sozinha, e sobre como juntos a gente podia ser menos sozinho, ou qualquer coisa assim."

Nathan se lembrou de tentar lhe dizer como se sentia, e da sensação indescritível de desesperança no momento em que caíra em si, e da decepção que sentira ao se dar conta de que a única pessoa que esperara que pudesse compreendê-lo não ia compreendê-lo — não porque não podia, ele percebeu, mas porque não queria, assim como não queria compreender agora, tampouco.

"Eu provavelmente não me expressei muito bem", ele disse.

"Você pode dizer de novo", ela disse.

"Estou com muita coisa na cabeça", ele disse.

Ela esmagou o cigarro no cinzeiro, sustentando seu olhar.

"Por que não tenta de novo?", ela disse.

"O que você quer dizer?"

"Você sabe o que eu quero dizer. Para de perguntar o que eu quero dizer. *Meu Deus.*"

Nathan balançou a cabeça. Baixou o rosto para as mãos, virou-as, ergueu-as diante do rosto. Depois que as bandagens saíram, ele dera duro para ajudá-las a sarar. Havia unguentos e óleos; exercícios de alongamento para garantir que a pele ainda se ajustava nas articulações. Após meses de sofrimento, restaram áreas em que ele não tinha sensação alguma. Ficou de pé e tirou a jaqueta, então enrolou as mangas da camisa, revelando as heras e trepadeiras de tecido cicatrizado e tatuagens que subiam por seus antebraços. Katherine fez o melhor que pôde para não parecer chocada. Voltou a sentar e cruzou as pernas. Ficou com uma grande sensação de clareza e calma. Viera aqui, ele percebia agora, pelos motivos mais errados. Desejara, por mais de um ano, que Katherine o tivesse compreendido, e isso também fora pelos motivos errados. E agora ali estava ela pedindo para compreender, outra vez, pelos motivos mais errados.

"Depois que a gente conversou", ele disse, suas mãos agora cruzadas calmamente no colo, "eu andei até o mato".

"Não foi isso que eu perguntei", disse Katherine.

"Pena", disse Nathan.

"Deus do céu", disse Daniel. Estava sentado na beira da cama, pressionando o crânio entre as palmas das mãos, enquanto Angelica se contorcia para entrar no jeans. "Puta que pariu, Deus do céu, Jesus amado, faça com que essa noite do caralho acabe." Agarrou a cintura da calça dela e a puxou com força para si, então passou os braços em torno da cintura dela e encostou o rosto em sua barriga. "Estou tão feliz que você voltou."

"Estou feliz de ter voltado", ela disse, passando a mão em seu cabelo. "E estou feliz de ter voltado bem na hora que voltei." Ela riu.

"Desculpe por aquilo", disse Daniel. "Eu devia estar parecendo ridículo."

"Nãããoo", ela disse, despenteando sua franja com os dedos e assumindo o tom de voz que um dono carinhoso podia usar para seu velho cão pastor. "Você parecia muito corajoso. Estou orgulhosa de você."

"Humm", ele disse, apreciando a sensação dos dedos contra seu couro cabeludo.

"Aquilo era algo que você queria dizer fazia muitos anos", disse Angelica. "E agora você disse. Pôs para fora. Já era."

"Fui bobo", disse Daniel.

"Nãããoo", disse Angelica.

Ele a abraçou com mais força. Percebia agora que sempre seria capaz de se acomodar naquilo: essa sensação de conforto e tranquilidade; de calma e confiabilidade. Por mais que pudesse ter sido o que temia — a familiaridade inflexível do cotidiano —, era também o que queria, do que precisava. Por mais que pudesse ter desejado ser alguma outra pessoa, pensou, não havia nenhuma outra pessoa que ele soubesse ser.

"Me fale sobre você", ele disse, liberando-a e dando um tapinha na cama ao seu lado. "O que aconteceu?"

Ela abanou a cabeça. "Para ser honesta, eu simplesmente pensei: *De que adianta?* A gente fez nossas faixas, gritou um pouco. Sebastian apareceu no noticiário. Ele foi ficando cada vez mais convencido. Cada vez mais metido. Começou a dizer que a gente precisava marcar nossa posição ou qualquer coisa assim; fazer algo chocante. E eu só pensei: Sobre o quê?" Ela riu. "Não me leve a mal, Sebastian é um velho amigo, mas ele não está nem aí para as vacas."

"Provavelmente não", disse Daniel.

"Enfim, fiquei feliz por ter vindo embora bem na hora."

"Por quê?"

Ela olhou para ele. "Ah, claro", disse. "Você não deve ter visto as notícias. Não estão deixando eles saírem. Os manifestantes. Já recebi umas dez mensagens de texto. Algum tipo de quarentena ou qualquer coisa assim. Então agora eles estão presos sabe Deus até quando."

"Quarentena por quê?"

"É só um jeito de conter a manifestação. Vão esperar até tudo sossegar e depois os mandam pra casa."

"Então Sebastian está com eles?"

"Não sei. Ele teve um chilique e saiu sozinho."

"Hum." Ele a abraçou de novo. "Bom, estou feliz que você está em casa", disse.

"Eu também", ela disse.

Ele ficou de pé. "Certo. Melhor enfrentar as feras."

Ela apertou carinhosamente sua mão. "Não se preocupe", disse. "Eu já desço. Vai dar tudo certo."

Seu celular tocou. Ela o pegou na cama e atendeu.

"Alô?" Cobriu o aparelho com a mão e fez uma mímica com a boca: *Sebastian.* Daniel voltou a sentar na cama. "Alô?", Angelica disse outra vez. "Alô, Sebastian? Não posso... Está difícil d..."

Daniel gesticulou para que desligasse, mas ela ergueu o dedo e fez uma expressão contrariada.

"O quê? Não, eu não... Bom... Acho que não..." Cobriu o receptor de som outra vez. "Ele diz que está vindo pra cá", avisou. "Parece que precisa de ajuda."

"Não", disse Daniel. Depois, quando viu o rosto de Angelica se anuviar um pouco de desapontamento, acrescentou: "Tudo bem, tudo bem. Que se dane."

*Obrigada*, fez Angelica.

Tudo, pensou Daniel, estava voltando ao que era antes. Sebastian ia aparecer. Ia irritá-lo. Talvez discutissem. Angelica manteria a paz. Ele se sentiria frustrado e irritado, mas nada, pensou, além disso. Saberia lidar com a situação. Em muitos aspectos, pensou, seria reconfortante.

Claro, disse Nathan, ele estava decepcionado depois de terem conversado nessa noite. Não que fosse culpa de Katherine, mas ele construíra certa visão do futuro que era difícil de deixar pra lá. Sentira, por um breve tempo, como se algo dentro dele tivesse se aberto, *desabrochado*, se fosse para usar um clichê a respeito, e então de repente foi como se tivesse de fechar tudo outra vez e não soubesse como. As pessoas sempre diziam que as coisas eram melhores quando você falava a respeito, quando você as compartilhava, e, embora agora, após sua experiência com o tratamento e tudo o mais, ele pudesse perceber que isso às vezes, nas circunstâncias certas, sem dúvida era verdade, nesse momento em particular não tinha nada de verdadeiro, e tudo ficara muito pior por ter sido externado. Ele se lembrava, disse, de ter cortado o dedo quando era criança, e ficado olhando para aquilo, observando o sangue escorrer pelas articulações, sem sentir nada, e de ficar incrivelmente empolgado com o pensamento de que não sentia mais dor, de que talvez estivesse crescido demais para isso, e de correr para seu pai com o dedo erguido e lhe dizer que nem estava doendo, e de seu pai dizendo que isso era porque o ar ainda não havia chegado ao corte, e então, bem quando seu pai dizia isso, ele pôde sentir o ar entrando em contato com o corte e seu dedo começando a doer, e começou a chorar. Bom, foi bem desse jeito, ele disse. O ar entrou em contato com tudo, e ele pôde sentir todas as áreas onde estava exposto, como se alguém tivesse virado sua pele do avesso e ele fosse apenas músculos e nervos em carne viva.

Nessa hora, disse, estava apenas parado lá, bem no meio da multidão, com todo mundo dançando em volta, e ele se sentiu oprimido, e tudo isso, esse *negócio* estava se turvando ali dentro, e ele não sabia como vestir sua pele de volta, por assim dizer, ou sua máscara, como Katherine dissera, e enfiou na cabeça que de algum modo, em algum momento, ele se tornara a pessoa errada, uma pessoa que nunca pretendera ser, e foi como se se enxergasse pela primeira vez, e ele pareceu ridículo, e estava sofrendo, e foi tudo tão estúpido, e ele se afastara da multidão e entrara no meio do mato, ficando sentado ali por algum tempo, chapado e confuso, tudo em volta se deformando e flutuando, suas mãos deixando um rastro esfumaçado quando se moviam, o ar muito espesso quando tentava respirar, e tudo que ele era lutando para sair e tentando se expandir, mas ficando preso pelo que ele se tornara.

Enfim, ele disse, abanando a cabeça. O negócio era que despira quase toda a roupa, pegara seu canivete e passara a arrancar suas tatuagens, começando pela barriga da perna, depois passando aos braços e ao peito, e depois até fazendo uma tentativa em seu pescoço, e sentira muita clareza e calma, mesmo quando segurava um pedaço de sua própria pele na mão, e se lembrou de pensar que não doía porque o ar não chegara ao corte.

Nisso, Katherine, que de algum modo conseguira escutar tudo até esse ponto sem dizer nada, e na verdade sem sequer fazer quaisquer gestos faciais particularmente expressivos, coisa que apenas meia hora antes teria desencorajado Nathan, mas com a qual ele agora não mais se importava, exclamou numa voz que muito obviamente praticara inúmeras vezes antes de se dirigir aos funcionários, a fim de garantir que estivesse livre de qualquer inflexão.

"Quem encontrou você?", disse.

"Ninguém me encontrou", disse Nathan, que não entendia por que isso era especialmente relevante. "Eu estava no meio do mato e ninguém sabia para onde eu tinha ido."

No fim, disse ele, o canivete ficara muito ensanguentado, e desse modo bastante escorregadio, e então por sorte ele teve de desistir de seu projeto, e assim que parou começou a entrar em pânico, tipo ficar mesmo apavorado, e começou a gritar e pedir ajuda, mas daí a vergonha tomou conta dele, e percebeu que não queria que ninguém o visse, assim chamou uma ambulância em seu celular, saiu do mato e foi até a estrada, e quando o socorro chegou ele ergueu a mão como se estivesse acenando para um táxi e apagou, e acordou no hospital coberto de bandagens, com sua mãe ao seu lado parecendo como se ele tivesse rasgado seu coração em dois.

Quando Nathan terminou, abriu as mãos como que mostrando que estavam vazias. Ele imaginara essa conversa, a ensaiara, mais vezes do que jamais seria capaz de enumerar, mas no fim, na realidade, foi uma espécie de imagem negativa de tudo que visualizara. O contorno era o mesmo, mas todas as cores estavam ao contrário, e, agora que ele percebia a mudança, sentiu que todos os acontecimentos entre aquele dia e agora nitidamente se invertiam em linhas similares. Não estava apaixonado, ele se deu conta. Estava com raiva. Havia ligado para Katherine porque estava com raiva dela. Estava ali porque estava furioso com ela. Havia ferido a si próprio não porque estava perturbado, mas porque estava com raiva. Contara-lhe tudo não porque queria se explicar, mas porque queria que ela soubesse. Se ela não o tivesse alfinetado, pensou, talvez pudesse ter sido diferente. Poderia ter continuado sendo diferente por um longo tempo.

Ela estava olhando para ele com frieza; respirando devagar mas com determinação.

"E que caralho", disse, "é pra eu fazer com isso?"

Nathan deu de ombros.

"Nada", disse. "Você não precisa fazer nada com isso."

O lábio superior dela estava tremendo de maneira quase imperceptível. Parecia fazer o maior esforço para retardar todas as suas funções fisiológicas — sua respiração, seu pestanejar — a ponto quase da inércia, criando uma sensação estranhamente compassiva em Nathan: o tempo não tanto parando, mas ficando impossível de ser compreendido.

"Você quer *minha ajuda*?", ela disse. "É isso?"

"Não", disse Nathan.

"Porque eu não consigo", ela disse. "E não vou pedir desculpa por isso. Não vou me sentir culpada."

"Não quero que ninguém me ajude", disse Nathan. "Estou cansado das pessoas me ajudando."

"Por que não falou simplesmente o que eu queria que você dissesse?", ela disse. "Você sabia o que eu queria que você dissesse. Você disse isso antes. Por que não podia simplesmente dizer outra vez? Por que tinha de fazer isso e me aparecer com toda essa *coisa*? Eu não quero essa coisa *de merda*. Tenho *minhas próprias coisas*. Você não consegue *entender* isso? Eu estava te dando uma *chance*. Eu estava te dando o que você queria."

"Desculpa", disse Nathan. "Mas acho que isso não é verdade."

Ela pareceu se retrair e se empertigar ao mesmo tempo, endireitando o corpo e ficando rígida. Olhou para ele com frieza. "Então você também me odeia, é isso?"

"Não", disse Nathan. "Não é isso."

"Mentira", ela disse.

Ele se curvou para a frente na cadeira. Claramente já tivera o suficiente. Desenrolou as mangas da camisa e vestiu a jaqueta.

"Isso mesmo", disse Katherine. "Vai embora, porra. Some como da última vez." Sacudiu a cabeça. "Nada muda, não é?"

Começou a chorar. "Ai, merda", disse. "Nathan, desculpa. Me desculpa. Eu... eu fico dizendo essas coisas para as pessoas e..." Deu um suspiro prolongado, trêmulo. "Por favor, não vai embora", disse. "Eu não quero que você vá, não quis dizer isso. Eu *nunca* quis dizer isso. Você, mais do que ninguém, sabe disso."

Nathan pegou sua bolsa, que deixara sob a mesa.

"Se cuida", disse delicadamente. "Pede desculpa pro Daniel por mim."

Em meses posteriores, e até em anos posteriores, ficaria claro para Katherine que ela cometera um equívoco. Ela pensava nisso agora, afundada em sua cadeira, sozinha, segurando a chama de seu isqueiro na quina queimada da mesa de jantar de Daniel e observando a madeira ficando enegrecida. O arrependimento, sentia, assomava sobre ela como que vindo de um lugar remoto no tempo e no espaço: distante, mas se aproximando. O que ela sentia agora era meramente o reconhecimento do que sentiria, um dia, quando permitisse a si mesma ter esse sentimento, num momento em que, é claro, seria tarde demais. Ela tentou, como sempre tentava, se reajustar. Tentou imaginar Nathan, cada vez mais paralisado pelo remorso, ligando para ela no meio da noite e tentando abrir seu coração. Ele ia voltar, dizia a si própria. Eles sempre voltavam. Ela o testara; ele falhara. Foi decepcionante, mas pelo menos agora ela sabia.

Se ao menos fosse mais estúpida, pensou. Se ao menos fosse mais cega. Então seria capaz de acreditar em tudo isso e ser feliz. Mas não era; não conseguia; e não queria. A clareza era cruel desse jeito. Não aliviava nada; não a poupava de nada. Se as pessoas a conhecessem tão bem quanto ela mesma, pensou, tão bem quanto conhecia os outros, iriam perdoá-la. Mas para fazê-lo precisariam conhecê-la, e isso era algo que simplesmente não permitiria, porque o que elas vissem, embora fosse perdoável, não seria algo ou alguém a que poderiam amar.

Seu isqueiro ficou quente demais para segurar. Ela deixou a chama apagar e observou um fiapo de fumaça subir da madeira antes de se extinguir. Pensou no rosto de Daniel quando gritava com ela. Pelo menos tinha isso, pensou. Todos nós, em algum estágio de nossas vidas, precisamos de alguém para controlar.

Não tinha muita certeza do motivo pelo qual continuava ali, e então percebeu que era porque sentira, no transcorrer da noite, a comichão sombria da convicção crescente na base de seu cérebro, como se ele estivesse sendo lambido pelo pequeno fio de fumaça que subira da beirada da mesa, de que não voltaria a ver Daniel depois dessa noite, e, uma vez que essa convicção se solidificou, ela se sentiu inesperadamente incapaz de ir embora. Ela não quisera, a despeito de todas as coisas que dissera e pensara até esse ponto, ir embora dessa maneira. Decididamente, não tivera a menor intenção de ir embora, assim como não quisera que Nathan a deixasse.

Estava muito cansada, percebia agora. Não apenas pelas tensões da noite como também pelas tensões de sua vida até o momento. Pegou seu celular, digitou *SOS, K* e enviou, junto com o endereço de Daniel, para o número de Keith. Era apertar e esperar.

Dessa vez, Daniel adotou uma abordagem diferente para descer a escada. Se antes quisera transmitir fúria explosiva e força argumentativa cuidadosamente alinhavada, ele agora queria comunicar uma sensação de leveza despreocupada, quase de frivolidade, como que a deixar muito claro que esquecera completamente os acontecimentos estressantes da noite ou, melhor ainda, que esses eventos não tinham imprimido sua marca com força suficiente para que tivesse necessidade de deixá-los para trás. Se tivesse dedicado menos reflexão a isso, teria quase pulado os degraus, mas não queria exagerar e assim trotou levemente de um em um e apareceu na sala de jantar com o que esperava ser uma energia exultante, apenas para se ver confrontado por uma energia que era a antítese perfeita da exultação.

"Cadê o Nathan?", perguntou a Katherine, que estava afundada soturnamente numa ponta da mesa de jantar, acendendo e apagando seu isqueiro. "E o que está queimando?"

"Nathan foi embora", ela disse, impassível. "E não tem nada queimando."

"Embora pra onde?" Daniel sentiu uma onda brusca e quente de pânico ao perceber que estava tudo terminado, seguida do que teria sido alívio, não fosse o fato de vir temperada pela sensação incômoda de que ele havia, em um sentido adulto e portanto crucial, fracassado.

Katherine encolheu os ombros. "Simplesmente foi embora. Já deu pra ele. Disse pra te pedir desculpa, agradecer e tudo o mais, mas que precisava ir."

Daniel sentou na outra ponta da mesa e puxou a cerveja de Nathan em sua direção. "Droga", disse. "Que merda."

"É", disse Katherine.

"Talvez seja melhor eu ligar pra ele", disse Daniel, apalpando os bolsos à procura do celular.

"Se eu fosse você esperava passar uns dias", disse Katherine.

"Ok", disse Daniel. "Isso, claro."

Ficaram em silêncio, Daniel prosseguindo com o trabalho que Nathan começara no rótulo da cerveja, Katherine continuando a acender e apagar o isqueiro. Agora que a noite estava essencialmente acabada, Daniel descobriu que apenas queria que acabasse de uma vez.

"Deve ser a Angelica", disse tolamente quando passos ecoaram na escada.

"Sério?", disse Katherine.

"Ué", disse Angelica, aboletando-se no colo de Daniel e olhando em torno. "Cadê o Nathan?"

"Foi embora, pelo jeito", disse Daniel.

"Mas que pena", suspirou Angelica, concedendo à afirmação um instante apropriado de preocupação, depois deliberadamente abrilhantado com um sorriso de o-show-deve-continuar. "Katherine. O que posso servir para você beber?"

"Não quero nada — estou esperando minha carona", disse Katherine. Tentou esboçar algo que passasse por um sorriso, mas pareceu desistir no momento em que surgiu, deixando que seu rosto afundasse de volta na derrota.

"Ok", disse Angelica delicadamente. "Bom, vou tomar outra xícara de chá. Então vou pôr a chaleira para ferver e, se a sua carona ainda não tiver chegado, bom..." Fez um gesto vago e foi para a cozinha.

Katherine arregalou os olhos para Daniel.

"O que foi?", ele disse.

"Nada", ela disse.

"Você, ãhn, precisa de ajuda com o chá, querida?", exclamou Daniel na direção da cozinha.

"Não, não", disse Angelica.

"Ok", disse Daniel.

"Podem pôr o papo em dia", disse Angelica.

"Isso, Daniel", disse Katherine. "Vamos pôr o papo em dia."

A campainha tocou. Daniel já levantara da cadeira até mesmo antes que o som cessasse. Angelica apareceu vindo da cozinha.

"Deve ser o Sebastian", disse. "Eu v..."

"Não", disse Daniel, já meio correndo para a porta. "Pode fazer seu chá. Eu, ãhn... eu só vou..."

Abriu a porta da frente. Nunca em sua vida recebera Sebastian com qualquer coisa próxima do alívio que sentia agora. Tudo que tinha a fazer, pensou, era dar corda a ele. Convidá-lo a entrar, apresentá-lo a Katherine, perguntar-lhe sobre o protesto e deixar que falasse. A carona de Katherine chegaria antes que Sebastian até mesmo começasse a discursar sobre seus preceitos ideológicos fundamentais.

Abrindo a porta, contudo, Daniel rapidamente sentiu seu plano ir por água abaixo. Sebastian estava com um olhar esgazeado e coberto de suor. Mudava o peso do corpo de um pé para o outro de uma maneira um tanto enervante.

"Sebastian", disse Daniel. "Vamos entrando."

"Não tenho tempo pra isso", disse Sebastian. "Vamos lá fora."

"Por quê?"

"Preciso mostrar uma coisa. Numa boa, ok?"

"Bom, ah, acho que sim, mas... Você tem certeza de que não quer..." Já ia sugerir que Sebastian mostrasse fosse lá o que fosse para Angelica, mas então se lembrou do silêncio lhe dando vertigens e das energias ruins pairando na sala às suas costas.

"Ok", disse. "Claro, sem problema. Onde é?"

"Então", disse Angelica, animada. "Isso é engraçado, não é?"

Katherine, que passara à cozinha, olhou para Angelica fazendo o chá, observando sua facilidade com tudo. Suas maneiras, pensou Katherine, eram irritantes. Ela quase certamente era adepta da filosofia de que ser bondosa com os outros devia levar os outros a serem bondosos com você — a exata antítese da filosofia de Katherine. É isso que você vira se compra todo esse pacote, pensou Katherine. Toda essa lenga-lenga sobre amor e bondade e vegetarianismo.

"Hilário", disse Katherine.

Angelica pestanejou, mas não respondeu.

"Daniel me falou muito sobre você", disse Angelica.

"Ah, é?", disse Katherine, quase no automático. "Ele não falou muito sobre você."

"Sei", disse Angelica, aparentemente sem se abalar. "Ele não é mesmo assim. Você quer açúcar? Como sua carona ainda não chegou, achei que ia querer um chá."

"Assim como?", disse Katherine, acendendo um cigarro. "Duas colheres, por favor."

"Comunicativo", disse Angelica, com um sorriso, pondo açúcar no chá de Katherine e levando-o até a mesa da sala de jantar. "Aqui está."

"Obrigada", disse Katherine, sentando na frente dela.

"Acho ótimo que vocês dois consigam se entender desse jeito", disse Angelica.

Katherine não conseguiu segurar a risada. "Se entender de que jeito?"

Angelica sorriu. "Ah, acho que vocês se entendem", disse. "A seu modo."

Katherine não tinha certeza do significado disso, mas achou irritante assim mesmo. O pensamento de alguma outra pessoa conhecer Daniel, no sentido de conhecê-lo bem, era surpreendentemente incômodo. Afinal, uma das coisas à qual haviam se agarrado no tempo em que passaram juntos fora a ideia de que um conhecia o outro melhor do que algum dia seria possível qualquer um vir a conhecê-los. Percebeu que sempre presumira, depois de terem rompido, que Daniel simplesmente deixaria de existir, não em relação a ela ou até aos outros, mas em relação *a ele*, que não mais deixaria um rastro tangível no mundo. Pensou naqueles gêmeos, separados ao nascer, reunidos mais tarde na vida para descobrir que tinham trabalhos parecidos, casas parecidas, esposas parecidas. Havia um elemento disso em encontrar Angelica, ela pensou. Ao conhecer a mesma pessoa, eles de algum modo *eram* a mesma pessoa, mas não uma pessoa que Katherine quisesse ser.

Ela se perguntou o que, especificamente, Daniel via nessa linda coisinha vazia, e então se perguntou se algumas das coisas que ele via em Angelica eram coisas que também vira nela, Katherine. Porque as pessoas tinham tipos, não tinham? Os homens, em particular, careciam de imaginação; eram assexuados ou impulsivos. Tinha de haver similaridades.

"Então, como foi que vocês dois se conheceram?", disse Katherine.

"Num bar", disse Angelica, revirando os olhos. "É previsível ou o quê?"

Katherine fez força para sorrir. Tentou imaginar Daniel cantando alguém. Quando o conhecera, tivera de fazer tudo: se aproximar, seduzi-lo, tomar cuidado para que não se assustasse. *Sei que você quer me convidar para tomar um café.* Ela se sentira como Dian Fossey, acampada na selva com a mão estendida, enquanto Daniel andava pelo matagal lançando-lhe o ocasional olhar cauteloso. Fosse lá o que tivesse visto em Angelica, fora claramente algo que queria, ao contrário do que fosse lá o que tivesse visto em Katherine. Ou será que ele simplesmente evoluíra? Nesse caso, pensou Katherine, então era certamente como resultado de estar com ela. Meu Deus, ele era uma droga de cria sua. Ela fizera dele o que ele era e depois ele a deixara, e havia, muito claramente, terminado em situação melhor, também. Como isso era possível? Ela costumava ter *pena* dele, pelo amor de Deus. E agora, veja só. O que ela tinha? Quem ela tinha? *Keith?*

"Acho que deu tudo certo no final, não foi?", disse Katherine.

Angelica balançou a cabeça. "Mas foi meio incerto por um tempo, né?"

Katherine sorriu com ironia. "Quando não é?"

"Você é sempre tão cínica?", disse Angelica.

"Não", disse Katherine. "Tem horas em que estou dormindo."

Angelica riu.

"Ele deve ter mudado", disse Katherine. "Quando a gente se conheceu ele nunca teria passado uma cantada em alguém num bar."

"Ah", disse Angelica. "Nós dois já estávamos bem mais pra lá do que pra cá." Fez cara de vômito. "O espírito natalino e essas coisas."

Katherine sentiu uma espécie de náusea distante; um trovejar remoto anunciando tempestades por vir.

"Ah", disse, "então não faz muito tempo que vocês estão juntos, não é?"

"Mais de um ano", disse Angelica. Antes mesmo que chegasse à palavra *ano* seu rosto pareceu vacilar sob a pressão do que dissera. Seu queixo pendeu por um momento, seus olhos revelaram um pânico súbito. "Ai, Deus", ela disse.

Katherine pôs sua caneca de chá de volta na mesa e jogou o resto do cigarro na borra, onde sibilou rapidamente e apagou. Sentiu frio; imaginou-se usando roupas esfarrapadas.

"A gente ainda estava junto no Natal", disse.

"Eu sei", disse Angelica.

Katherine acendeu outro cigarro.

"Você tem razão", disse. "Isso é bem previsível."

"Katherine", disse Angelica.

Katherine sentiu como se a pessoa recebendo essa notícia não fosse a pessoa que outrora imaginara receber a notícia. Ela queria desesperadamente estar com raiva, porque isso iria obscurecer a dor, mas parecia além de suas forças, a dor vencera por pouco. Já agora as engrenagens de sua mente operavam com a história, lutando para remodelá-la. Ela disse a si mesma que sempre desconfiara. Disse a si mesma que houvera sinais. Mas não desconfiou; não houve sinais. Mentir, assim se mostrou, revelara-se surpreendentemente fácil para Daniel. Ou, pelo menos, mentir para Katherine. Talvez com qualquer outra pessoa ele tivesse sido honesto. Talvez houvesse guardado toda a sua insinceridade para ela.

"Olha só você", disse Katherine, olhando para Angelica.

Os olhos de Angelica estavam ficando marejados, mas nenhuma lágrima descia. "Ele teria terminado com você de qualquer jeito", ela disse.

"Isso mesmo", disse Katherine. "Teria. Teria conhecido outra otária e pulado a cerca com ela. Como você deve ter se sentido sortuda porque a oportunidade ficou a seu favor e essa otária foi você." Bufou de desprezo. "Você provavelmente acha que ele te ama. Ele provavelmente diz que te ama. Provavelmente diz *pra ele mesmo* que te ama. Porque Daniel nunca faria nada tão imoral, né? Precisa ter um motivo. Precisa ter um jeito em que ele ainda pode sair como o santinho veadinho do autorrespeito." Tragou o cigarro fundo o suficiente para se sentir enjoada. "Aposto que você acorda à noite", continuou, "dizendo para si mesma que foi o *destino*, que os *planetas conspiraram* pra unir vocês dois. Aposto que conta toda essa história sobre como superaram todas as dificuldades e que o *universo*, com sua droga de bondade maravilhosa, *sorriu pra vocês* e fez tudo cosmicamente perfeito, assim agora podem passar o resto da vida só...".

Não tivera intenção de chorar, mas agora que estava chorando sentia que talvez fosse capaz de sufocar o choro pela pura força tóxica do que estava sentindo.

"Pode queimar toda a merda de incenso que quiser", disse. "Vocês vão continuar cheirando mal."

Angelica recostou em sua cadeira e olhou para Katherine. Fungou; limpou as lágrimas dos olhos.

"Tenho pena de você", disse friamente.

"Aí está", disse Katherine, pegando seus sapatos no canto e brigando com as tiras e fivelas. "Olha aí o seu verdadeiro eu vindo à tona."

"Eu libertei ela", disse Sebastian, orgulhoso.

Daniel o ignorou e em vez disso levou um momento para contemplar o "ela" a que Sebastian se referia: uma vaca meio desnorteada espremida num trailer de transportar cavalo. Amarrada em seu pescoço, pendendo sobre seu dorso e seu flanco, havia uma grande faixa com um verso de Wilfred Owen pintado em tinta rosa-shocking: QUE SINOS DOBRAM POR ESTES QUE MORREM COMO GADO?

A vaca olhou vagamente para Daniel. Daniel olhou de volta para a vaca, então para Sebastian, que balançava a cabeça devagar.

"É isso aí, bicho", dizia Sebastian. "Saca, é, pode *crer.*"

"Sebastian."

"Eu sempre digo, Daniel, você sabe, que existe conversa, e existe ação, e isso é ação, cara. Isso é Mandela e o ANC. Isso é o Subcomandante Marcos. Isso é o PeTA anabolizado. Isso é..." Imitou um fogo de artifício acendendo, subindo, chegando ao ápice, descendo devagar e finalmente explodindo. "*Brrrccccchhhhhhowwwwwww.* Saca?"

"Sebastian."

"É como o R. D. Laing abrindo o manicômio. São as portas da percepção. É Timothy Leary ficando triplamente ligado. É tipo, vai ver que você não estava me levando a sério, saca? Mas agora está. *Agora* está. Porque eu tenho uma *vaca*, maluco."

"Sebastian."

"Evolua e se adapte. Não tenha medo de ser feliz. Aperfeiçoe-se. Seja *bovino* em cima dos filhos da puta."

"Sebastian."

"O quê?"

"Fica quieto um minuto."

"Falou."

"Como você conseguiu essa vaca, o que você vai fazer com essa vaca, por que você trouxe essa vaca aqui? E por que diabos a vaca está com essa faixa ridícula presa no pescoço?"

Sebastian balançou a cabeça, levando um momento para compor os pensamentos, depois ergueu os dedos da mão esquerda e começou a contar suas respostas.

"Um, eu consegui convencê-la a subir no trailer em virtude do fato de que a vaca me entendeu espiritualmente e sentiu meu desejo de levá-la pra um lugar seguro. Dois, eu vou libertá-la. Três, eu trouxe aqui porque preciso de uma mãozinha. Quatro, esse é nosso slogan de protesto. Onde está a Angelica?"

"Esquece onde está a Angelica. Você precisa pegar sua vaca e ir embora daqui."

"Certo", disse Sebastian, balançando a cabeça com seriedade e levando um momento para apertar um pouco mais seu rabo de cavalo. "Saquei. Saquei. Você está se sentindo ameaçado."

"Não estou me sentindo ameaçado."

"Você se sente ameaçado pelo fato de que você sempre... não, me deixa terminar... você sempre olhou pra mim com o nariz empinado. Me deixa terminar. Você sempre teve o nariz empinado e... Não tenta negar, ok? Eu sei. Eu sei como é. Você sempre se achou o superior. Eu via. Olhando pra gente pela janela. Dando risada. Mas agora a coisa se inverteu e quem está por cima sou eu. Você olha pra mim agora e pensa: pera aí, ele tem uma *vaca*."

A vaca estava ruminando, piscando suavemente, parecendo indiferente à sua deselegante chegada em um ambiente urbano. Sebastian esticou a mão e ofereceu seu punho ao animal, que farejou, lambeu brevemente e depois o ignorou.

"Será que convém fazer isso?", disse Daniel.

"O quê?", disse Sebastian, limpando a mão em seu pulôver.

"E se essa vaca estiver infectada?"

"Isso é uma conspiração do governo. Propaganda. Não existe doença nenhuma."

Daniel deu um longo suspiro. "Sebastian", disse. "Você precisa tirar essa vaca daqui."

Nesse ponto, talvez percebendo que a conversa provavelmente ia continuar por algum tempo, ou talvez simplesmente querendo dar uma esticada nas pernas, a vaca desceu com surpreendente graciosidade do vagão de cavalo e caminhou pela rua para urinar.

"Puta que pariu", disse Daniel. "Tira essa porra de vaca da rua."

"Como?", disse Sebastian.

"Do mesmo jeito que você a colocou lá antes", disse Daniel. "Faz a mesma coisa."

"Acho que vai ter um pequeno problema nisso", disse Sebastian.

"Por quê?"

"Bom, eu meio que menti um pouco sobre tê-la convencido a entrar."

"Achei que vocês tivessem uma ligação especial."

"Ah, a gente tem, mas, pra ser bem honesto, ela foi construída mais no caminho pra cá."

"Então como você conseguiu essa vaca?"

"Eu achei."

"Você *achou*? Achou *onde*?"

"Bom, eu me infiltrei na fazenda, e ela estava lá, então eu só fiz ligação direta no carro e..."

"Ok, tanto faz. Você precisa pôr a vaca de volta no trailer."

"Sei", disse Sebastian, vagamente. "Fácil falar."

Daniel olhou para ele. Sebastian suspirou e ergueu a mão em um gesto pouco convicto na direção do animal.

"Aqui, Mavis", disse. "Aqui, vem."

"Mavis?"

"Mavis Staples, a cantora de blues. Aqui, Mavis. Aqui, garota."

"Olha", disse Daniel, reunindo níveis épicos de paciência. "Ela não é uma vaca treinada. Você não pode simplesmente dizer vem cá e esperar que ela venha."

"Então o que você está propondo, senhor Sabedoria Onisciente? Que eu a pegue no colo e carregue?"

"Você precisa tocar nela delicadamente para encorajá-la a voltar para o trailer."

"Tocar nela? Como assim, tocar nela?"

"Dar um tapinha no flanco."

"Acho que não posso fazer isso."

"Por que não pode fazer isso?"

"Parece crueldade."

"Mas deixar uma vaca no meio da rua na cidade é o cúmulo da bondade."

Ambos ficaram em silêncio por um momento. Mavis mugiu suavemente e começou a andar pela rua.

"Não posso me envolver nisso", disse Daniel. "Vou entrar. Boa sorte."

"Ei", disse Sebastian.

Daniel o ignorou.

"Ah, aí está você", veio uma voz familiar e animada da porta. "Oi, seu veado."

"Katherine", disse Daniel. "Oi."

"Não chega perto de mim, seu sacana filho de uma puta", rosnou ela.

Daniel olhou para o rosto dela, para a maquiagem borrada, para a bolha de catarro em sua narina. Por um tempo, não acreditara que teria sido possível sentir mais aversão de si mesmo do que já sentia. Percebia agora que se enganara. Era possível. Havia continentes inteiros de autodesprezo e vergonha esperando por serem explorados.

Por mais que apreciasse uma confrontação, e por melhor que se sentisse depois que a pontada da raiva tivesse se transmudado no prazeroso alívio da hostilidade aberta, Katherine não estava, nessa ocasião particular, procurando briga. Em vez disso, talvez invejando um pouco a saída de Nathan, que parecia eximi-lo maravilhosamente de qualquer desconforto ou recriminação, ela havia esperado apenas sair sem alarde. Achou a fantasia de Daniel convivendo com a culpa muito mais atraente do que a realidade de ter diluído isso gritando com ele, o que iria, ela pensou, apenas reforçar todas aquelas ideias passivas-agressivas sepultadas que ele tinha sobre ela e que o haviam levado, assim ela suspeitava, a traí-la antes de mais nada, pois que os céus proibissem Daniel de um dia realmente tentar discutir alguma coisa difícil. Não, para Daniel, era sempre a saída de fininho; a farpa enterrada em uma platitude. A única coisa que a agressão iria conseguir agora seria fazer Daniel ficar com a lembrança de um último acesso — palavra que ele sempre usava para descrever qualquer momento em que ela ficasse furiosa, independentemente dos motivos ou justificativas para sua raiva. Para Daniel, ela pensou quando deixava sua casa, cheia de confiança, esperando de maneira consideravelmente menos confiante que Keith estivesse ali fora, *a vida* era um acesso de raiva. Ele se deixava levar com a correnteza de um lado para outro, procurando a paz, e, quando não conseguia encontrá-la, estrilava contra o que quer que achasse que a havia tirado ou impedido de existir.

Mas agora ali estava ele, fazendo sua cara de culpado. Se havia uma coisa que ela odiava em um homem era a indignação brochante, superindulgente, lacrimosa que parecia surgir sempre que eles se sentiam malcompreendidos, e eles sempre se sentiam malcompreendidos, parecia, logo após terem apunhalado alguém pelas costas.

"Katherine", disse Daniel.

"Não fala comigo", ela disse. "Nunca mais fala comigo outra vez."

"Eu... desculpa, Katherine. Eu nunca tive int..."

Ela queria empurrá-lo para o lado e continuar andando. Queria ficar bem longe dele. Não queria ter de olhar para ele ou senti-lo olhando para ela. Foi somente depois que começou a fazer isso, entretanto, que tomou consciência propriamente do fato de que uma vaca solitária estava parada no meio da rua, olhando-a de um jeito esquisito, enquanto o que parecia ser um hippie maluco fazia uns gestos desajeitados na traseira do animal.

"É só dar um tapinha no flanco, você disse?", falou o hippie.

"Vai se foder, Sebastian", disse Daniel, tentando segurar o braço de Katherine. "Katherine, eu..."

"Acho que ela não está curtindo muito esse lance", exclamou Sebastian. "Quer dizer, cara, eu tô sentindo uma *vibe* meio que ruim."

Quando Katherine hesitava, sentindo-se subitamente vulnerável diante de uma criatura tão grande e absurdamente fora de contexto, um carro dobrou a esquina e entrou na rua. Ela se encolheu com a luz dos faróis, levando a mão brevemente aos olhos e tentando mitigar o ofuscamento brilhante de pontos vermelhos que agora turvava sua visão.

"Merda", disse Daniel. "Sebastian. Tira essa vaca da rua."

Agindo no susto, o sujeito aparentemente chamado Sebastian avançou e desferiu uma bofetada de mão cheia no traseiro da vaca, fazendo com que ela desse um pulo surpreendentemente alto, ganisse de uma maneira claramente pouco bovina e fizesse carga direto contra Katherine.

Todo aquele negócio de a vida passando diante dos olhos se revelou uma grande baboseira. Uma vida certamente apareceu no primeiro plano da mente de Katherine, mas não era a sua, e não era uma vida que até lá tivesse algum passado reconhecível. A única coisa em que ela pensou que ainda que indiretamente a envolvia foi, como imaginara tantas vezes, seu próprio funeral, sua mãe histérica se descabelando diante do caixão e então buscando consolo nos braços de um sujeito moreno. Além disso, tudo que cintilou no cérebro cheio de adrenalina de Katherine foi algo que ainda não acontecera, dizendo respeito a alguém que ainda não existia.

Quando a vaca se aproximou, Katherine encheu o peito e começou a avançar na direção do animal, gritando a plenos pulmões. Ela viu os olhos da vaca se arregalarem de susto, viu o bicho parar, derrapar ligeiramente, dar um cavalo de pau e, cegada pelo pânico, arremeter de frente contra um carro se aproximando, que guinou apenas o suficiente para absorver o impacto do lado do motorista. A porta amassou; o vidro estilhaçou. A vaca escorregou no asfalto, caiu estatelada, se recuperou, fez meia-volta outra vez e passou trotando por Daniel e Katherine pela rua afora, seus cascos ecoando no silêncio da noite, uma faixa absurda tremulando em seu rastro.

"Katherine", disse Daniel outra vez, bravamente correndo em sua direção e empurrando-a para o lado, agora que não havia absolutamente o menor perigo. Ela o ignorou. Sentiu-se dominada por delírio e pavor.

De dentro do carro agora terrivelmente familiar veio um grito, seguido pelo som de alguém chutando desesperadamente a porta amassada com todas as forças.

"*Gata*", veio a lamúria bem conhecida. "Estou indo, Katherine. Não se preocupe. Se pelo menos eu conseguir... Estou q... Alguém me ajude. Isso é uma emergência. A gente tem um... Ela carrega o meu bebê. Isso é... Melhor sair pelo lado do passageiro, porque isso é uma... Estou indo, gatinha."

A porta do passageiro se abriu e Keith, amarrotado e com os olhos desvairados, emergiu, vestindo um moletom folgado e uma camiseta dizendo SOU A PRINCIPAL FONTE DE GASES DO EFEITO ESTUFA.

"Ai", disse Katherine. "Pelo amor d..."

"Estou aqui, minha gata", disse ele sem fôlego, mancando. "Todo mundo abrindo caminho."

Avançou heroicamente um passo, depois, levando a mão ao peito, sentou no capô do carro para recuperar o fôlego, a outra mão erguida sinalizando para os espectadores que estaria com eles dentro de um minuto.

"Olha aí minha carona", disse Katherine.

"Gata?", disse Daniel. "Que gata?"

O ar da noite estava úmido e frio. Penetrou nas roupas de Nathan e se depositou em sua pele. Suas cicatrizes latejaram. Sua barriga roncava de fome. As ruas já apresentavam um ar matinal, os kebabs abandonados e poças de cerveja vomitada começando a congelar; uma grossa camada de geada nas janelas dos carros.

Ele pensou que não voltaria a ver Daniel ou Katherine por muito tempo, se é que algum dia voltaria a vê-los. Se isso acontecesse, seria dali a muitos anos, e mais por curiosidade mútua do que por qualquer sentimento real de afeição. Não iria ligar para os dois. Eles também não iriam ligar. Era um pensamento reconfortante.

Encontrou um café vinte e quatro horas no centro da cidade. Estava tranquilo e aconchegante. As paredes eram amarelo-claras. As cadeiras eram confortáveis. As mesas tinham tudo de que um freguês podia precisar. Ele pediu uma xícara de chá e uma porção de fritas. Estava morrendo de fome, ele se deu conta, e sem a menor pressa de chegar aonde quer que fosse. Quando terminou, pagou e saiu, sentindo-se desperto, calmo, alegremente perdido. Era bom estar perdido, pensou. Ele não tinha nada, de fato, que pudesse correr algum risco por ficar perdido mais um pouco.

Seu celular vibrou com uma mensagem de texto. Era de Daniel. *Desculpe por hoje à noite. Só quero saber se está tudo ok.*

*Relaxa*, escreveu em resposta. *Estou legal.* Então jogou seu celular numa lata de lixo.

Não havia luz ainda. As ruas estavam vazias, e eram suas para caminhar.

"Bom", disse Daniel.

Katherine balançou a cabeça. Estavam sentados na sala de estar, em sofás separados. Daniel a conduzira para dentro após o episódio da vaca, e em seu estado momentaneamente desnorteado Katherine não pensou em recusar. Angelica arrumara a desculpa de precisar dar comida para o gato.

"Adianta alguma coisa se eu disser que sinto muito por tudo isso?", disse Daniel.

"Depende se sente mesmo."

"Sinto. Claro que eu sinto."

Katherine pensou por um momento, pesando a afirmação como se fosse uma pedra de formato incomum que tivesse encontrado na praia, decidindo se ficava com ela ou se a jogava de volta nas ondas.

"Não", disse ela finalmente. "Não adianta nada."

"Então por que me fez falar isso?"

"Só estava imaginando se você falaria."

"Se você conseguia me fazer falar, quer dizer."

"Eu fiz você falar isso?"

"Não. Eu realmente lamento muito."

"Bom, aleluia."

"Mesmo assim", disse Daniel.

"É", ela disse. "Mesmo assim."

Ambos ficaram olhando para a frente por um tempo indeterminado. Sentados perpendicularmente em relação um ao outro como estavam, era possível imaginar um ponto no espaço em que seus olhares poderiam se cruzar.

"Quem sabe um dia", disse Daniel. "A gente possa..."

"É", disse Katherine. "A gente podia ser amigos, não? Porque, você sabe, a gente se dá tão bem."

"Recado recebido." Ele parou, sua boca ainda aberta com uma palavra presa em algum lugar ali dentro.

"Vai em frente", ela disse. "Pergunta o óbvio."

"O que você vai fazer com relação ao bebê?"

"Acho que vou ter", ela disse. "Por que não?"

Daniel balançou a cabeça, então olhou pela janela, onde Keith podia ser visto empenhado numa batalha titânica para endireitar a porta do carro com o joelho. "Ele, āhn, parece um sujeito decente."

Katherine bufou de desprezo. "Por favor", disse. "Só vou dizer à criança que devolvi o papai para a selva."

Ela acompanhou o olhar de Daniel, levando um minuto para examinar com distanciamento desapaixonado a forma curvada de Keith. Pensou no bebê, na esperança de que, ao menos uma vez na vida, a criação pudesse levar a melhor sobre a natureza, embora houvesse, inegavelmente, um bocado de natureza para a criação superar.

"Bom, enfim", ela disse, ficando de pé.

Daniel se levantou também. Ela olhou para ele. Ele voltou a sentar.

"Se cuida", disse ele quando ela se dirigiu à porta.

"E eu não faço isso sempre?", disse ela, saindo para a rua.

# Agradecimentos

Primeiro, e mais importante, meu amor e meu muito obrigado à minha família — Sue, Richard, Mollie, Graham e todo mundo — por me oferecer todo tipo possível de apoio em todo tipo possível de circunstância emocional, profissional e financeira.

Tom Rowson forneceu inspiração, duras críticas, positividade inabalável, cinismo salutar, um teto sobre minha cabeça e a melhor das amizades.

Kevin Cuffe proporcionou conversa de alto nível a bares de baixo nível; Dawn Marrow me pôs na via certa; Giles Foden encontrou uma forma em meio ao caos; Anjali Joseph acreditou antes de qualquer outra pessoa; Philip Langeskov ofereceu primeiros socorros espirituais; Mark Richards, Peter Straus e Mitzi Angel fizeram uma aposta e me orientaram no processo; Phil Craggs e Blank Pages cederam à minha obsessão InDesign; Siddharth Dhanvant Shanghvi desbravou as páginas iniciais e mandou o e-mail para superar todos os e-mails; todo mundo na *Granta* proporcionou-me a mais feliz e menos aterrorizante primeira experiência editorial possível; Jonathan Gibbs me fez dizer olá; meus colegas de trabalho aguentaram minhas manias; Jeanette West me ajudou a achar a hora; Owen Carroll e John Everson me distraíram, me abraçaram e me emprestaram uma bolsa para sempre; e Lola Byers, principalmente, apenas ficou de olho.

Este livro foi impresso
pela Lisgráfica para a
Editora Objetiva em
julho de 2014.